说谎者

LET ME LIE

[英]克莱尔 · 麦金托什 —— 著

马丹　吉欢　李小丽 —— 译

四川人民出版社

致倾尽一切的罗伯

三个人可以守住秘密，如果其中两个人死了的话。

——本杰明·富兰克林

1

死亡不适合我。我穿着它，就像穿着一件借来的外套；它从肩膀滑落，沾上尘埃。它不合身，不舒服。

我想脱掉它，将它扔进衣橱，然后穿上我的定制服装。我不想丢弃过去，但我憧憬未来——希望变得光彩耀人。而如今，我左右为难。

生命之间。

不知所措。

他们说突然的告别相对容易些，没那么多痛苦。他们错了，虽然久病的告别没完没了，遗留着痛苦，但相比生命在猝不及防时被无情地剥夺的恐惧，这些痛苦也就算不了什么了。在我死亡的那天，我走在连接着两个世界的钢丝上，安全网破破烂烂地在我的脚下挂着。一边是安全，一边是危险。

我迈步。

我死去。

我们以前经常拿死亡开玩笑——那时我们还太年轻、太气盛了，因为死亡只是别人的事。

“你觉得谁会先走呢?”你问。那天晚上，在巴勒姆我租的公寓里，我们躺在电暖炉边上，酒也喝干了。你拿一只空闲的手轻轻抚摸我，让我感觉你的问话也并不那么生硬。我随口答了一句：

“当然是你。”

你朝我的头扔来一只抱枕。

我们在一起一个月了，享受着彼此的身体，谈论着未来，似乎未来只属于别人。没有保证，没有承诺——只有可能。

“女人活得久一些，”我笑道，“这是大家都知道的事实。基因决定的。适者生存。男人没法克服这一点。”

你变得严肃起来，捧着我的脸，让我看着你。你的眼睛在昏暗的光线中变成黑色，一束束火焰映在你的瞳孔里。“你说得没错。”

我凑过去亲你，但你的手指还在我脸上。你的大拇指压着我的脸颊。

“如果你出什么事，我不知道该怎么办。”

一阵寒气袭来，虽然火焰还散发着炙热。有人走在我的坟墓上[①]。

“住嘴。”

“我也跟着你去死。”你坚持道。

我叫停了你那稚嫩而夸张的表演，将你的手从我的脸上拿开。让我的手指继续缠绕着你的手指，这样，我的拒绝就不会显得太过生硬。吻你，由轻到重，由浅及深，直到你翻身向后，我趴在你身上，我的头发挡住了我们的脸。

你会为我去死。

我们交往还不久。激情来得容易，去得也容易。我没想到你会不

① 来源于民间传说。你突然感觉一阵寒气，是因为有人正走在某个终将成为你墓地的地方。

再爱我，没想到我也会不再爱你。我情不自禁，被你的深情、被你眼里的热烈迷惑。

你会为我去死。在那一刻，我想我可能也会为你去死。

我只是没想到我们非这么做不可。

2

安　娜

艾拉八周了。她阖着眼，修长漆黑的睫毛扫在粉嫩的双颊上，双颊随着吮吸乳汁的动作而一上一下，一只小手扒在我乳房上，像只海星。我紧紧靠坐在沙发上，一边给艾拉喂奶，一边思考着我能做的所有事情。阅读，看电视，逛逛网上食品商店。

但不是今天。

今天非比寻常。

我看着我的女儿。一会儿，她抬起睫毛，海蓝色的眼睛严肃地盯着我，眼里满是信赖。她的瞳孔里是一汪充满爱意的深泉，映着我小巧却不动摇的面庞。

艾拉慢慢地吮吸着。我们互相盯着对方，我在想为人母怎么就成为大秘密了呢？因为世界上所有的书籍、所有的影片、所有的建议怎么可能让你做好准备，准备好全身心感受成为一个小人儿的全部。感受那个人成为你的全部。我洞悉了这个秘密，没有告诉任何人。我能告诉谁呢？离开学校不到十年，我的朋友们还和他们的爱人睡在一起，而不是和婴孩睡在一起。

艾拉仍然盯着我，但渐渐地，她视线的焦点变得模糊了，好像晨雾飘进视野当中。她的眼皮垂下了一次、两次，然后完全地闭上了。她的吸吮——总是一开始的时候很强烈，然后变得放松，有节奏——变缓了，直到一口一口间会停顿几秒，最后完全停下了。她睡着了。

我抬起手，轻轻地将食指按在乳房上，将乳头和艾拉的嘴唇分开，然后将哺乳乳罩拉回原位。艾拉的嘴继续动了一会儿，然后睡意彻底侵袭，嘴巴便定格成了一个完美的“O”字。

我应该放下她。充分利用她睡觉的时间。无论是十分钟，还是一小时。我们远没有形成任何的常规。常规，是我这个新晋母亲的口号，是在产后咖啡早茶会上，我的家访护士逼迫我要谈论的话题。她睡熟了吗？你应该试试哭泣控制法[①]，你读过吉娜·福特(Gina Ford)[②] 的书吗？

我点头微笑着说我会去看看的。然后我就被其他的新晋妈妈吸引去了。有些人与众不同。有些人没那么刻板。而我并不在乎常规，我不想当我坐在楼下，在脸书上发表“父母噩梦”的时候，留下艾拉独自哭泣。

哭喊着叫一个不会回来的母亲是十分痛心的事。艾拉现在还不需要了解这种感受。

她在睡梦里动了动，然后我喉咙里那始终存在的疙瘩肿胀起来。醒着的时候，艾拉是我的女儿。当朋友们指出她和我的相似点的时候，或者说她多么像马克的时候，我从没能看见她这般样子。我看着艾拉，仅仅看见了艾拉。但熟睡的时候……熟睡的时候，我看见了母亲。婴儿肥的脸颊下隐藏着一副心形的脸庞，她们发际线的形状那么像。我

① 哭泣控制法是为了让宝宝们自己睡觉的时候可以不哭，能够安心入睡的方法。

② 吉娜·福特，1960 年生，英国育儿书籍畅销书作家。

知道，在未来的岁月里，我的女儿会在镜子前花费数小时来把那撮放荡不羁的头发抚平。

婴儿会做梦吗？他们会梦到什么呢，毕竟他们刚刚来到这个世界，什么都不知道。我羡慕艾拉的睡眠，不仅仅是因为我累了，在生孩子之前我从没经历过的累，还因为睡眠来临之时，噩梦便会随之而来。我的梦向我展现了一些我不可能知道的事：警方报告和法医鉴定上的猜想。我看到我的父母，看到他们的脸在水中浮肿变形。我看到当他们从悬崖跌落时脸上的恐惧，我听见他们的尖叫声。

有时候我的潜意识对我很仁慈。我不会总是看见我下坠的父母。有时，我也看见他们在飞翔。我看见他们迈入空中，展开手臂，向蓝色的大海俯冲而去，水花在他们的笑脸上绽开。我慢慢清醒，微笑还停留在脸上。直到我睁开眼，才意识到所有的一切还是老样子，和我闭眼之前一模一样。

十九个月前，我的父亲从他店铺前院开走了一辆车——一辆最新最贵的车。他从伊斯特本开了十分钟抵达比奇角，将车停在那儿的停车场，没有给车门上锁就走向了悬崖顶。一路上他拾着石块，在浪潮到达最高点的时候，他便带着石块从悬崖投海自尽。

我知道这些，都是因为验尸官为我们一步步地进行了两次剖析。在两次失败的海上救援行动陈述会上，我和叔叔比利坐在一起。当专家提出他们对浪潮的分析，拿出存活率以及死亡数据时，我盯着我的大腿。当验尸官记下自杀鉴定结果时，我闭上了我的眼。

七个月后，伤心欲绝的母亲随父亲去了。当地报纸将其极为准确地报道为“模仿式自杀”。虽然我父母的死中间隔了七个月，但是他们的死相互关联，这意味着他们的死亡审讯要在同一周举行。我在这两天了解到很多东西，但都不是唯一重要的那个问题。

关于他们为何要自杀。

假设他们确实自杀了。

事实是无可争辩的，除非我的父母并非自杀。他们没有压力，没有焦虑，也没有恐惧。他们是世上最不可能放弃生命的人。

“精神疾病不都是很明显的。”马克说。我一提及此——他的嗓音从未透露出不耐烦的痕迹——对话又一次回到“最能干、最乐观的人都可能有抑郁”。

去年一整年，我学会了克制，不再声张那些掩盖在我悲伤外表下的疑惑。除了我，没有人存有疑惑，没有人感觉不对劲。

但，世上可能就没人像我这样了解我的父母吧。

电话响了，我设置了留言信箱，但没人留言。紧接着我感觉到了口袋里的手机在震动，不用看就知道是马克打来的。

“孩子正在睡觉，对不对?”

“你究竟怎么猜到的?”

“她怎么样?”

“半个小时喂一次奶。我就一直想着开始做晚饭，哪儿也不去了。”

“放着吧——回家了我来做。你感觉如何?”马克的语气有些微变化，不易让人察觉。潜台词是你今天感觉怎么样，尤其是今天?

“我没问题。”

“我可以回家——”

“我很好，真的。”

马克讨厌中途离开课堂。他收集资格证书就像别人收集啤酒杯垫或者外国硬币一样。他的名字后面总会有很多缩写字母而变得不再适合。每隔几个月，他就会印新的名片，那些最不重要的字母最终会被完全抹除掉。今天的课是“咨询师与客户关系中同理心的价值”。他不需要上这堂课的，他的同理心在我走进他房间的时候就表现得十分明显了。

他让我哭。把一盒纸巾推向我，告诉我不要着急。准备好了再开始，不要一上来就哭。当我停止哭泣，还不知道怎么开口的时候，他告诉我悲伤的几个阶段——拒绝，愤怒，协商，沮丧，接受。我意识到我还没跨越第一阶段。

我们做到第四个疗程的时候，马克深吸了一口气，告诉我他不能再治疗我了。我问是不是我的问题，他说是因为利益冲突，继续治疗极不专业。不过，他问我是否愿意找个时间和他一起吃饭。

他比我年长，更接近我母亲的年纪。在他自信的表面下，我看见了紧张和不安。

我没有犹豫：“我愿意。”

后来，他说比起违背职业道德与病人约会，打断了我的治疗更让他感到内疚。是前病人，我纠正了他。

对此，他现在还是无法坦然面对。我提醒他人们在各种地方相识。我的父母相识在伦敦的一个夜店。他的父母相识在玛莎百货的冷冻食物柜前。他和我则相识在普特尼[①]的一个位于七层的公寓——他的咨询室。咨询室里有皮质座椅，有柔软的羊毛薄毯。门牌上写着“马克·海明斯，咨询师。仅限预约”。

“如果你确定没问题就好。帮我亲亲艾拉小可爱。”

---

① 伦敦西南部的一个区。

“拜。”我先挂掉电话。我知道他把电话听筒紧贴在他的嘴巴上，这是他在沉思时的惯常动作。课间，他会出去打电话，而不是喝杯咖啡，上会儿网，或者和其他三十个咨询师同学一样做些别的什么事。再过一会儿，他会和同学们一起上课，然后在接下来的几小时内和我失去联系。他会将他的同理心用在一个虚构的问题上，假装焦虑，假装失去亲人。

马克想要对我进行治疗，但我没让他这么做。在我知道世界上所有的谈话都不会让我的父母复活的时候，我就不再去看心理医生了。当内心的痛苦只剩悲伤的时候，那就无药可救了。

悲痛是复杂的。它时涨时落，变化多端。一剖析它，我就头疼。我可以几天不哭，然后大哭一场，直到抽泣折磨着身体，几乎不能呼吸。上一秒我还在和比利叔叔嘲笑爸做的蠢事，下一秒我就会为爸的自私感到无比愤怒。如果爸没有自杀，妈也就不会自杀。

愤怒是所有情绪中最糟糕的。白热化的愤怒，不可避免会伴随着内疚。

他们为什么要自杀?

我上百万次地追忆爸自杀前几天的情形，问自己，我们是否可以做点什么来阻止他自杀。

你爸失踪了。

我眉头紧锁地看着这句话，想要从中看出点什么。我和父母住在一起，但是那晚我在牛津开会，第二天早上又与从伦敦来的同事一起喝咖啡、聊天。我中途离开，给她打了电话。

“你什么意思，失踪了?”

母亲说得不清不楚，嘴里慢慢吐出的话就像是被她拽出来的一样。

他们在前一晚吵了一架。父亲怒气冲冲地去了酒吧。到那时为止，一切都和往常一样。我在很久以前就已经接受了他们暴风雨一般的关系，风暴来得快、去得也快，只是这次，父亲没有回家。

“我以为他睡在比尔那里。”她说，“但是我上班的时候才知道比尔没有见到他。我不知道该怎么办，安娜！”

我会没有开完就直接走了。不是因为我担心父亲，而是因为我担心母亲。他们一直小心翼翼，不让我发现他们吵架的事，但是有太多次，我都察觉到了争吵的余波。因为每次他们吵完架，父亲就会消失，要么去上班，要么去高尔夫球场，要么去酒吧。母亲则躲在屋子里，在我面前假装没有哭泣。

当我赶到家的时候，一切都清楚了。厨房里站着警察，他们手里拿着警帽。母亲剧烈地颤抖着，所以警察叫了一名医生来帮助母亲恢复镇定。比利叔叔脸色苍白，悲痛不已。母亲的教女劳拉正在泡茶，忘记了加奶。我们都没注意到。

我看到父亲发的短信。

我坚持不下去了。没有我，这个世界会更好。

“你爸从车行开走了一辆车。”这位警察和父亲差不多年纪。我好奇他有没有孩子，好奇他的孩子们是否重视他。“监控录像显示车子在昨天深夜开往比奇角。”母亲压抑着自己的哭泣。我看见劳拉过去安慰她，我也想去，但我做不到。我愣住了。什么也不想听，但仍然忍不住去听。

“今天早上十点半警察接到一通电话。”皮克特警官盯着他的笔记。我怀疑他看着笔记会比看着我们更轻松。“一位女士称她看见一名男子装了一袋石头，将他的钱包、手机放在地上之后，便从悬崖边跳了下去。”

“她没有阻止他吗?”我并非有意要吼的，比利叔叔将手放在我的肩上。我推开他，转身看着其他人。“她就眼睁睁看着他跳下去?”

“事情发生得太快了，报警的人也很难过，你能想象得到。”话一出口，皮克特警官意识到他还是该少说为妙。

“她很难过，是吗?她认为爸爸的感受是怎样的?”我看向四周，想从他们的脸上找到一点支持，然后我将视线放在了警察身上，“你们审问过她吗?”

“安娜。”劳拉悄悄地对我说。

“你们怎么知道她没有推爸?”

“安娜，这样对谁都没好处。”

我正要回嘴，但我看向母亲，她靠着劳拉，低声呜咽。于是，争吵没有继续。我很难过，但是母亲更难过。我走过去，跪在母亲身旁，摸着她的手，并感觉到自己的双颊被不知何时淌下的泪水沾湿了。我的父母已经在一起二十六年了，他们一起生活，一起工作，虽然经历人生起伏，但却爱着对方。

皮克特警官清了清嗓子:“描述符合约翰逊先生的特征。我们第一时间抵达现场。在比奇角停车场发现了他的车。在悬崖边，我们发现……”他没有说完，示意了一下厨房桌子上透明的塑料证据袋。我看到里面装着父亲的手机和棕褐色皮质钱包。突然，我想起比利叔叔总是拿父亲衣服口袋里的飞蛾开玩笑，想到这里，我以为自己要笑出声来。可我没有，我哭了，三天都没停过。

我的右手臂被艾拉压着，她已经睡着了。我慢慢把手臂抽了出来，活动活动手指，感觉到血液回流的刺痛。我突然感到焦躁不安，用刚从一位皇家海军陆战队队员那里学来的秘技将自己从艾拉熟睡的身体中解脱出来，将她放在沙发上，用垫子围在周围。我站起来，缓解久坐的僵麻。

父亲从没抑郁过，也没焦虑过。

“如果他有抑郁或者焦虑，他会告诉你吗?”劳拉说。我们坐在厨房里——劳拉、母亲和我。警察、邻居，所有人都走了，留下我们木愣地呆坐在厨房里，将一瓶苦涩的酒灌进我们的嘴巴。劳拉所言令人信服，即使我不想承认。父亲和大多数男人一样，认为谈论情感就说明你不够爷们儿。

无论什么原因，父亲的自杀都毫无道理，都把我们置于伤痛之中。

马克——还有接替他的治疗师——鼓励我走出对父亲离世的愤怒。我从验尸官吐出的话里抓住了五个字。

神志不清醒。

这五个字帮助我将人与人的行为区分开来，帮助我明白父亲自杀不是因为他要伤害留下来的人。相反，父亲的临终短信表明他确实相信如果没有他，我们会更幸福。这真是错得离谱。

比起父亲自杀，令人更加难过的是接下来发生的事：想要弄明白为什么——在亲身经历了自杀所带来的丧亲之痛后，在目睹了我因挚爱的父亲而痛哭不已后——我的母亲明知其中痛苦，还是再一次弃我于痛苦之中。

血液流动发出低沉的声音，就像被困的黄蜂撞击玻璃。我走进厨房，灌了一杯水，然后将手撑在花岗岩的料理台上，靠在水池边。我听见母亲一边清洗一边哼唱的声音，听见她唠叨着父亲“难得一次自己清理”。我用母亲的大陶碗做着粗糙的蛋糕，面粉飞撒得像云团一样。母亲握着我的手——切割饼干，做油酥点心。后来，我搬回家住；我们两人轮流干活，一个守着阿格炉[1]，另一个就做晚饭。父亲要么在书房，要么在客厅看电视。我们女人就被安排在厨房，一边煮饭，一边聊天。

就是这间屋子让我感觉和母亲离得很近，也是这间屋子伤我最深。

一年前的今天。

《公报》上写到“伤心欲绝的寡妇自尽”。《卫报》的头条则是“牧师呼吁媒体封锁自杀胜地的消息”，这不免有些讽刺意味。

“你知道，”我低语道，感觉大声说话不是理智的行为，但一刻也忍不住，“你知道这有多痛，但你还这么做。”

我应该听马克的话，给今天安排点活动，能转移注意力的活动。我本可以给劳拉打电话、吃午饭、购物。只要不在这房子里抹眼泪，不要徘徊在老地方，沉浸在母亲去世一周年的忌日里。没有逻辑可以说明为什么今天会比其他任何时候更加难过。我的母亲已经离我而去，昨天如此，今天如此，明天仍然如此。

不过……

我深吸了一口气，想要迅速从悲伤中恢复过来。我将玻璃杯放进水池，使劲地擦洗着，似乎有声的自我警醒有用似的。我要带艾拉去公园，我们可以走很长一段路来消磨时间，回来的路上还可以顺便买点晚饭。在我还来不及去想那件事的时候，马克就会回家，今天也就差不多结束了。这种突然的决定很老套，但很管用，内心的疼痛减轻，

---

① 炉灶品牌，英国中上阶层惯用炉灶。

眼睛的压力也会消失。

劳拉总是说："假装你能行，直到你真的行。"（另一句我最爱的话是"为你想要的工作而穿着，而不是为你现有的工作而穿着"。）虽然她的这句话适用于职场，但道理是一样的（你得非常仔细才能听出她的口音是在公立学校里学到的，并非与生俱来的）。假装没事，然后你就会没事，不久，你就真的没事了。

我仍然在最后阶段努力着。

我听见艾拉的哭喊声，她醒了。穿过门厅的时候，我看见信箱里塞着什么东西。它要么是用手投递的，要么是邮递员投递时不小心卡在了信箱中。无论哪种情况，我今早取邮件的时候都没见到。

是一张卡片。今早我已收到了两张——都是学校朋友寄来的慰问信——很多人都还记得这个日子。他们送来卡片，我深受感动。在父亲自杀一周年的时候，有人在门口留下了一锅炖菜，还有简短的问候语。

冷藏或者加热。想你。

我至今还不知道是谁送来的。父母死后，很多慰问信都讲述了他们俩多年来所卖车子的故事。车钥匙交给了盲目自信的少年和过于焦虑的父母。两座的跑车卖出用于家庭欢聚。还有车辆用于庆祝晋升、寿辰和退休。我的父母在其中都扮演了某种角色。

地址打印在贴纸上，邮戳右上角沾上了一大坨墨渍。卡片很厚，是很贵的那种——我不得不使劲才能将它从信封中拽出来。

我盯着封面图画。

页面上跳跃着鲜艳的颜色：艳丽的粉色玫瑰边缘缠绕着枝干和光

滑的绿色叶子。中间是两个碰在一起的香槟杯。问候语是用浮雕工艺印的，用亮粉装饰着。

周年快乐！

我吓得往后退，就像被人揍了一样。这是恶作剧吗？是误会？是善意但近视的陌生人在选择卡片时弄错了？我打开卡片。

信息是打印字体，是从廉价报纸上剪下来贴上去的。

不是误会。

我的手颤抖着，文字在我的眼前晃动。耳边的蜂鸣声更加大了。我又看了一遍。

自杀？再想想。

3

那不是我想要走的路，不是我一直认为自己会走的路。

如果要我想象我的离世，我想会是在一间昏暗的房间里。我们的卧室。枕头撑着我后背。水杯贴着我的唇，手变得无力，无法再端起它。吗啡缓解着疼痛。亲朋好友一个接一个轻轻走到我的身边，向我道别；你红着眼圈，却隐忍着，接受着他们的安抚和慰问。

而我，睡着的时候越来越多，醒着的时候越来越少，直到一天早上再也不醒。

我以前经常开玩笑说，下辈子，我想做一条狗。

结果你没那么多选择。

你接受上天给予你的一切，无论适合与否。像你这样的女人，苍老了点，丑陋了点。仅此而已。

没你在身边，感觉很奇怪。

二十六年，我们一直在一起。携手人生，祸福与共。当时，你穿着西装，我穿着高腰连衣裙，遮住了五个月的孕肚。共同迈入新生活。

现在只剩下我了。孤单，害怕。在生命阴影深处，我曾到达了尽头。

事情没有照我预想的方式发展。

如今又是这样。

自杀？再想想。

字不是手写的。安娜不会知道是谁。

但我知道。去年一年我都在等这一刻发生，骗自己沉寂就是安全。

事实证明我错了。

我能看到安娜的脸上燃起了希望；令她彻夜难眠的问题终于有了解答的可能。我了解我的女儿，她永远不会相信你和我会自愿从悬崖边上跳下去。

她是对的。

我还清楚且痛苦地知道即将发生的事情。安娜会去警察局，要求调查。她会为了真相抗争，却不知道真相背后什么都没有，只有更多的谎言、更多的危险。

再想想。

不知道就不会受伤害。我必须阻止安娜去找警察。我必须在她受伤前，阻止她找到事情的真相。

我认为在我开往比奇角那天，我看见了我过往生活的结局，但我想我错了。

我必须阻止。

我必须回去。

4
安　娜

我给马克回电话，留言说卡片的事。但我感觉什么也没说清楚，我得停下来，深吸一口气，然后再解释一遍。

“听到尽快回复我。”我最后说道。

自杀？再想想。

意思很清楚。

我的母亲是被谋杀的。

我后颈上的寒毛直竖，我缓缓转身，走上背后的大阶梯，两边的门开着，旁边是落地窗户。那里没人，当然没有了。手里的卡片让我非常不安，就像有人闯进房子，直接将它塞进我手里一样，感觉家里不再只有我和艾拉。

我把卡片塞回信封。我得离开这里。

“丽塔！”

厨房里一阵窸窸窣窣的声音，接着地板砖上传来轻快的脚步声。丽塔——呼吁为宠物寻找新家的结果——是只杂种塞浦路斯鬈毛狗，混着其他几个狗种的血脉。她长着赤褐色髯毛，挂在眼睛上方和嘴巴周围。夏天给她修完毛发，皮毛上的白色斑点像雪花一样。她热情地舔着我。

“我们要出去了。”

从来不用叫两次，丽塔就跑到前门，歪着脑袋，不耐烦地看着我。婴儿车塞在门厅的楼梯下，我将匿名信塞进底部的购物篮里，用毯子盖着，好像没有看到它，它就不存在一样。就在艾拉快要从高兴变成不高兴的时候，我抱起了她。

自杀？再想想。

我就知道，我一直都知道。我的母亲很强大、很自信，我希望自己能像她一样自信，有她十分之一的强大。她从来不放弃。她不可能放弃生命。

“我们走吧，出去呼吸一下新鲜空气，好吗？”

艾拉开始找奶吃，但现在没时间了。我不想在这房子里多待一分钟。我在厨房找到妈咪包，检查了一下必需品——尿布、湿纸巾、棉布——然后将钱包和钥匙扔了进去。通常这个点，艾拉会尿尿，或者吐奶，所以需要一整套干净的衣服。我小心地闻了闻她的屁股，发现还好。

“好了，我们走吧！”

房子和人行道之间有片沙砾地，前门到沙砾地有三个石阶。每个石阶的中部都凹了下去，多年来，无数只脚踩踏在上面。小时候，我会从最下面一级台阶跳下去，随着年龄的增长，自信也不断膨胀，直到——在母亲殷切的叮嘱声中——我能够从最上面一级台阶一跃跳到地上，脚踏在车道上，高举着双手领受无声的欢呼。

我一手抱着艾拉，一手将婴儿车推下台阶，然后把艾拉放进车里，用毯子紧紧裹着。寒冷的天气没有升温的迹象，人行道上积了霜，反射出些许光芒。冻僵的石块在我脚下破裂时，发出单调的嘎吱声。

“安娜！”

我们的邻居罗伯特·德雷克站在黑色栅栏一边，栅栏将我们的房子和他的房子分隔开来。两幢房子一模一样：三层乔治王朝风格的房屋，长长的后花园，狭窄的门外过道，从前到后，将房屋连接起来。我的父母于 1992 年搬到伊斯特本。那时，我的突然出现结束了他们伦敦的生活，让他们步入婚姻。我已故的祖父买了这幢房子——距父亲长大的地方有两条街远，还用的现金（“捏在手里的钱才是最管用的，安妮”）。罗伯特买下隔壁是在十五年之后了，我想祖父比罗伯特要少付不少钱吧。

“我一直都记挂着你，”罗伯特说，“是今天，对吧？”他露出同情的微笑，将脑袋偏向一边。这个动作让我想起了丽塔，只不过丽塔的眼睛是温暖的、是充满信任的，而罗伯特的眼睛……

“你母亲。”他补充道，以免我没懂他的意思。他的语气里有一丝不耐烦，似乎我应该对他的同情表达更多的感激。

罗伯特是名外科医生。尽管他对我们的态度除了友好没别的，但他严厉得近乎临床诊断的眼神让我感觉自己就在他的手术台上。他独居；他的侄子侄女偶尔过来拜访，他说起他们的时候也是一副无所谓的样子，完全是一个从来没有孩子，也从来没想要孩子的孤家寡人。

我把丽塔的绳子缠在婴儿车的把手上。“是的，是今天。你真好，还记得。”

“周年总是艰难的。”

我听不下去这些老生常谈了。“我正准备带艾拉出去散散步。”

罗伯特似乎挺高兴换了话题。他从栅栏缝中窥视过来，“她没长吗?”艾拉盖着厚厚的毯子，他不可能看得见，但我还是表示同意，告诉他艾拉所处的生长阶段，说得可能比他想要了解的还详细。

“太棒了！真好。那你们去散步吧。”

车道有房子那么宽，但纵深刚刚只够停小轿车的。铁门平倚在栅栏上，自我出生以来，就从没关上过。我道了再见，然后推着婴儿车穿过铁门，走在人行道上。街对面是个公园，有些年月了，种着各种植物，草坪上立着“禁止践踏”的牌子。我的父母会轮流来这里遛丽塔，这是晚上的最后一件事。此时丽塔正扯着绳子往前跑，我将它拉了回来，推着婴儿车，朝镇上的方向走去。在最后一行排屋的尽头，我向右转，回头瞥了一眼奥克维尤，发现罗伯特还站在他的私人车道上。他挪开视线，走回他的房子。

我们走在板栗大道上，华丽的栅栏围绕着多面临街的排屋。白光闪耀，笼罩着站哨的月桂树。一两幢高大房屋已经被改成了公寓，但还有很多都完好如初。宽敞的前门上整齐地布置着门铃和信箱，圣诞树则被安置在凸窗里。透过窗户，我往高顶的屋子里看了看。在第一栋房子里，一个十来岁的男孩在沙发上蹦跳；在第二栋房子里，年幼的孩子们在房间里追逐打闹，不甚欢喜；在第六栋房子里，一对老夫妇各自读着报纸。

第八栋房子的门开着，一名妇女——四五十岁吧，我猜——站在法式灰的门厅里，一只手轻轻倚靠在门上。我点头跟她打招呼，虽然她举起了一只手回应，但她正朝着三个打嘴仗的人笑着，这三个人正费力地将圣诞树从车上往房里拖。

“小心，你要掉了!”

“往左一点，小心门!”

少女发出一连串笑声，她那笨手笨脚的兄弟露出一丝苦笑。

“你们得把树抬过栅栏。”

而爸爸正在指挥孩子们的行动，帮忙开辟道路，为他的孩子们感到骄傲。

片刻，我觉得这一幕太过伤人，让人无法呼吸。我紧闭着双眼。我异常想念我的父母，在不同的时间，以我所未预料到的方式。两年前的圣诞节，应该是我和父亲打理着圣诞树，母亲在门前假装训斥。还应该有一罐罐玫瑰巧克力[①]、许许多多酒水，以及够五千人吃的食物。劳拉如果开始新工作，就会带一堆礼物过来；如果刚刚离职，她就会带着欠条和歉意过来。父亲和比利叔会为鸡毛蒜皮的事争吵，会抛硬币来解决债务。母亲则触景生情，会在CD机里播放《开车回家过圣诞》。

马克会说我将过往看得太过美好，但只想记住美好时光的人绝对不止我一个。好或不好，我的生活从我父母去世的时候起就彻底改变了。

自杀？再想想。

不是自杀，是谋杀。

有人偷走了我的生活，有人谋杀了我的母亲。如果他们谋杀我母亲，那么我父亲也并非自杀。我的父母都是被谋杀的。

我更加用力地握住艾拉的婴儿车把手，一阵汹涌而至的内疚之情让我站不太稳。几个月来，我都在气愤父母不负责任地离开——只顾着他们自己，却没有想过留下来的人。可能我错怪他们了，可能离开

---

① 英国吉百利旗下商品。

我并非他们的选择。

约翰逊车行的展厅位于维多利亚路和主街的街角，像一座灯塔。在那儿，商店和理发店都被城郊的公寓和房子取代了。而飞舞的彩旗，我记得在我小时候就没了。天晓得祖父若是看到销售代表胳膊下夹着的 iPad，看到一个巨型屏幕滚动播放当周的特价促销活动，会作何感想。

我穿过前院，推着婴儿车走过一辆时髦的梅赛德斯与一辆二手沃尔沃之间。当我们走近，玻璃门无声地滑开，暖气吸引着我们进去。昂贵的音响播放着圣诞音乐。前台后面，以前坐的是母亲，而如今是一位有着浅褐色皮肤的美丽女孩，她那引人注目的水晶指甲敲打在键盘上。她朝我微笑，我看到她一颗牙上镶着的人造钻石闪闪发亮。她和母亲的风格迥异。可能这就是比利叔请她的原因。来这里工作不可能很轻松，一天接着一天。物是人非，就像我的房子、我的生活。

“安妮!”

总是安妮，从来不会是安娜。

比利叔是父亲的弟弟，名副其实的“单身主义者”。他有一大票女性朋友，在周五晚上和她们共进晚餐；偶尔去伦敦进行一次短途旅行，看场表演；每个月的第一个星期三，便会和他的兄弟们打扑克。对此，他十分满足。

偶尔我会建议贝芙、黛安或者雪莉找个时间和我们喝一杯。但比利叔的回答总是一成不变。

“恐怕不行，亲爱的安妮。”

他从来不和女伴进行更加正式的交往。晚餐就只是晚餐而已，喝酒也总是那样。尽管他为伦敦之旅订了最好的酒店，为他挑选的伴侣买了最奢侈的礼物，但总要隔上几个月，他才见她一面。

“为什么你总是将她们拒之门外?”等有了太多次家里人所谓的“约翰逊式虎羊大战[①]”之后，我问过比利一次。

比利向我眨了眨眼，郑重其事地说道：“因为这样的方式不会让任何人受到伤害。”

我抱着他，须后水和香烟的味道混合在一起，那么熟悉。莫名的情绪让我将头埋在他的针织套衫上。他闻起来像祖父，也像父亲，像约翰逊家的所有男人。现在只剩下比利了。

我松开手，决定还是说出来，“爸妈没有自杀”。

比利叔的脸上露出一副无可奈何的表情。我们之前也谈到过这个问题。

“安妮……”

只是这次不一样。

“他们是被谋杀的。”

他看着我，什么也没说——担忧的眼神扫过我的脸——然后他将我带进办公室，远离了顾客，并将我安坐在昂贵的皮椅上，那张椅子一直都在这儿。

父亲以前常说“便宜的东西坏得快”。

丽塔在地板上噗地躺下。我看着我的双脚，记得它们以前是悬挂在这椅子上的，然后渐渐地，就能触到地板了。

---

① 虎羊大战（G&T），即Goats & Tigers，是一款老虎与山羊之间的猎杀游戏。

我曾经在这儿实习过。

那时我十五岁，家里人希望我考虑加入家族生意。直到后来，大家明白我就算在撒哈拉沙漠卖水，都会异常艰难。父亲很有天赋。他们说什么来着？爱斯基摩人遇到了冰。我以前经常看他去评判顾客——潜在金主，他这么叫他们。他把客户们开的车、穿的衣服统统纳入考虑范围；我发现他在选择销售策略和方法时就像点菜一样。他一直都是他自己——汤姆·约翰逊——但他的口音会变得高几个档次或者低几个档次，偶尔他会宣称自己热衷于什么沃特福德①、治疗乐队②、棕色拉布拉多犬之类的。你可以明显看出顾客与父亲在何时对接成功；那是顾客确定他们和父亲处于同一频率上的时刻。确定汤姆·约翰逊是一个值得信赖的人的时刻。

我做不到那样，我试过模仿父亲，试过和母亲一起在前台工作，模仿她对客人的笑容，模仿她对客人孩子的问候，但是听起来那么空洞，就连我自己听着都假。

“我觉得安妮的天赋不在销售上。”比利在我实习结束的时候中肯地评价道。没有人提出异议。

有趣的是，我最后还是做了销售。毕竟，慈善工作最终都是这么回事：把每月的捐赠、受资助的孩子、遗产和遗赠推销出去。把内疚推销给那些有办法提供帮助的人。我毕业就到了救助儿童会③，且从未感到过空洞无意义。事实证明，我对于卖车还从没有如此热情过。

比利穿的是蓝色条纹西装、红色袜子，佩戴着背带，有种刻意的

---

① 英格兰的一支球队。

② 英国摇滚乐队，成立于 1976 年。

③ 致力于关爱儿童，保护儿童权利的国际性组织。

华尔街味道。比利做事从不会是偶然。若换作别人，我会觉得锦衣珠宝粗俗不堪，而比利却穿得很好看——即便背带将他的肚子勒得有点紧，这一分滑稽却让他显得亲切，讨人喜欢，而非花里胡哨。他只比父亲小两岁，但他的发际线却毫无后退的迹象，太阳穴边上的白头发也小心翼翼地修饰着。比利关心他的外表，就如关心展厅陈设一样。

“怎么了，安妮?”他温柔地说着。当我摔倒时，当我在操场上闹别扭时，他也是这般温柔地问我。“难过的一天。我今天情绪不好，但等今天过去就好了，真的。周年嘛！都是回忆。”直率的言语背后透着一丝脆弱，让我想要跟他再多待一会儿。我以前总会来展厅，但自从父母离世，我就给自己找借口不来了。我太忙了，艾拉太小，天气太糟……事实是，这里会让我触景伤情。

“明晚过来吃晚饭吗?”

比利犹豫着。

“拜托?”

“当然，期待明晚。”

比利办公室的窗户是单面染色的。从里面我便能看见展厅里一名销售人员正和顾客握手。他朝办公室瞥了一眼，希望大老板正看着他。比利赞许地点头，心里将其表现记在了下一次的绩效评估里。我看着他，寻找着蛛丝马迹，想要解读他的想法。

生意冷清下来。父亲是公司主力，他的死给比利造成重击。当母亲也离开时，我想是有那么一刻，比利濒临崩溃。

当时，我刚发现自己怀上了艾拉。我来到展厅看比利叔，却发现这里一团乱。办公室没人，一次性咖啡杯散落在等候区的矮桌上。顾客游逛在前院的车辆间，身边却没有人陪伴。在接待处，凯文——新人销售代表，留着醒目的姜黄色头发——歇在桌子上，和接待员调情。这名接待员是从中介找的临时工，圣诞后的那周才开始上班。

“他在哪里?”

凯文耸耸肩:“他今天没来。”

“你怎么不给他打电话?”

在去比利家的路上，我坐在车里，刻意忽略了胸中逐渐升起的不安。他休一天假，仅此而已。他没有失踪，他不会那么对我。

我按了门铃，捶打着门。就在我将手伸进口袋摸手机的时候，我的嘴巴已经组织好了一段耳熟的话，它源于我父母的死亡鉴定——这是对富足的恐惧——比利打开了门。

他的眼里布满了红血丝，衬衫敞开，西服外套皱巴巴的，一看就知道他穿着衣服睡的。一股酒味扑鼻而来，我希望这只是昨晚遗留下来的，而不是今天早上的味道。

“现在谁在经营车行，比利叔?”

他的目光越过我，落在门外的街道上。一对老夫妇正沿着人行道缓慢地前行，身后拉着一个购物小车。

“我没办法，我没法去那儿。”

愤怒涌上心头，难道他觉得我不想放弃吗？他觉得只有他一个人伤心难过吗?

屋内一片狼藉。客厅的咖啡桌上，一层油腻覆盖了整个玻璃台面。厨房到处扔着脏盘子。冰箱空空如也，只有半瓶白葡萄酒。在屋子里找不到正常的餐食也没什么大不了——比利叔认为在外面吃饭是单身生活的首要好处——但这里连牛奶面包都没有。什么都没有。

我刻意保持镇定。我把盘子扔进水池，擦拭了柜台，去门厅地板上把邮件捡了回来。

他朝我疲惫地笑了笑:“你真是个好姑娘，安妮。”

“你自己洗衣服——我可不会帮你洗内裤。”我已经消气了。这不是比利的错，不是任何人的错。

“对不起。”

“我知道。”我给他一个拥抱，“你得回去工作，比利，他们都还是孩子。”

“我不确定是否还有意义。昨天我们接待了六名顾客，都是些只看不买的人。”

“只看不买说明他们还没有看懂行情。”父亲的口头禅让我如鲠在喉。比利捏着我的手臂。

“他那么为你骄傲。”

“他也为你骄傲，骄傲你们俩一起打拼的事业。”我停顿了一下，“别让他失望。”

比利在午饭时间前回去工作了，教训了凯文一番，又奖励了金牌销售一瓶香槟，因为他达成了一笔交易。我知道要让约翰逊车行走向正轨，需要的不仅仅是香槟，但至少比利已经回来掌控大局了。

是父亲让安的有色玻璃。就在祖父退休后的几周，比利和父亲搬进了这间办公室，房间的两边分别放着一张桌子。

“让他们保持警觉。”

“更应该是让他们没法抓到你们打盹吧。”母亲能够看穿约翰逊家的男人，一直都是这样。

比利的注意力回到我身上,“我本以为你那男人今天休假。”

“他叫马克，不是那男人。我希望你会给他一个机会。”

"我会的，只要他娶你。"

"现在不是 20 世纪 50 年代了，比利。"

"想不到他今天会留下你一个人。"

"他本来说要留在家里的，是我说我没问题的。"

"看得出来。"

"本来挺好的，在收到这个以前。"我在婴儿车底部摸到那张卡片，把它交给比利。卡片里夹着用印刷字体精心编写的贺词，当比利仔细阅读的时候，我注意看他的脸色。他一动不动，很长一段时间之后才将卡片装回信封，收紧下巴。

"混账东西。"我还来不及阻止，他已经将卡片撕成了两片，然后又撕成了四片。

"你干什么?"我从椅子上跳起来，抢回卡片的碎片。"我们还要把它交给警察的。"

"警察?"

"再想想。这是一个信号，暗示妈妈是被推下去的。可能爸爸也是这样。"

"安妮，亲爱的，已经一百次了，你不会还想着你爸妈是被谋杀的吧?"

"对。"我的下嘴唇颤抖着，我紧闭双唇，过了一会儿，总算好些了。"对，我就是认为爸妈是被谋杀的。我一直觉得我们弄错了什么事。我从来不认为他们会自杀，至少妈妈不会，她知道爸的死对我们有多大伤害。而现在——"

“那是有人在挑事，安妮！一些自大的蠢货觉得窥探讣告[1]，戏弄不幸的家人十分有趣。像这种垃圾，他们会查看丧礼名册，确定什么时候可以入室盗窃。他们可能同一时间会送十多份这种卡片出去。”即使我知道卡片寄送者激怒了比利，但他似乎更像是在生我的气。我于是站起来。

“那把它交给警察就更有理由了。他们可以查出是谁送的卡片。”我辩解道，忍不住痛哭了起来。

“我们家的人从来不去警察局。我们都是自己解决问题。”

“‘问题’?”我不知道比利为何如此迟钝。难道他不明白这卡片能让一切的事态逆转吗?“这不是一个问题，比利。这不是你在酒吧后门就能解决的争端。这可能是谋杀。我在乎妈妈的遭遇，就算你不关心。”太晚了，话一出口，我恨不得咬掉自己的舌头。比利已转身离开，我都来不及看到他脸上受伤的表情。我无助地站在那儿，看着他的后脑勺，想对他说对不起，却说不出口。

我将艾拉推出办公室，没有关门。如果比利不帮我，我就自己去警察局。

有人谋杀我母亲，我要找出幕后凶手。

---

① 死亡通知，尤其是指刊登在报纸上的，通常包括死者生平简介。

5
默 里

默里·麦肯齐旋转着聚苯乙烯杯子里的茶包。

“牛奶?”他打开冰箱，偷偷闻了闻三盒牛奶，才找到一盒他可以放心地交给这位无助的市民。安娜·约翰逊显然很无助。她没有哭，但默里不安地感觉到眼泪随时会掉下来。他不擅长安慰哭泣的人。他从来不知道是该忽视还是该面对，也不知道如今这个世道，递上一块整洁的手帕是否政治正确。

默里听见一阵轻轻的嘟囔声，接下来应该就是啜泣了吧。不管是否政治正确，如果约翰逊太太没有纸巾，那么他会提供帮助。他自己不用手帕，但他总是随身带着一块，像他父亲那样，随时准备应对这种情况。他拍拍口袋，转过身去——手里聚苯乙烯杯子已经过满——他这才意识到那令人揪心的声音是婴儿发出的，而不是约翰逊太太。

默里只得到了短暂的解脱。当安娜·约翰逊熟练地将孩子从婴儿车里抱出来，轻轻拍着，横放在腿上，拉起上衣开始喂奶的时候，默里感到脸上发红。意识到自己脸红，默里的脸更红了。不是因为他反对母乳喂养，而是他从不知道当母亲给孩子喂奶的时候，他应该往哪儿看。曾经有一次，他在玛莎百货楼上的一家咖啡厅向一位母亲投以鼓励的笑容，结果那位母亲对他怒目而视，将衣服掩盖好，似乎他就是个变态一样。

当他把茶放下时，恭敬的样子像是端着骨瓷杯一样，他将目光聚焦在约翰逊太太左边眉毛的上方："我恐怕找不到饼干了。"

"茶很好，谢谢。"

她是一位迷人的年轻女人，沙棕色的头发有微微波浪，在她转头的时候，波浪便在肩头上下起伏。她的脸色苍白，有刚为人母的样子，默里记得他侄子还小的时候，他姐也是这番模样。

随着默里年纪越来越大，他越来越无法判断他人的年纪。虽然四十岁左右的人看起来都很年轻，但安娜·约翰逊绝对没有三十岁。

他们坐在下米兹[①]警察局前台后面的一片小区域里，那儿装了一个小厨房，默里和同事们可以一边午休，一边注意着门边来人。市民们一般不会来这儿。局里十分安静，整整几个小时都没有人来报告狗狗走失，或是来签保释单。默里有足够的时间独自一人在家沉思，在工作上他便不需要这般沉寂。

在这远离总部的地方很难见到巡佐以上的官员，所以默里便放心将约翰逊太太带进内厅。你不必当警探，也知道那三英尺高的密胺聚酯板柜子不利于让目击者放松下来。当然，考虑到约翰逊太太到此的目的，她也不可能放松得下来。

"我认为我母亲是被谋杀的。"她一来就这么说。她目光坚定地看着默里，好像怕他要立马反驳似的。默里感到一阵兴奋。谋杀。今天值班的探长是谁？嗯……罗宾逊探长。真是让人头疼，要给一个狂妄

---

① 下米兹（Lower Meads），位于伊斯特本的一片区域，与南唐斯（South Downs）相邻。

而无经验的年轻人报告，嘴上毛都还没长齐，接手工作才不过五分钟。但接着安娜·约翰逊解释说她母亲已经离世一年了。事实上，验尸官已经判定死因为自杀。正是因为这样，默里才打开前台那侧的门，请约翰逊太太进来。他猜测安娜会需要些时间来谈论这件事。一只狗乖顺地在她的脚边小跑，似乎不因周围环境而感到慌张。

此时安娜·约翰逊尴尬地扭转过身，从婴儿车里取了一把纸片。她的 T 恤衫随之向上皱起，露出一英寸柔软的肚子。默里呼吸困难，双目紧盯着地面，想着给婴儿喂奶得要多久时间。

“今天是我母亲的忌日。”她用力地说，让默里感觉她在努力压抑情绪。她的声音异常理性，但她苦恼的眼神出卖了她。“这个是用邮政寄来的。”她将一把纸片推给默里。

“我去拿双手套。”

“指纹！我没想到……我会把所有证据破坏了吗?”

“我们先看看我们拿到的是什么，好吗，约翰逊太太?”

“其实是小姐。但叫安娜就好。”

“安娜，我们来看看我们拿到的是什么。”默里回到座位上，将橡胶手套戴上，熟悉的动作让人很是安慰。他将一个大的塑料证据袋放在他们俩之间的桌子上，并将纸屑拿出来。这是一张卡片，已经被粗暴地撕成四片了。

“寄来的时候不是这样的，是我叔叔……”安娜犹豫着，“我想他是太生气了。”

“你母亲的兄弟?”

“我父亲的。比利·约翰逊。你知道主街街角的约翰逊车行吗?”

“那是你叔叔的地方?”默里在那儿买了他的这辆沃尔沃。他试图回忆那个卖车给他的男人；他的脑海里勾画出一个衣着干练的家伙，梳着精致的头发，遮挡住一块秃顶的部位。

“那是我祖父的。父亲和比利叔都是跟他学做生意的，但他们当时去了伦敦工作。我的父母也是在伦敦相遇的。祖父生病的时候，他们回来帮忙，后来祖父退休了，他们就接手了生意。”

“现在生意属于你叔叔了？”

“是的。嗯，也属于我，我想。祸福参半啊。”

默里等待着。

“如今生意不好。”她耸耸肩，小心着不去惊动臂弯里的孩子。默里心里想着待会儿再去讨论安娜父母遗产继承人的细节问题。现在，他要仔细检查这张卡片。

他将卡片碎片和信封分开，将碎片拼在一起。他注意到卡片正面的庆祝图像，以及里面同样残忍的匿名消息。

自杀？再想想。

“对寄信人，你有什么头绪吗？”

安娜摇摇头。

“哪些人会知道你的地址呢？”

“我从小到大都生活在那栋房子里。在伊斯特本这个小地方，要找到我不难。”她熟练地将孩子掉转方向。默里又检查了一遍卡片，直到他确定可以将目光移开。“父亲死后，我们收到了很多邮件。其中许多都是慰问卡片，这么多年，有很多人还记得他们是从父亲那儿买的车。”安娜的表情严肃起来，“但有几张不是很友好。”

“怎么不友好的？”

“有人寄信说父亲不珍惜自己的生命，会下地狱。也有人说‘可算是摆脱了'。当然，这些都是匿名的。"

"这肯定让你和你母亲感到非常愤怒。"

安娜再一次耸耸肩，但没一点儿说服力。"疯子。那些人是因为车子的问题而发脾气。"她捕捉到默里脸上的表情。"父亲从来不卖假货，但有时你还是会拿到劣质品，仅此而已。人们想要有人为此负责。"

"你保留这些信了吗？我们可以把它们拿来和这个作比较。看看是不是出自一个心怀怨恨的人。"

"它们被直接扔进垃圾箱了。六个月后母亲死了，而且……"她看着默里，不再想下去，还要处理更加紧急的事情。"我来是看看你们是否会重新调查我父母的死。"

"还有什么事让你觉得他们是被谋杀的吗？"

"你还想要什么？"她指着他们俩之间的贺卡碎片。

证据，默里想。他啜了一口茶水，好给自己留点时间。如果他现在将这案子交给罗宾逊探长，今天就会被驳回。CID[①] 忙着手头现有的案子，单单一封匿名信和一种可笑的感觉是不会让他们重开这门棘手的案子的。

"拜托，麦肯齐先生。我需要明确知道这一点。"安娜·约翰逊在他们谈话期间一直表现出来的克制开始分崩离析了。"我从不相信我的父母会自杀。他们精力充沛，充满雄心壮志，在生意上还有大计划。"婴儿已经喂完奶了。安娜将她放在膝盖上，一只手伸出去放在她的下巴下，另一只手则搂着她的背，一圈圈揉搓着。

"你妈妈曾经也在那儿工作吗？"

---

① CID, Criminal Investigation Department,（英国警察） 刑事调查部。

“她负责账目和前台事务。”

“确实是家族生意啊。”听到如今周围还有几个做家族生意的，默里有些振奋。

安娜点头，“母亲怀我的时候，她和父亲搬到伊斯特本，离父亲的父母更近了。祖父当时生意不是很好，不久父亲和比利叔就接手来做了，母亲也加入了。”婴儿现在困了，眼球在眼窝中翻动，就像周六晚上牢房里的醉汉。“她不工作的时候，就为她的动物慈善会募资，或者出去游行。”

“为什么事游行？”

安娜笑了一声，她的眼睛闪闪发亮。“什么事都有。国际特赦组织，女性权利，甚至公交服务——尽管我觉得她一辈子都没坐过公交车。一旦她支持某件事，某件事就能办成。”

“听起来她是个很杰出的女性。”默里温柔地说着。

“曾经新闻报道过一件事，几年以前了。我和我的父母在家，新闻就在事发地进行报道。有个年轻小伙子开着轻型摩托车从比奇角摔下去。他们发现了车子，但没发现尸体。他妈妈在电视上哭泣，因为她无法给他一个真正的葬礼。”婴孩不舒服地扭动着，安娜调整了下姿势，拍着她的背。“我们谈论过这件事，我记得母亲看电视的时候，手捂着嘴巴。而父亲就很生气，觉得这小伙子不该让父母经受这样的痛苦。”她声音逐渐降低，停止拍抚婴儿，盯着默里。“他们看见了这小伙子对他母亲所做的事，他们永远不会这么对我的。”

眼泪涌上安娜的眼角，顺着她窄窄的鼻子轮廓，先后滑向她的下巴。默里递出手帕，她感激地拿着，使劲压向她的脸庞，似乎只要用蛮力就能将眼泪逼回去。

默里僵坐着。本来他可以说很多有关自杀倾向的话，但他猜这可能帮不了安娜。他想知道她是否在过去的日子里获得了适当的抚慰。“你应该会从处理你父母死亡事件的警官那里收到一张宣传单。那上面列有慈善机构，可以帮助那些有亲人自杀的人。你也可以参加一些团体，可以一对一地面见某些人。”

有些人觉得共享经验是救生索。他们在团队治疗中茁壮成长，变得更加坚强，更擅于处理他们的情感。问题共担……

但是自杀抚慰团队不能帮助每个人。

他们没能帮到默里。

“我见过伤痛治疗师。”

“有用吗?”

“我和他生了一个孩子。”安娜·约翰逊半哭半笑。默里发现自己跟着她一起在笑。

“嗯，听起来很有用。”

眼泪开始慢慢止住。安娜的笑容苍白无力，但很坚定。“拜托，麦肯兹先生，我的父母没有自杀。他们是被谋杀的。”她指着撕碎的卡片,“它就能证明。”

它不能证明，它什么都证明不了。

但它确实提出了一个问题。默里从不是一个会忽视疑问的人。或许他可以自己研究一下。抽出原始档案，通读验尸官的报告。如果有什么事值得调查，他可以把这套文件交上去。他有办法，毕竟，三十年的工作经验，CID 最佳职员。你不会把知识连着你的警察证一并上交。

他看着安娜·约翰逊。疲惫，情绪化，但却坚定。如果默里不帮她，谁会帮她？她不是会轻言放弃的人。

“我今天下午会索要卷宗。”

默里有办法，有时间，有很多很多时间。

6

你不能回去。这样会惊扰他人。如果有一本手册，那么第一条规则便是：**永不回头**。紧接着第二条规则便是：**永远别让人看见你**。

你必须继续向前。

但当你成为非人之人时，当你抛弃了你熟知的生活而尚未展开新生活时，当你陷入今生和来世之间的真空地带时，当你死去时，你很难继续向前。

我遵守了这些规则。

我消失在这半衰期，寂寞而无聊。

我怀念我过去的生活。我怀念我们的房子：花园，厨房，还有你一时兴起买的咖啡机。尽管听起来很傻，但我还是怀念美甲和每六周一次的染发。我怀念我的衣服，怀念我那漂亮的步入式衣橱，里面装着熨烫过的套装，还有仔细叠好的羊绒衫。我想知道安娜都怎么处理它们了——她是否在穿呢?

我想念安娜。

我想念我们的女儿。

对于她最后一年的学校生活，我充满了担忧，因为她是家里第一个上大学的人。我害怕她离开后的空虚，害怕她从不知道她对我们俩的影响。我害怕寂寞，害怕独自一人。

人们以前常说她和我十分相像，我们会看着对方笑笑，觉得没什么相似之处。我们是那么不一样。我爱聚会，安娜则讨厌聚会。我喜欢购物，安娜则很节俭，总是自制或者修修补补。我们长着一样的灰褐色头发——我从不理解她为何不愿意染成金发——拥有一样偏丰腴的体形，这让我比她还要苦恼。我认为我新染上的亮色调很适合我，尽管我承认我因为没有听到朋友们的赞美而感到遗憾。

这一路走来比我预计的时间要久，但我一踏上熟悉的土地，疲惫便消失不见。就像得到假释的囚犯，我陶醉于周围的景色，惊叹它的变化之大，也惊叹它的一成不变。同样的树木，还是只有零零落落几片叶子，场景和我离开时一模一样，好像我才走开一小会儿而已。同样繁忙的街道和臭脾气的公车司机。我看见安娜以前的班主任罗恩·戴尔，便赶忙缩回阴影里。我根本不用这么做的——他朝我这边看过来，却对我视而不见。人们会看见他们想看到的东西，不是吗？

我沿着安静的街道缓慢地走着，纵情于自己争取的禁忌自由。任何行为都有相应的结果，我并非轻易地打破了规则。如果我被抓住，我就有可能失去来生，而不得不在炼狱中饱受折磨。这炼狱即是我亲手所造的监狱。但回去的兴奋难以忽略。离开这么久，我的感官异常激动，当我转进下一条街道时，我感觉心脏在胸口怦怦直跳。

快到家了。**家**。我拦住自己。提醒自己它现在是安娜的家。我希望她已做出改变。她一直都爱后门那边的卧室，墙纸上有漂亮的蓝色藤枝。但是我想我真傻，她现在怎么会在那儿呢，她应该早搬进了我们的卧室。

有那么一瞬间，我放下了戒备。我想起我们一起去奥克维尤的那天。以前的主人是一对老夫妇，他们更新了电力系统，给房子接通了煤气和污水管，替换了昂贵的油罐和恶心的化粪池(还埋在花园底下)。你父亲已经给出过价了，我们要做的就只是为房子注入活力，打开原来的门和壁炉，推开长期紧闭的漆饰窗户。

我放慢了步伐。我已经到了，我紧张起来。我将注意力集中在两件我要做的事情上：阻止安娜去警察局；确保所有证据都指向自杀，而非谋杀。

但该怎么做?

一对夫妇手挽着手转入街道，向我迎面走过来。我站到一个门口，等着他们经过，同时让自己冷静下来。我要让安娜明白，如果她开始质疑她认为她知道的事情，她会陷入危险。我该如何做到这一点，并且不被发现呢?我想象一个卡通式的鬼魂，它拖着链条哗哗作响，在夜深人静之时哀号。太荒唐。不可能。但我还有别的办法给她传递消息吗?

我到了，在我们的——安娜的——房子外面。我退到街对面，就连这样都感觉太近。我转移到广场中央的封闭式公园，透过冬青灌木的带刺枝条观察着。如果她没在家怎么办?我无法事先打电话去确认。要是我回来所冒的风险都白费了怎么办?我会失去所有。再一次失去所有。

街上传来一声嘈杂，我又往冬青丛里缩了缩。我透过树荫眺望街道。一个女人，推着婴儿车。她在打电话，走得很慢，一副心不在焉的样子。我继续盯着房子，眼睛扫过每一扇窗户，寻找活动的迹象。

婴儿车在潮湿的人行道上发出有韵律的声音。我记得以前推着安娜在约翰逊车行的前院转悠，在那些车子中间进进出出的，只等着她能安然入睡。当时我们自己都还是孩子，靠着你父亲付给我们他觉得合适的工资，几乎不用为了生活发愁。婴儿车是二手的，难看得很。底盘不稳，走在不平的路上就会把安娜摇醒。一点儿也不像这个女人推的，造型优美又新潮实用。

她在房子边停住，我咂了下嘴，不耐烦地等着她继续向前走，以免错过窗帘拉开的窗户后的举动。但她没有走开。现在我看见她不是一个人，有只狗跟着她，在她旁边的影子里小跑。我感到胸中一股刺痛。

那是……

当她将婴儿车推进大门，走到前门时，婴儿车颠簸在沙砾地上。前门上的染色玻璃板透出门厅里那柔和的红色灯光。

是的。

女人打完电话，将手机放进口袋。她取出钥匙，与此同时，她将兜帽往后拉，我看见门上方的灯光照着她灰褐色的头发，还有柔美的五官，一张嘴随时都会展露笑容，只是现在暂时没有。我的脑袋嗡嗡直响，因为是她。

是安娜。

还有一个婴孩。

我们的女儿有孩子了。

她转身将婴儿车拉上台阶，放到了门厅。此时她往公园这边望过来，感觉像是在直视我一样。眼泪在她的双颊微微发光。她颤抖着，将婴儿拉到门厅内的安全之所，关上了门。

安娜有孩子了。

我有孙子了。

即使我知道没人能事先通知我——没有什么能像死亡证明一样切断沟通渠道——我仍旧感到一阵愤怒，从母亲变成祖母这么重大的转变，我却还茫然不知。

安娜有孩子了。

这一点改变了所有事情，也会改变安娜。作为母亲的安娜会刨根问底，会让她审视她的生活、她的人际关系，以及我的死亡、你的离世。

生了孩子让安娜变得脆弱。她如今有了世界上最亲爱的人。如果有人得知此事，他们会利用这个对付你。

不要寻找答案，安娜。你会失望的。

如果她去警察局，她会将她自己和她的孩子置于危险之中。

她会触发某些一旦开始便无法停止的事情。

7

安　娜

我到家半个小时后，门铃响了。劳拉把我拉进她的怀抱。

“马克给我打了电话。他不想在你难过的时候丢下你一个人。”她又用力地勒了我一下，然后略微地松开，看看我受伤没有。内疚从我的心中溢出。我不该给马克留那条短信的——他帮不了什么忙，还会担心一下午，上课、开车回家都会分神。

“我很好。”

“你看起来可不怎么好。我们能进去吗？外面可真是冷啊。”劳拉也爱莫能助——她身材瘦小，金发披肩，一张娃娃脸意味着她现在买酒还被要求出示身份证，尽管她已经三十多岁了。

我唤丽塔，她正站在车道上对着空气吠叫。

“她怎么了？”

“大概是看到什么松鼠了吧。她这样都一整天了。丽塔！”她不舍地进来后，我就把门关上。我注意到劳拉穿着牛仔裤，不是一个月前她刚到银行上班时穿的糟糕的褐色和橘色制服。“你不是该上班吗？”

“上不下去了。”她对我的担忧满不在乎。“这样挺好的，真的。我不喜欢那工作。我要把水壶烧上吗？”

把茶泡好之后，我们俩坐在中岛上，我给劳拉看了那张匿名卡片的照片。我在警局拍的这些照片，没想到这么快就给她看了。灯光射在证据袋上，很难看清卡片上面的内容。

“这就是全部了?”

“只有这一句。”

“警察把它当回事吗?”

“我觉得是的。”我看着她的眼睛。“你觉得他们不应该吗?”

“他们当然应该了！看看卡片。看看你——这肯定让人非常难受。”她停顿了片刻,“你爸爸去世的时候，你有收到类似的东西吗?”

“那不一样。那些人都是疯子。”

她挑起一条眉毛:“你认为这个就不是疯子了?”

我朝窗外望了很久很久。我想到父亲曾用手机搜索信息，查询浪高，查询跳海的最佳位置；想到那名牧师曾倾听母亲为了丈夫自杀而哭诉；想到我的父母从五百英尺高的悬崖坠入冰冷的大海。我想知道是否有人将他们推下去。“我只想找到答案，劳拉。”

她盯着她的茶，许久之后才开口道:“有时候我们找到的答案并不是我们想要的。”

我十岁的时候，劳拉的母亲去世了。当时我穿着齐膝的袜子，从门厅的地板上快速地跑过去接电话。

“我能和你妈妈讲吗?”

“劳拉，你什么时候再来看我们?”作为母亲的教女，劳拉是我唯一的大姐姐。她大我七岁，一切都是我梦寐以求的样子，那个时候我认为这些很重要。酷炫，时尚，独立。“我今天拿到了本周之星，然后——”

“我需要你妈妈，安娜。”

我从没听过劳拉的那种语气：严肃。有些生气，我觉得，后来我才意识到她只是一直在努力控制自己不发泄出来。我把电话递给母亲。

母亲一阵阵地失声痛哭，中间停顿的时候则是满腔的愤怒。我听见她斥责父亲，那时我躺在床上——本该睡着的。

“那该死的公寓，每间屋子都是潮湿的。艾丽西亚肯定跟市政机构说过很多次。她发现卫生间里有蘑菇。蘑菇！读书的时候，她的哮喘就很严重，而……蘑菇，行行好吧。难怪病情加重。”

我的父亲，安慰着。声音太小听不见。

“我是说，他们已经说了要让劳拉搬进新房子。如果那不是默认他们有责任，我不知道那是什么。”

情况并非如此。住房协会强烈否认任何责任。验尸官判定死因为自然死亡；艾丽西亚的哮喘是一个不幸的致死因素。

“你还想她吗?”我现在问道。这不算是真正的问题。

“每天都想。”劳拉和我眼神相遇，“我真想告诉你没那么难过了，但事实不是。”

我在想换作是我该作何感受，如今都十六年了。经过这么长时间，胸中那股剧烈的刺痛就不会让我有窒息感吗？它必定要平复的，必须的。噩梦会退却，我也会适应那种走进房间时意识到父亲的椅子空了的失落感。会好起来的，不是吗?

我站起来，在艾拉的摇椅旁蹲下。她在睡觉，但我需要将自己从情绪的涌动中剥离出来。这就是关键。分散注意力。艾丽西亚去世的时候，劳拉身边没有任何人。而我有艾拉，有马克。马克总是知道该说些什么；总是知道该如何让我好受些。

是我的父母将马克送到我身边的。我知道这听起来很荒谬，但我相信某些人会在对的时候走进你的生活，马克就是我从未意识到自己所需要的一切。

母亲去世后几天，我开车去了比奇角。在父亲死后，我是拒绝到那里的，尽管我母亲在上面逗留了几小时，在崖顶上徘徊，站在有人目睹父亲投海的那个地点。

当母亲也离世之后，我才想要去看看我父母曾见到的风景——想要试一试，去体会他们当时的心境。我停好车，走到悬崖边上；脚下便是海浪拍打礁石的景象。我感到头昏眼花，还有一种可怕的、不理智的想跳下去的冲动。我不相信有死后世界的存在，但在那一刻，我从他们去世之后第一次感觉我离他们很近，我希望我能确切地知道我会和我爱的人在天堂重聚。如果我知道这一点，我想，我不会犹豫。

验尸官说我母亲的自杀是可以理解的——就任何死亡都是可以理解的而言。她思念我的父亲。

父亲的死逼疯了母亲。她变得神经质、多疑，对噪声反应过激，拒绝接电话。我曾半夜时下楼去倒杯水喝，发现房子里没人，我的母亲天没亮就出去散步了。

“我去看你爸。”一块墓碑躺在教堂墓地中，成为众多生命逝去的标志之一。我淌下眼泪，想到她一个人站在父亲的墓地边上。

“你应该叫醒我的。下次一定叫醒我。”

她从没叫醒过我。

他们对比奇角很警惕。尤其是在平安夜那天，模仿式自杀的新闻刚刚在全国的媒体上大肆报道不到一周的时间。当牧师走近的时候，我仍然盯着礁石，冷静而客观。

“我没打算跳下去，”我后来告诉他，“我只是想知道那是什么感觉。”

他不是曾经和我母亲在悬崖上讲话的那位牧师。这个男人要年纪大些、智慧些，相比六天前来警局的那位年轻牧师而言。年轻牧师穿着乐福鞋，一边哆嗦着一边描述母亲的背包——里面装了石块，沉甸甸的；他描述说母亲的手袋和手机整整齐齐地放在草地上，就像七个月前父亲的钱包和手机一样。

那位牧师都快哭了。“她……她说她改变主意了。”他一直坚决地避开我的目光。“她让我送她回到车上。”

但我的母亲是个倔强的女人。一个小时后，她回到了悬崖，将包包和手机再次放在了一边，然后——正如验尸官判定的——她自杀了。

上个平安夜和我在比奇角说话的牧师没有冒任何的风险。他呼叫了警察，然后等着，直到他们温柔地将我带走；直到他换班，直到没人会在他值班之时死去。我感谢他的及时干预。当我意识到我们曾与不敢想象的事情只有一步之遥的时候，我感到后怕。

我没打算跳下去，我告诉他。但事实是我并不确定。

当我回到家，信箱里塞着一张传单：心理治疗服务。戒烟、恐惧症、自信。离婚调解。悲痛抚慰。这传单无疑满大街都在发，但尽管如此，它仍然像是个信号。我在改变主意之前打了电话。

我一下子就喜欢上了马克。他甚至还没开口，我就感到安慰了。他个子高，但高得不离谱；宽肩膀，但不吓人。他深色的眼睛长了鱼尾纹，给人一种智慧的印象。当他倾听时，他表现得很体贴、关心；他还摘下眼镜，似乎这样能让他听得更清楚。我根本没预料到我们的第一次，没预料到我们最终走到了一起，没预料到我们会有一个孩子。我只知道马克让我感到安全。一直以来，他都让我感到安全。

劳拉喝完茶，将马克杯放进水池，擦洗干净，倒放在沥水板上。“马克这个爸爸当得怎么样？”

我挺直身体。“他很宠爱她。下班回家都来不及脱外套就直奔艾拉，接手照顾她。幸亏男人不能哺乳，否则我永远不会有插手的机会了。”我翻了个白眼，可我自然不是在抱怨。马克帮得上手实在太棒了。你说不清楚某人会成为哪种父亲，不是吗？他们说我们本能地从伴侣身上寻找我们需要的特质：诚实、力量、爱。但你事先不知道他们是否会为了你非吃不可的黑加仑果冻而在凌晨三点出门，或者合理地分担夜晚给孩子喂奶的工作，而等你知道的时候，就没有打退堂鼓的余地了。我很幸运有了马克，感谢他守候在我们身边。

我的父亲终其一生，都没换过一次尿布。据我所知，母亲从没要求过他这样做。回想起来，事情就是这样。我想象父亲看到马克轻拍艾拉让她打嗝，或者专业地帮艾拉脱下脏兮兮的宝宝服，换上干净的衣服，父亲会是什么反应；我知道他可能会打趣这个“新手”。我打消了念想。老实说，我根本不知道父亲是否会喜欢马克。

这不该有什么问题，也确实没问题。马克对艾拉来说是个好父亲，这才是最重要的。

第一次约会的时候，我喝太多了。当时我的精神濒临崩溃，酒精在某种程度上缓和了我外出放纵的愧疚感，毕竟母亲去世还不到两个月。

“我平时不是这样的。”我说。当时我们回到马克在普特尼的公寓，那杯说好的咖啡也作罢了，被替换上又一杯红酒，本来要参观公寓的，可到了卧室便戛然而止。听起来水到渠成，但实际不是。我从没和别人在第一次约会，或者第二次，甚至第三次的时候就睡在了一起。但那天晚上，我很鲁莽。生命太过短暂，我无法抓住它的犄角。

事实上，我醉了，不能控制自己。不顾后果，不由自主。马克——或许没那么醉，或许还能意识到我们正在跨越微妙的伦理线——试图让事情慢下来，但我不为所动。

愧疚感在第二天早晨到来。莫大的耻辱撕碎了我的自尊，趁马克还没醒，我将自己从他的床上拉了起来。

他在前门边找到了我，看我正套着靴子。

“你要离开？我想我们可以出去吃个早餐。”

我犹豫了。他看起来不像一个完全不尊重我的人，但前一晚的记忆让我畏缩。我突然记起我脱掉自己的内裤，像一个低俗的脱衣女郎，最后失去平衡，跌倒在床上。

“我必须得走。”

“我知道街角有个很棒的地方。还很早，现在。”那个没说出口的问题——星期天早晨八点我有什么地方要这么着急去？——让我答应下来。

直到九点我的酒劲儿才算过去，但随之而来的是难堪。如果马克不尴尬，我又为什么要尴尬呢？我们最终就一点达成一致：这事发生的比我们俩预想的都要快。

“我们要重新开始吗？”马克建议道，“昨晚太美妙了，但……也许我们可以重新进行第一次约会。互相认识对方。”

又过了五个星期，我们才再一次上了床。我当时不知道，但我那时已经怀孕了。

“我应该将它登报吗?”我现在问劳拉。

“你这样有点草率吧。”她后悔自己措辞不当。“对不起。”

“他们在母亲去世时写了一篇文章。他们可以做跟踪报道，向社会征集线索。”我脑中勾画出那张卡片。

自杀？再想想。

“没人在那个时候会向前迈步，但如果妈妈那天身边有人——将她推下悬崖的人——他们肯定会遇到其他人。”

“安娜，那个牧师见到了你妈妈。”

我陷入沉默。

“他劝说她离开了悬崖边。她说她想自杀。”

我想用手指塞住耳朵。啦啦啦啦啦。“但她真正跳下去的时候，他没在那儿，不是吗？他没看见她回去的时候是否独自一人。”

沉默了片刻，劳拉开口，“所以，卡罗琳在比奇角。她是准备好要跳下去的。牧师劝她下来，然后，一个小时后，有人谋杀了她?”

她没必要指出这听起来有多么荒谬。

“她可能是要摆脱某人，认为自杀比被杀要好些。只是她做不到，当牧师认为他正将她带向安全的时候，他事实上正将她推向……”我没说完，劳拉的眼里已经满是遗憾。

“推向谁?”

艾拉醒了。她弄出细碎的喵喵声，将她紧握的拳头放进嘴巴。

“谁杀了她，安娜？谁会想要置卡罗琳于死地?”

我咬住下唇。“我不知道——一个当自己的车子抛锚时责怪别人的蠢蛋?”

“就像那些在你爸爸死后送匿名信的蠢蛋一样?”

“正是!”我扬扬得意，以为她佐证了我的观点，然后我看见她的脸，不知怎的，其实是我证明了她的观点才对。喵喵声变成大哭。我从艾拉的摇椅中将她抱起，开始给她喂奶。

“看看你——现在相当专业。”劳拉微笑着。

在早些日子，只有在一张特定的椅子上，身边小心翼翼地布置好垫子，房间里也没人能够转移艾拉的注意力的时候，我才能进行哺乳。如今，我一只手就能做到，也能站起来，如果需要的话。

我没让劳拉转换话题。她的问题很重要。谁会希望母亲死呢?那些我父母和比利碰到的汽车经销商并没有企图隐藏他们卑劣的行径。母亲和父亲的死会是一场糟糕的交易结果吗?

“你能帮我查看一下爸爸妈妈的书房吗?”

“现在?”

“有问题吗?你要走了吗?”如果劳拉不能帮忙，我会自己做的。我想知道母亲的抗议活动是否关键所在。我十几岁的时候，她参加了反对布莱顿大学动物试验的抗议活动，结果收到了一些来自员工和其家人的恐吓信。我记不得近些年她是否参加过比规划申请和自行车道更具争议的抗议活动，但我可能在书房找到点儿什么线索。

“我不是那个意思——我是说……你确定要现在做吗?”

“劳拉，你一年里大部分时间都在唠叨让我这么做!”

“只是因为你本来可以用那漂亮的书房，但你却在餐桌上办公，太可笑了。而且我没有唠叨。尽管我确实认为那样会让情感得到宣泄，不管马克怎么说。”

我尽力温和地回应。“他做这种事是为了生活，你知道的。”

“把一切都拒之门外，假装没事，有什么健康可言?”

“他没说要我假装没事发生，只是说应该等我准备好了，再来面对。”

“等他说你准备好的时候?”

“不是，当我自己准备好的时候。”现在更加坚定了自己。我知道劳拉就像比利叔叔一样是向着我的，这是首要的，但我希望他们别那么保护我。

进展太快了，这才是问题所在。马克和我在一起还不到一年，我们的孩子就已经八周龄了。我们仍在摸索对方最喜爱的食物、电影、书籍。我只见过他母亲一次。我们就像未成年人，第一次约会就上了床，只是我二十六岁，马克四十岁。

这也是问题的一部分。

“他的岁数都可以当你的父亲了。”比利在我一口气宣布完所有事之后这么说的。我遇到一个人，他马上就会搬来和我一起住，嗯，顺便说一声我们孩子的预产期在十月。

“稀罕。当爸爸的比妈妈大了十岁。”

“看看结局会怎样。”

“这是什么意思?”

但他不再言语，我暗自庆幸。我不想知道。我从来都不想。当你年轻的时候，你认为你的父母是完美的。或许他们经常吼你，或者不给你零花钱，只有等你把你的房间收拾整洁才给你，但他们是你的父母。他们爱你。你爱他们。

我读大学的时候才意识到不是所有人的父母都像我的父母那样。不是每个人的爸爸妈妈都会尖叫争吵，不是每个人的爸爸妈妈都会每天去空瓶回收箱。这种领悟已经足够了——我不想知道更多。我不想知道我父母的婚姻是怎么回事。这婚姻是否进展良好。这不是我所关心的。

就像其他的底楼房间一样，书房的窗户是落地式的，鲜少使用的涂漆百叶窗现在都关不上了。屋子中央摆放着一张双人书桌，意味着我父母可以同时办公，尽管他们只在做增值税退税的时候才一起办公，那种时候的压力总是会引发争吵。

“安娜，叫你爸爸给我递下订书机。”母亲有个星期六这么说道，当时我推开书房门看他们是不是还要待很长时间。我自己将订书机递给她，等事情都完了，我骑着自行车出门了。

大多情况下，我的父母会轮流在展厅守到很晚，直到我足够大了，可以放学后去他们的工作地，或者可以自己回家。

我将手放在门把手上，深吸一口气。我不用这间房。我不进这里。我假装它不存在。

“你不必这样。所有重要的文件都看过了。”这非常间接地暗示了劳拉花费了一整天来耐心地从我父母留下的个人物品中清出全部文书，然后又花费了一整天，以我的名义打电话更改物业账单的接收人，取消父母的几十份订阅服务。我的感激略带愧疚。艾丽西亚去世时，又是谁为劳拉做这些事？当我想象着十七岁的劳拉在她新申请到的现代化的市政保障房中整理她妈妈的文书，我的心碎了。

“是时候了。”我说。

我想知道关于我父母生活的一切。一切我不愿面对的，一切我不希望真实发生的。我需要全部了解。我父母的朋友是谁？敌人是谁？

谁杀了他们？

8

默　里

档案管理员丹尼斯·汤普森还在和默里一起值班的时候就有些发福了。如今他的身宽和身高一样，头顶发亮，眉毛上架着两副眼镜。

“变焦眼镜没法用。”他取回老花镜，迅速挂在鼻梁上，端详着他给默里找的两个文件箱的盖子。“汤姆·约翰逊。卡罗琳·约翰逊。”

匿名卡片在卡罗琳·约翰逊的忌日当天送来，暗示了这件事有蹊跷，但因为她的死又和他丈夫的死密不可分，默里打算从头查起。

“就是这些了。谢谢。”

丹尼斯将一本 A4 记事簿推过柜台。每一页上都是整齐的表格，签名记录着每份文件从档案室借出以及归还的日期。默里拿起笔，然后犹豫。他看着他的老同事。

“我不想……”

“留下记录？”

“拜托。我会在你们想起来之前将它们归还的。”

当他带着文件离开档案室时，默里得出结论，有时候像他这样软磨硬泡还是有好处的。

他想在回家的公车上看看案件档案，但车上有两个应急警察——

他们的领带和肩章藏在北面[1]的运动衫下面——正坐在他后面。他们没有注意到他（一旦你退了休，你就变得隐形了，这真有趣），但默里不会声张自己的存在，毕竟他手里还带着非法获取的警方文件。他看向窗外，想知道萨拉会对约翰逊案有什么看法。

在默里大部分的职业生涯里，他都把工作带回了家。在结婚初期，萨拉艰难地做了几份低收入的工作。每份工作都在不同程度上要求准时、礼貌、积极，而后来证明这些对于萨拉来说都是不可能持之以恒的，每份工作的提前结束都让萨拉陷入了长期的抑郁。最终，萨拉屈服于默里从一开始就提出的建议：她待在家里，他赚钱养家。这对他们俩来说都是种解脱。

默里开始和萨拉分享他每天的小消息。他非常清楚自己的工作需要保密，但他也留意到在萨拉感觉无法走出房门的那几天，这种了解外面广阔世界的方式对她来说既重要也有趣。令默里惊讶的是，他渐渐依赖上了这样的交流分享，就跟萨拉一样。他能从中获取新鲜的视角，不被警察的偏见玷污的视角。他盼望着告诉她汤姆·约翰逊和卡罗琳·约翰逊的案件。

公车停在默里住的那条街的街尾，那是 20 世纪 60 年代修建的一条木棚平房的死胡同，混住着首次购房的年轻人、拖家带口的中年人以及领养老金的老人。有几幢平房已经扩张了很多，现在变成规模相当宏伟的两层独立式住宅，后花园布置有夏天用的户外烧烤架。而默里的房子呢，除了更换新地毯和每几年刷一点儿涂料以外，看起来就跟他和萨拉于 1984 年购买时一样，那一年他过了试用期，正式成为警

---

① North Face：美国户外运动品牌。

察。

默里没下公车。他又坐了五站路，向司机道了谢，走了一小段路到海菲尔德。这曾经是非常宏伟的乡间住宅，国家二级保护建筑，建于1811年，自1950年年初起就属于英国国家医疗服务体系。房子周围是美丽的花园，历史的印迹稍微受到周围波特卡宾[①]活动板房和扩建的用于容纳病人——像萨拉一样的病人——的廉价平顶建筑的破坏。

默里熟悉海菲尔德的大部分区域。这里有一个人满为患的收容中心，里面有各种手工活动、一个病人经营的咖啡店，以及一个互助小组。这里还有门诊、咨询服务以及针对饮食障碍的病人开设的烹饪班。病房里住着不同精神疾病的患者，他们需要不同程度的帮助，另有一间高度戒备的特殊病房，萨拉2007年曾在里面待了十天。默里每次经过这间病房都会想起那糟糕的一天，他请求医生将他的妻子强制入院治疗。

萨拉在第一次与默里见面时就对自己的病情直言不讳；那是在默里结业会操之后的自助午餐上。她的哥哥卡尔是同期的毕业生，尽管两个男人并非朋友，默里还是被站在卡尔家那边的活泼女孩吸引住了。他想知道她是不是卡尔的女朋友；等他发现不是的时候，他很开心。

“你知道我疯了，对吧?”萨拉扔下这句极富挑战的话。她戴着硕大的银质环形耳环，当她笑的时候，耳环就摇晃起来，亮粉色的蝙蝠袖套衫刺痛了他的眼。

默里没有笑。部分是因为“政治正确”早在进入警察专业词汇之前就成为默里性格的一部分了，但主要还是因为他无法将“疯”这个字眼

① Portakabin：英国活动板房品牌。

与他对面这个女人联系起来。她精力充沛，一刻都停不下来，她的眼睛闪烁着光芒，似乎能从所有事物中发现乐趣。“疯”这个词跟萨拉毫不相干。

“边缘性人格障碍。”她再一次露出大大的笑容。“听起来比实际要严重些，我保证。”

BPD①。这三个字母自那时起就限制了他们的关系。默里很快意识到那闪烁的光芒只在萨拉状态好的日子里出现；其余时间，石板灰的眼睛里只有让人难以承受的痛苦和惊恐。

目前萨拉是一个病房里自愿住院的病人，默里知道病房里每个病人的名字。探访时间很严格，但工作人员理解默里的轮班工作，他在本子上签下自己的名字，在家属间等着某个人将萨拉带来。

每个医院和诊所的家属间是不同的。有时你感觉你在监狱探访中心，光秃秃的墙壁，还有一名穿制服的工作人员盯着你。而在其他地方可能会更放松些，有沙发、电视，工作人员穿着便服，你得查看名牌才能确保他们不是患者。

海菲尔德的家属间介于二者之间。它分为两个区域。在第一个区域，一张艺术手工桌子上摆着彩纸和一罐罐毡头笔。一叠叠小贴纸是给孩子和父母用来装饰他们的自制卡片的，没有一卷卷被偷走的透明胶带所带来的安全隐患。剪刀是塑胶圆头的。默里在房间的第二个区域坐下来，那里有沙发和低矮的咖啡桌，已过期几个月的杂志散落在桌子上。

萨拉用手臂环着默里，使劲地抱住他。

---

① BPD：英文全称“Borderline Personality Disorder”，即边缘性人格障碍。

“你感觉怎么样？”

萨拉皱起鼻子。“寝室新来了个女孩，挨着我，她焦虑的时候会拿脑袋撞墙。”她停顿了一下，“她经常焦虑。”

“睡觉困难吗？”

萨拉点点头。

“在家要安静些……”默里看见萨拉的脸上掠过一丝紧张。他没再逼她。已经过去三周时间了，当时萨拉把自己严重割伤，导致两只手腕都需要缝针。她在主动求救，急诊室的姑娘说过，当时他们发现萨拉已经叫了救护车；门厅还放着一个袋子，装着她在海菲尔德所需的几样东西。

“我感觉它又要发作了。”她在默里火速赶到医院时对他说。

它。一个他们生命中难以定义、无可抗拒的存在。它阻止了萨拉出门。它意味着她发现自己很难结交朋友，更难留住朋友。它潜藏在默里和萨拉生命的表面之下。总是在那儿，伺机而动。

“你为什么不给乔杜里先生打电话？”默里说过。

“他不会接受我。”

默里抱住她，想要体恤她，但他发现以自残为到达安全之所的唯一途径，这样的逻辑根本无法理解。

“我度过了有趣的一天。”他现在说道。

萨拉的眼睛亮了起来。她双腿交叉坐在沙发上，背靠着沙发扶手。默里从没见过他的妻子这么规矩地坐在沙发上。她会躺在地板上，或者伸展开来，头悬在座位边沿，腿向上伸，脚趾触碰着墙壁。今天萨拉穿着一条灰色亚麻长裙，搭配亮橘色兜帽上衣，袖子被她经常拉下来盖住双手，所以现在两只袖子老实地停留在那个位置。

“一个女人来报告说她父母的自杀，实际上，是谋杀。”

“你相信她吗?”萨拉像平常一样开门见山。

默里犹豫了。他信吗?“老实说，我不知道。”他告诉萨拉有关汤姆和卡罗琳·约翰逊的事：他们装满石头的背包，目击者报告，牧师干预。最后，他告诉她匿名的祭日卡片，安娜·约翰逊坚持要重新调查她父母的死。

“父母中任何一方有自杀倾向吗?”

“安娜·约翰逊不认为有。卡罗琳·约翰逊在她丈夫去世之前不曾患有抑郁症，她丈夫的自杀是真的很突然。”

“有趣。”萨拉的眼睛闪烁着光芒，默里感觉一股暖意贯穿全身。当萨拉不舒服的时候，她的世界会缩小。她对自己之外的世界都没有兴趣，表现出自私的倾向，而这种特质从真实的萨拉身上几乎看不到。她对约翰逊的事感兴趣是个好现象——非常好的现象——默里为决定查查这个案子而倍感欣喜。

他没担忧过一个有长期自残病史的女人可能会对这件事麻木。他从没有小心地提防萨拉，就像她的很多朋友那样。

他们有一次和默里的一个同事喝咖啡，正好BBC广播四台在讨论年轻人的自杀率。艾伦赶紧跑到厨房把收音机关掉，剩下默里和萨拉两人互换逗趣的眼神。

“我是生病了。”等艾伦回到座位，厨房安静下来，萨拉温柔地说。“那并不意味着我们不能谈论精神健康的问题，或者自杀。”艾伦看向默里以求得到确认，默里坚定地拒绝眼神接触。萨拉的生活就像走钢丝，最能摇晃那根钢丝的莫过于她知道自己正受到别人的评判、议论。

“要说有什么不同的话，那也是我比起你们这些外行更感兴趣。”

萨拉继续道。“坦白讲，”萨拉朝艾伦露出顽皮的笑容，“如果这里有自杀专家的话，那就是我。”

大家喜欢把人归类到某个盒子里，默里得出结论。你生病或你健康，疯狂或理智。萨拉的问题是她在一个盒子里爬进爬出，大家不知该如何应对。

“你带文件来了吗？”萨拉的眼睛四处搜寻着他的公文包。

“我自己也还没看呢。”

“明天带过来？”

“当然。”他看着手表。“我得走了。希望你今晚多睡会儿。”

她送默里到门口，与他拥别，默里脸上一直挂着微笑，直到他安全走出了视线。有时候，在萨拉一天都心情不好的情况下把她留在海菲尔德要更容易些。当她在床上蜷缩成一团的时候，默里回家更容易些，因为他知道她已经处在最好的地方了。在那儿她会安全的；受到照看。但是，当萨拉冷静——甚至是快乐——的时候，每一步的离开都感觉是朝着错误的方向走去。海菲尔德有诊所的气味，有监狱一样的寝室，怎么会比他们舒适、惬意的平房好呢？比起家，萨拉怎么会在医院感觉更安全呢？

晚些时候，默里收拾好盘子，洗干净用来煎蛋的平底锅，他坐在桌旁，打开约翰逊案子的文件。他看完了通话记录、目击者证词和警方报告。他看着物证照片——汤姆·约翰逊丢弃的钱包，他妻子的手提包——读着他们死前各自发送的短信。他仔细查看了各自死因审理的证据概述以及验尸官的自杀裁决。

默里将所有东西都摊开在餐桌上，证据袋里装着寄给安娜·约翰逊的匿名卡片，他将袋子放在中间，两边是安娜父母的文件。再次看完验尸官的报告后，他将报告放在桌子后面，拆开一个全新的笔记本：既有象征意义又实用。如果安娜的母亲是被谋杀的，默里需要把这案子当成是刚从盒子里拿出来的一样，这就意味着从头开始，从汤姆·约翰逊的自杀开始。

默里于 1989 年当上警探，当时文件还是手写的，打击犯罪就是跑腿活儿，而非网络侦探。到 2012 年默里退休的时候，这份工作已改头换面，颠覆了所有认知；在他交出警员证时，他无尽的失落感中还夹杂着一丝几乎得不到承认的解脱。他发现要掌握技术是越来越难了，他还是更喜欢用刻了字的钢笔写报告，那钢笔是萨拉为了祝贺他荣升 CID 送给他的礼物。

片刻，默里感觉自己的信心动摇了。他觉得他是谁，可以从这些文件里发现一些之前没有见过的东西？他六十岁了。从警队退休了，现在是个平民百姓。过去五年，他都在检查驾驶证，受理财物丢失的报告。

他摆弄着手中的钢笔，用手指抚摸上面刻的字：警探麦肯齐。他把袖子拉到手上，擦拭着银质钢笔，直到擦亮为止。他多希望萨拉在这里。

记得那个邮局盗窃案吗？他想象萨拉对他说话。没有线索。没有取证。没人有线索。没有人，除了你。

他们都打算结案了，但默里没有听之任之。他冲到街上挨家挨户敲门，在社区摸排。他启用了他的线人网，渐渐地，一个名字浮出水面。那小子已经潜藏十四年了。

那都是很久之前的事了。脑海里响起一个声音。默里摇摇头，把那个声音摇走。他紧紧握住笔。工作可能变了，但罪犯没有。默里曾是一名优秀的警探。最优秀的一个。这没有改变。

9

安娜和劳拉正在仔细搜寻我们留下的生活。我不喜欢这样。我想干预——阻止她们打开抽屉，拿起笔记本、书籍，还有一箱箱照片。

死亡的余波是我们所爱之人不想要的礼物。我们的孩子，我们的爱人，我们的朋友肯定会替我们善后，清理一个生命突然离去之后所剩下的残余。我曾替我的父母善后，在埃塞克斯他们的家里。你也曾替你的父母善后，在伊斯特本这边。如今安娜在替我善后，替我们两个清理残余。

我看着劳拉拾起曾经装着多肉植物的陶罐——干涸的泥土黏在里面——然后扔掉了它。堆放整齐的两摞文件出现在桌子两边，我想知道是谁这么有效率。安娜？还是劳拉？是劳拉今天叫安娜整理我们的物品吗？劳拉是否在无意中将她推向了危险？

她们在说话。太远了，我看不清楚。我的视野狭小、模糊。这让我很沮丧，因为除非我知道现在发生了什么，不然我怎么去影响接下来要发生的事？

我们的孙女躺在软垫上，拱门下边挂着颜色鲜亮的小动物。她踢着腿，安娜朝她微笑，突然我呼吸困难，因为我想象自己成为一名可以走进房门就像从没离开过的母亲。没有错过一个全新生命的诞生，没有错过这个新生命整整一年。

房子上面没有装饰，栏杆上或者门上的花环没有闪烁的小灯。还有四天就过圣诞节了，我想知道她们是不是要等到平安夜——作为一个家庭来形成新的传统——或者节日气氛的缺失是故意为之。安娜是否不能面对亮片和俗气的圣诞树装饰球所营造的景象。

劳拉在翻找我的日记。我看见安娜看了她一眼。咬着下嘴唇似乎要阻止自己提出异议。我知道她在想什么。

那次发生入室盗窃的时候，我们刚在奥克维尤待了一年。他们没有偷走多少东西——本来也没有多少可以偷走的——但是他们把整所房子翻了个底朝天，留下一片狼藉。就是在乱翻乱找，警方如此定论。经过几周的时间，房子才恢复正常，几个月之后我才重新感到自在。我们的生活没有什么秘密——那个时候没有——但我仍然生气，因为有人对我知道太多，而我却对他们一无所知。

当我看到劳拉一页页浏览我的记事簿的时候，同样的愤怒回来了。这么做没什么结果，但这种侵犯不可忍受。**住手**，我想叫喊。**别再翻看我的东西，滚出我的房子！**

只是那再也不是我的房子了。是安娜的。劳拉说了什么，安娜笑着，然后当劳拉指出什么我没法看见的东西的时候，安娜露出了伤心的微笑。我是局外人了。但安娜笑得很短暂、礼貌。她的笑没有深达眼底。她不愿意做这样的事。

劳拉长得像她妈妈。我和艾丽西亚一起上学。她在十六岁生日前一周发现自己怀孕了，我是唯一一个被告知的人。她骨瘦如柴，八周没到就显怀了，她穿的宽松套头衫没能瞒住她妈妈，她被撵了出来。

我两年后毕业了，我的私人助理工作基本够租一套配备公用洗衣房的电梯公寓，剩下的钱还能买点周末的薯片和红酒，艾丽西亚则依靠救济住在巴特西的一幢高楼里。

我一放假就去接她们。我们在德比郡的 B&B① 住了三个晚上，当时一起睡在双人床上，劳拉睡在中间。

“我们应该一起找个地方。”艾丽西亚在最后一天说道，“我们会度过最美好的时光。”

我怎么能告诉她那不是我想要的生活？告诉她我小心翼翼不让自己怀孕；我爱我的单身生活，爱我的朋友和我的工作？我怎么能告诉她我不想生活在潮湿的单元房里，还有——无论我多么喜欢跟她和劳拉在一起——我不想和别人的孩子生活在一起。

“最美好的生活。”我表示同意，然后我转换了话题。

我本该提供更多帮助的。

安娜跪在地毯上，拉出桌子底层的抽屉。这比她预想的费劲，她跌倒了，抽屉落在她腿上。我看见劳拉抬起头望向安娜，确认她是否没事，看着她嘲笑自己的笨拙。劳拉又回到我的那一堆记事簿跟前，安娜抬起抽屉，想把它插回书桌，但被什么东西挡住了。她看见什么了。

安娜把抽屉放到一边，一只手伸进底层的最里面。我看见她瞥了劳拉一眼，确认她没有看她。当安娜瞪大眼睛时，我知道，就像我能看见一样清楚地知道，她的手靠近了伏特加瓶子的光滑玻璃。

她的脸上露出失望的神情。

---

① B&B：A bed and breakfast，是一种提供住宿和早餐的小型旅馆，通常是家庭旅馆的形式。

我也有过那种感觉。

她抽出手来，空空如也。将抽屉推进桌子，让瓶子留在原来藏起的地方。她没对劳拉说什么，局外人的感觉消失了，感谢安娜替我们保守秘密，尽管她自己都没意识到这种小小的共谋。有些秘密不该分享到家庭之外。

还有些秘密根本就不该分享。

10

安　娜

我注意到劳拉在看她的手表。她在一堆文件中费力搜寻着，将一半的文件都堆在一起，准备塞进碎纸机。这让我不安起来。任何与生意有关的东西应该都在展厅，但要是她不小心毁了什么重要的东西怎么办？我是公司的董事——尽管有些消极被动。我不能不检查一下用途就把这些文件处理掉。

我沉重的目光让劳拉抬头看过来。“没事吧？”

“你该走了。马克就快回来了。”

“我答应了我会待到他回来。”她又将一沓文件放在那堆要绞碎的文件上。

“都怪我。”我把自己拽起来，伸出手也帮劳拉站起来。

“我们还没整理完这堆。”

“我们已经整理很多了。实际上是弄完了。”说得太夸张了。劳拉要“留下”和“扔掉”的两堆已经混在一起了，我不再确定我留着那一大团的橡皮筋是因为我多愁善感，还是因为它们有用，或是因为它们从一堆文件滚到了另一堆。

“瞧这一片乱的！”

“很容易收拾。”我抱起艾拉，催促着劳拉出房间，关上书房门。“嗒哒！”

“安娜！我原以为我们一致认为这不是处理事情的方式，对吧？”

是你认为的，我心想，然后立刻感觉到不公平。整理我父母的书房其实是我的主意。叫劳拉帮忙的也是我。“但我不是因为难过才不去管它的。我不管它，是因为我不想再整理了。这完全不一样。”

劳拉眯起眼睛看我，没有被我云淡风轻的语气说服。“那张卡片，你打算怎么办？”

“你多半是对的。某个恶作剧者别有用心。”

“对。”她还是不确定她是否该离开。

“我没事，我保证。我明天给你打电话。”我找到她的外套，耐心地等她找钥匙。

“如果你确定……”

“我确定。”我们拥抱，在她走向车子的时候，我站在门口，一手抓着丽塔的项圈，不让它去追幽灵松鼠。

劳拉的车子发出噗噗声，而后突然熄火。她做了个苦脸。又试了一次，尽量地提高转速以避免熄火，退出车道，手从车窗探出挥了挥。

当车子的声音消失时，我回到书房。我查看了几堆文件、生日贺卡、钢笔、回形针，以及便利贴。没有答案，只有回忆。

我想保留的回忆。

我掀开一个照片箱子的盖子，筛查着。最上面有六七张妈妈和劳拉妈妈艾丽西亚的照片。在一张照片里，她们处在一个充满阳光的酒吧花园。另一张，是一个咖啡店，她们吃着奶油茶点。还有一张照片是从一个倾斜的角度拍摄的，好像相机被举了起来又滑向一侧。母亲和艾丽西亚趴在床上，劳拉在她们中间。她大概两岁的样子，也就是说母亲和艾丽西亚不到十八岁。她们自己都还是孩子。

箱子里还有几十张照片，但都是——就我看到的——父亲，展厅，还有婴儿时期的我。

我有很多父亲的照片，但鲜有母亲的。她总是在镜头后面，而不是在前面——和大多有了家庭的妇女一样。在孩子长大之前热切地记录着他们的生活，而不会记录她们自己的。有一天，她们的孩子会想要看看他们小时候没有记忆的照片。

在母亲失踪到确认自杀的短暂时间里，我将她唯一一张清晰的照片给了警方，那照片之前放在客厅的壁炉台上，嵌在银质相框里。他们立刻分发了照片，在报纸上刊登她死亡的消息也是用的这张照片配图。警方将相框带照片还给了我，但每次看着它的时候，我就看到了那些头条新闻。最终我不得不把它收起来。

除了他们的结婚照——照片里她被藏在当时风靡一时的耷拉的帽子下面几乎看不见，就再也没有其他母亲出镜的照片摆放出来了。我将母亲和艾丽西亚的照片放在一边，这样我就能有几张装进相框的照片了。

我打开了母亲2016年的记事簿。那是个厚厚的A4本子，每天都记上了两页多：左边记着预约，背面的空白处用来做标注。它并不花哨——是汽车制造商的赠品——但当我手指抚上镀金凹印的商标，当它摊开落在我手上的时候，我感觉到纸张的重量。记事簿里满是母亲的字迹，字难以辨认，非得多眨几下眼睛才能不让它们在眼前游动。每天都满满当当。和供应商开会。影印机、咖啡机、水冷器的维修预约。在右手边，当天的待办事项，完成之后被整齐地画掉。如果你想做成什么事，就请教个大忙人——那不就是他们说的？母亲不可能为她的生活填入更多的内容，但我从没听她抱怨过手头事太多。当她自己的母亲——一位脾气古怪的女人，她像供应战时食糖一样定额提供她的情感——住进一家临终安养院时，母亲每天开车从伊斯特本到埃塞克斯，只等外婆睡着了才返回。不久之后，父亲和我发现母亲的乳房长了肿块，而她早就发现了，还度过了健康的检查结果出来之前的焦虑期。

“我不想让你们担心。”这是她一直挂在嘴边的。

记事簿里工作和家庭生活的混合出其不意地震撼到我。“安的生日送阿黛尔门票？”夹在给凯蒂·克莱门茨打电话回去讨论试驾的提醒和当地电台的电话号码中间。我用手掌根按住眼睛。我希望我能早点知道母亲和父亲的事情；我希望我能知道在我生日的时候她打算送什么礼物给我。

我不由自主——我翻到 12 月 21 日，她死去的那天。那天有两个预约和一个未完成的任务清单。记事簿的后面塞了一堆名片、传单，以及潦草的便签。记事簿是母亲生活的一个截面，和自传一样具有揭示性，和日记一样私密。我把照片放进去，将记事簿放在胸前抱了一会儿，然后我开始将所有东西放回原位。

我把书桌重新摆正，再放上我小学时用黏土制作并上了颜料的镇纸。它之前放在餐厅的碗柜上，压着一大堆课堂信函。

我的手指抚摸着强力胶粘着的缝隙，那缝隙将它整齐地分成两部分，我的脑中突然清晰地回忆起它撞击墙壁时发出的声音。

还有道歉。

眼泪。我的，母亲的。

“跟新的一样。”父亲等胶水干了这么跟我说的。但实际没有，墙上的补丁也没有，父亲填上了墙上的凹痕，涂上了漆，但那个色度却和之前弄掉的非常不匹配。我好几天都不愿意跟他说话。

我拉出书桌的底层抽屉，取出伏特加瓶子。空的。大多都是。它们随处可寻。在衣橱背后，在厕所水箱里，在烘衣柜深处的毛巾里。我找到它们，倒光了里面的液体，然后将瓶子扔进回收箱的底部。

如果在我上大学前就有这样的瓶子，那它们被藏得更隐蔽。或者我根本没注意到它们。我回到家，生活已经在我离开的时候改变了。我的父母喝得更多了吗？或者我发现了我童年的狭小圈子之外的一个世界？在我找到第一个瓶子之后，后面似乎还有几百个——就像你学会了一个单词，然后在哪儿都能看见它。

我的后背不禁一阵发凉。有人走在你的坟墓上，母亲曾说过。外面天黑了。我瞥到花园里有东西在移动。我的心脏猛跳，但等我仔细看时，我自己苍白的脸映在旧玻璃上，变形了。

外面的一声响动吓了我一大跳。镇定下来，安娜。

是这个房间的缘故。房间里满是回忆，但不是所有回忆都是美好的。它让我提心吊胆。我在幻想一些东西。窗户上的鬼影，外面的脚步声。

等等，我的确听到了脚步声……

缓慢且小心翼翼，似乎不想被听到。脚下沙砾轻轻的嘎吱声。

有人在外面。

楼上没有灯，楼下也没有，除了书房里的台灯。从外面看，这座房子基本上是漆黑一团。

会是入室盗窃的人吗？这条街上全是高档住宅，里面塞满了用于投资和装点门面而购买的古董和绘画。随着生意越做越大，我父母将钱花在了漂亮的装饰品上，很多东西透过楼下的窗户就能轻易看到。或许有人早就来踩过点了，趁我和艾拉还在警局的时候，并且打算趁夜再过来。或许——我的喉咙由于恐惧而哽咽了——或许他们已经观望一阵子了。这一整天我都没能摆脱被监视的感觉，现在我想知道我的直觉是否正确。

还是个孩子的时候，我早在我能记住我们的电话号码之前就知道了窃贼警报码，但自从马克搬进来，警报就没有设置了。他不习惯住在有警报的房子里。他每次回家都会触发警报，一边摸索着按键，一边气急败坏地咒骂。

“丽塔也被吓得够呛了，想必?”他向警报公司告知是又一个假警报之后如此说道。我已经没有了自己设置警报的习惯，现在我和艾拉整天都在家，就完全没有用它的必要了。

我考虑现在去把警报设置起来，但我没法摸黑去指定警报的区域，而且一想到要走到前门，那个有歹徒意图闯入的地方，我的双臂就起了鸡皮疙瘩。

我应该带艾拉上楼。我可以把她房里的斗柜搬到门后挡住。他们可以随意拿走楼下的东西——没关系的。我客观地评估了一下客厅，想知道他们想要什么。电视，我猜，还有些明显的东西，比如那个银质潘趣酒碗，以前是我曾祖母的东西，现在用来装非洲堇了。在壁炉台上有一对陶瓷鸟，是我在父母结婚周年时送给他们的礼物。它们不值钱，但看起来还挺值钱的样子。我应该带走它们吗？如果我带走它们，还有其他我应该带走的吗？这房子有太多的回忆；太多值得我追思的地方。不可能全部带走。

要判断脚步所在的位置很困难。沙砾的嘎吱声变大了，似乎小偷先走向房子的一侧，现在折返到另一侧。我拿起手机，趴在婴儿监视器旁边。我应该叫警察、叫邻居吗?

我在手机上翻电话号码，一直翻到罗伯特·德雷克的号码。我犹豫着，不想给他打电话，虽然我知道这么做是有用的。他是外科医生，他擅长处理紧急情况，如果他还在隔壁房子，他走出来看一看，或者只是打开外面的灯，就能吓走外面的人。

他的电话关机了。

沙砾的嘎吱声更大了，和血液的奔流声竞相吟唱在我耳边。我听见一阵拖拉的声音。梯子?

房子的侧面，在前面的石子车道和带景观的后花园之间是一条狭窄的通道，有一个小窝棚和一个储木间。我听见低沉的“嘭”的一声，应该是小窝棚的门响了。我心跳加速。我想起那张匿名卡片，想起我急匆匆地把它交给警察。我做错事了吗?那卡片是警告吗?——发生在母亲身上的事也会发生在我身上吗?

也许外面的人不是盗贼。

也许杀害我母亲的人也想要我死。

11
默　里

汤姆·约翰逊失踪十五个小时后，他的妻子卡罗琳·约翰逊——48岁，小汤姆十岁——才报警。自从他们在头一天下班后发生了她所谓的“愚蠢的争吵”之后，她就没见过他了。

“他说他要去酒吧。”她的证词这样写道，“他没回家，我就想他是去他弟弟那儿睡觉醒酒了。”他们的女儿安娜和他们住在一起，事发当时在伦敦的一家儿童慈善机构开会，她自大学毕业后就一直为该机构工作。

汤姆·约翰逊第二天没有现身车行。

默里找到比利·约翰逊的证词，比利是汤姆的弟弟兼合伙人，他没有因为汤姆缺勤而担心。

“我想他是酒还没醒。他是我的合伙人。我能做什么呢？给他最后通牒吗？”即使在旁观者白纸黑字的证词里，比利·约翰逊也是给人一种被动防御的感觉。这对很多人来说都是正常反应。一种减轻罪恶感的方式，似乎在紧要关头也没有足够关心的罪恶感。

失踪人员报告由警察完成并被标注为低风险。默里看到警察的名字但没认出是谁。在那个阶段，没有信息显示出汤姆·约翰逊可能遭遇危险，但这不会阻止人们在他自杀的消息被报道时提出疑问。这也不会阻止那位警察怀疑他们自己的判断。要是将汤姆标注成高风险级别，会改变什么吗？无法得知。汤姆·约翰逊的消失没有引起任何的担心。他是个举城皆知的成功商人。一个有家庭、没有抑郁症史的男人。

第一条短信是上午 9 点 30 分收到的。

对不起。

讽刺的是，卡罗琳·约翰逊竟然放心了。

“我还以为他是为了我们之前吵架的事道歉。”她在她的证词里谈道，“他朝我吼叫——说了一些让我生气的事。他有脾气，但他总是事后就说对不起了。当短信发过来的时候，我想至少他没事了。”

他有脾气。

默里在这句话下面画线。汤姆·约翰逊有多大脾气？他那天晚上可能在酒吧跟人吵架吗？再跟人打起来？汤姆常去的地方都被问了个遍，但结果一无所获。无论他临死前一晚去了哪里消愁，他人都没有在家附近的酒吧。

受理警察要求追踪汤姆电话的申请遭到了拒绝，因为在那个阶段，没有证据显示会危及生命。默里替那位打电话申请的高级警官叫屈。当卡罗琳收到丈夫的第二条短信时，这个拒绝申请的决定就被迅速推翻了。

“我觉得他要自杀……”

默里听着卡罗琳·约翰逊的 999 电话录音。他闭上双眼，感受她的求救信号脉冲穿透自己，仿佛是他自己发出的信号一般。他听见她读出丈夫发给她的短信，注意到接线员的反应相当冷静——她问卡罗琳她丈夫的电话号码是多少，问卡罗琳能否保存那条短信。

我坚持不下去了。没有我，这个世界会更好。

他不能继续什么？

那是一种当时心境的表达，任何人都可能那么说。那不能说明什么，或者也能说明一切。

我不能这么继续下去了。

继续婚姻？有外遇？撒谎？

汤姆·约翰逊到底做了什么，才会爆发出如此强烈的负疚感？

没有进一步的短信。汤姆·约翰逊的电话打出去过。三角检定法[①]将它定位在比奇角附近。ANPR[②]的摄像头监控到他从店里开走的车驶向了同一个地点，警察也被派了过去。即使默里知道这案子的结果，当他翻看一页页的日志，想象着警察投入到拯救生命的争分夺秒里，他也能感觉到胸中一阵剧烈的心跳。

一名群众打来电话——是戴安·布伦特－泰勒——报告称看见一名男性将石块装进背包。她觉得这个举动对于一位穿西服的男士来说有点古怪，于是她站在原地，眼睁睁地看着他走向悬崖边。令她惊骇的是，那男人从口袋里摸出钱包和手机，然后向前迈出一步，消失不见了。默里读到这通电话的文字记录。

“浪很高。那下面什么都没有。我看不见他。”

海上救援队几分钟时间就赶到这片海域，但已经太晚了。没有汤姆·约翰逊的踪迹。

默里深吸一口气，定定心神。他想知道验尸官拉尔夫·梅特卡夫

---

① 三角检定法：是从多个角度或立场收集有关情况的观察和解释，并对它们进行比较。

② ANPR：车牌自动识别系统，Automatic Number Plate Recognition。

日复一日地听取有关死者的消息，他是如何应付下来的。他想知道他是习惯于此，还是回家灌下一瓶什么东西来麻痹神经。

警察搜遍了布伦特－泰勒太太描述说见到汤姆走过去的悬崖。他们发现了他的钱包和手机，手机屏幕上还显示着他妻子发来的一条条急切的短信。

你在哪儿?

别这么做。

我们需要你……

警察找到卡罗琳·约翰逊填报的家庭住址，在她家的厨房将消息告诉了她，当时她身边还有家人。警员伍德沃德的一个小影印笔记本列下了来慰问卡罗琳的亲朋好友的姓名、职业以及联系方式。

威廉(比利）·约翰逊。约翰逊车行负责人。小叔子。

罗伯特·德雷克。皇家苏塞克斯：外科顾问医师。邻居。

劳拉·巴恩斯。“强如甲”的接待员。教女。

安娜·约翰逊的详情——“救助儿童会”的地区协调员。女儿——被记在后一页，表明她是在伍德沃德警员开始点名之后才到的。

汤姆·约翰逊死后，警方进行了多轮问询笔录，因为CID的警官要给验尸官汇总一份报告。汤姆智能手机的内容被提取出来，包括5月18日早些时候进行的网页搜索：比奇角自杀位置，比奇角潮水时间。默里注意到高潮发生在早上10点04分，此后一分钟，戴安·布伦特－泰勒的电话就打进来了。这时水位应该在六米左右。足够深了，很容易将一个背着石块的男人吞没，潜流再将他拉出涨潮线。如果他的尸体有幸被找到，他还会剩下什么呢，都过去整整十几个月了？有证据可以证明汤姆·约翰逊那天上午是独自一人在悬崖边上吗?

目击者戴安·布伦特－泰勒没有见到有人和汤姆在一起。她拒绝提供证词或者参加问询。经过几次电话交谈，戴安的躲闪态度已经到了“此路不通”的地步，负责接听电话的警察才确认戴安当时同她的情夫，一名有妇之夫，在比奇角。这对偷偷摸摸的情侣在警方索要证词时急于要守住他们幽会的秘密，随便怎么劝说，戴安都不同意让她的名字出现在报纸上。

默里笔记本里的时间线是完整的。对汤姆·约翰逊的死亡调查两周就结束了，档案上交，CID 警员被分配至其他任务。虽然要等几个月之后才能获得无尸体死因审理的批准，但就调查而言，工作已经完成了。自杀。可悲，但并不可疑。案件就此了结。

只不过，这真的了结了吗？

在闭路电视录像的文件箱里有几张光盘，是警方开始担心汤姆·约翰逊安危的那段时间获取的。它们似乎还没被观看过，默里猜想大概在警方有机会观看这些估计有几个小时之长的录像之前，案子就已经得出悲伤的结论了。这些光盘能揭示出一场天衣无缝、至今尚无法识破的犯罪吗？

那辆全新的奥迪在汤姆失踪的当天被他从约翰逊车行开走，对车子的粗略检查结果均指向自杀，而非谋杀，因此也没有拨出预算来做司法鉴定。尽管如此，就像闭路电视录像一样，车上收集的证据都保存完好，默里不知道申请调用这些化验标本和掉落的头发是否有意义。

那又能证明什么呢？没有嫌疑人可以和证据进行比对，而且这辆车也是前院的试驾专用车。谁知道它有过多少次试驾？

更确切地说，默里该如何让申请得到批准，他甚至连碰这案子的资格都没有。到目前为止，默里没有找到任何线索可以证明验尸官的自杀裁决有疏漏。

或许卡罗琳·约翰逊的档案更有意思。

警方对安娜·约翰逊的求救电话响应迅速且高度重视。家庭地址已经被标注了，而且这一次，卡罗琳·约翰逊无疑被评定为高风险、易受伤害的失踪人员。

“我父亲的死对她打击很大，”安娜·约翰逊的证词里写道，“我开始在家里办公，这样就能看着她——我真的很担心。她不吃东西，每次电话一响，她都会吓一大跳，有些日子她甚至会卧床不起。”

到目前为止，一切都再正常不过了，默里想。悲痛以不同的方式打击每个人，自杀带来的丧亲之痛尤为沉重。内疚、自责，无论如何的不应该，都沉重地压在灵魂之上。

12 月 21 日，卡罗琳·约翰逊告诉她女儿她需要透透气。

“她整天都精神恍惚，”安娜之前说道，“我一直都注意到她在看我，她对我说了两次她爱我。她行为很古怪，但我觉得这是因为我们俩都害怕第一次过没有父亲的圣诞节。”

午餐时间卡罗琳出去买牛奶。

“她开了车。我真该马上意识到事情不对劲的——我们一直都去街道尽头的店铺买牛奶。去那儿的话走路更快。我刚一发现车开走了，我就知道有糟糕的事情要发生了。”

警方下午 3 点接到电话。一名应急警察知道约翰逊家的事，因为有太多的比奇角事件都经过他的手，所以他并不乐观，他向特遣牧师办公室打了电话。多年来，这个慈善团体都提供危机干预、防范性巡逻以及搜救队服务，其目的均是降低比奇角的年度死亡人数。一位热心的牧师明确回复了，是的，他确实看见一名符合描述的女性，但警方可以放心，她没有跳海。

默里放下安娜·约翰逊的证词，找到电话日志上的那条记录，上面贴着受理警察 PC956 格雷做的信息更新：

牧师声称他在悬崖边与五十多岁的 IC1[①] 女性进行了很久的谈话。死者当时很忧伤，带着装满石块的背包。死者说她的名字叫卡罗琳，最近她失去了丈夫，因为他自杀了。

牧师将卡罗琳从悬崖边劝回。

“她从背包拿石头出来的时候，我在那儿等着。”他说道，“我们走回了停车场。我告诉她上帝总是准备好去聆听、去谅解。哪怕再糟糕的情况，上帝都会帮助我们去克服。”

默里敬仰那些人，他们的信仰给予他们内心无尽的安宁。他希望自己步入教堂时也能感觉到那样深沉的信仰，但世上有太多烦心事，他无法接受这些事都是上帝宏伟计划的一部分。

连牧师的信仰也被接下来的意外动摇了吗？他是否想出一个新的祷告来帮他接受现实呢？

卡罗琳的照片被传发出去，另外还派了巡逻队到比奇角。海岸警卫队和警方、牧师一起进行搜救工作，就像他们多次被要求的那样。志愿者和受雇职员并肩行动。不同的背景，不同的训练，但同样的目标——找到还活着的卡罗琳。

卡罗琳的手机确认是在比奇角或者附近，下午 5 点刚过，她的手提包和手机就被一个遛狗的人在悬崖边上发现。海浪在下午 4 点 33 分达到当天的最高点。

---

① IC1：白人（white person），英国警方无线电代码。

一辆宝马车停在比奇角的停车场，钥匙还插在点火器上。警方根据车辆信息迅速追踪到约翰逊车行，比利在车行确认牧师的描述符合他嫂子卡罗琳·约翰逊的特征；卡罗琳·约翰逊是车行的另一个负责人，她刚失去了丈夫，也就是比利的哥哥汤姆·约翰逊。

除了自杀短信——卡罗琳没有给任何人发短信——这场自杀完全在效仿七个月前汤姆·约翰逊的自杀。安娜会有什么感受，当她开门迎来又一个手里拿着帽子的警察？和同样的亲朋好友聚集在厨房？又一次调查，又一次葬礼，又一次死因审讯。

默里放下文件，缓缓叹了一口气。曾经有多少次萨拉想要结束自己的生命？

多得数不清。

第一次发生在他们确立关系的几周后，默里和一个同事去打壁球，而没有去跟萨拉约会。他回到家发现电话答录机有七条信息，一条比一条绝望。

那时的默里是多么的恐慌啊。然后有了下一次。有时萨拉会隔几个月出现一次自杀的念头。有时她又会一天连着数次要结束自己的生命。正是经历过这么多次的挣扎，她才不得已又住进了海菲尔德。

渐渐地，他明白萨拉所需要的是他的冷静应对。陪伴在身边。不评判，不恐慌。因此，他会回到家，抱住她，如果她不需要去医院——她通常不需要去——默里会给她把手臂洗干净，温柔地用纱布包裹在伤口上，然后向她保证他不会离开。只有当萨拉躺在床上的时候——她额头上的皱褶在睡眠中舒展开来——默里才会手捧着头哭泣。

默里揉搓着脸。专注。这案子得花些时间。从萨拉的事情抽离出来，不再沉浸在往事的追忆里，他希望自己从未经历过的往事。

他看着他的笔记本，现在布满了他工整的字迹。似乎没有什么格格不入的。所以为什么会有人质疑卡罗琳的死？要搅浑水？要激怒安娜？

自杀？再想想。

那天有什么事逃出了警方的记录。有什么事是负责调查的警察没有看见的。它发生了。不常见，但它确实发生了。马虎的探员，或者只是一个忙碌的探员。优先考虑其他案子。在遇到死胡同的时候就结案，尽管可能——只是可能——还有很多疑问。还有很多答案等待寻找。

默里拿起最后一沓文书：各种各样的文件，没有明显的顺序——一张卡罗琳·约翰逊的照片、一份她手机联系人名单的复印件，以及一份汤姆·约翰逊人寿保险保单的复印件。

默里看着后者，又看了一遍。

汤姆·约翰逊原来值这么一大笔钱。

默里没有看见安娜的房子，但他知道那条街——一条安静、受追捧的大街，有独立的封闭式公园——那里的房产可不便宜。默里估计那栋房子应该是约翰逊夫妇共同所有，现在已经传给他们女儿了，就像汤姆的那笔庞大的人寿保险的保费一样，默里思忖。而且你还没考虑到家族生意，现在安娜已经联合掌控家族生意了。

无论你从哪个角度看，安娜·约翰逊都是个极其富有的女人。

12
安　娜

我一边摸着手机，找到最近通话，按下马克的号码，一边在门厅里蹑手蹑脚地向楼梯移动，手臂里抱着艾拉。我无声地祈求她别发出声音。

然后三件事情发生了。

脚下沙砾的嘎吱声变成了鞋子踩在阶梯上坚实的踏步声。

我耳朵里马克手机尖锐的铃声和房子外面更加大声的铃声重合。

前门开了。

当马克走进房子，他响着铃声的手机仍然在他手中，他发现我站在门厅里：眼睛瞪得老大，因为肾上腺素在我的血管里流动而神经紧张。

“你打的，女士?”他咧着嘴笑并按掉了电话。

慢慢地，我将我的手机从耳边拿下来，我的心率拒绝接受危险已经过去了。我尴尬地笑着，现在的如释重负跟一分钟前的恐惧一样让我的脑袋轻飘飘的。

“我听见有人在外面走动。我以为他们想要进来。”

“是有人。我。”马克上前吻了我，艾拉夹在我们中间。他弯腰在我们女儿的额头上落下一个吻，然后把她从我的怀里抱了过去。

“你蹑手蹑脚的。为什么你不直接进来?”我恼怒的语气有些刻薄，这是恐慌在我的血流里慢慢消散所引起的副作用。

马克将脑袋歪向一边，不仅没有理会我的急脾气，反而十分耐心地审视我。“我在清理垃圾。明天是垃圾回收日。”他用一种唱歌的声音对艾拉说，“不是吗？是的啊!”

我眼睛紧闭了一下。那拖拉声可能是梯子。垃圾储藏室的门砰的一声，这么熟悉的声音我应该一下就知道是什么的。我跟着马克进到客厅，他打开灯，将艾拉安置在她的豆袋椅上。

“劳拉在哪里?”

“我让她回家了。”

“她说过她会待在这儿！我该早点儿回来——”

“我不需要保姆。我很好。”

“真的吗?”他将我两只手分别收进他的手里，然后撑开我的手臂。我扭过头，避开他的审视。

“是。不。不那么好。”

“所以那卡片在哪儿?”

“警方拿去了。”我给他看之前给劳拉看的照片，望着他把上面的文字放大。他大声地读了出来。

“自杀？再想想。”

“你明白了吗？我妈是被谋杀的。”

“可是它没这么说呀。”

“但那是暗示，不是吗?”

马克深沉地看着我。“或者说，那是一场意外。”

“意外？”我表现出明显的怀疑，“那为什么不直说意外？为什么是阴险邪恶的信息？俗气的卡片？”

马克坐下来，同时发出一声长长的叹息，我觉得——我希望——那叹息更多是因为在不透气的教室里待了一天的缘故，而不是因为我。“或许有人想把矛头指向某处。是疏忽而非故意为之。谁负责维护崖边？”

我没有说话，然后等他再次开口的时候，他的声音变得温柔了。

“不过你明白我的意思。它模棱两可。”

“我想是的。只是妈将她的手提包和手机留在崖边，这对意外事件来说很奇怪，当你不小心摔下去……”

“除非她事先把东西放好。所以她不是把东西随便扔下的。她当时可能在查看悬崖边，或者试图拯救一只小鸟，然后崖边坍塌，后来就——”

我紧紧挨着马克坐了下来。“你真的认为是意外吗？”

他转过身来和我面对面。他开口时，语气温柔，双眼和我对视。“不，宝贝。我认为你母亲在你父亲去世后是极度绝望的。我认为她比大家想的还要难受。所以，”他停顿下来，确认我正在听，“我认为她是自杀的。”

他没说什么新鲜话，但我心里的石头落了地，我意识到我多么想要他的另一种解释成真。我多么急切地想去抓住那条尚未扔下来的救命绳。

“我要说的就是所有事都可以有多种解读，包括这张卡片。”他将我的手机扣在咖啡桌上，照片模糊了。“无论谁寄给你卡片，都是想扰乱你。他们有病。他们想要看你的反应。别让他们得逞。”

"警察局的那个男人将它装进了证据袋。他说他们会检查指纹。"他们很严肃地看待这张卡片，我想补充说。

"你见到了探员？"

"没有，只是一个在前台工作的男人。他当了很长时间的探员，直到他退休了才做的文职。"

"真是爱岗敬业。"

"确实如此，不是吗？想象一下你那么爱你的工作，你不想离开它，甚至是在你退休之后。"

"或者是你太过体制化了，以至于你无法想象去做别的事情。"马克打着哈欠，他的手都没来得及捂住嘴。从正面看，他的牙齿是完美的珍珠白，但从这个角度看，我能看见填补在他臼齿上的汞合金。

"噢。我可不这么认为。"我想着默里·麦肯齐的体贴入微和富有洞察力的见解，无论出于什么原因，我都很高兴他还在警务系统工作。"不管怎样，他很可爱。"

"挺好。与此同时，你能尽到的最大努力就是将它从你的脑袋里去除。"他匆匆走到沙发角落，双腿伸开，举起手臂邀请。我钻进他怀里，这是我们惯常的姿势，我依偎在他左臂，他的下巴轻轻倚靠在我的头顶上。他身上有冷空气的气味，还有什么我不能明确辨别的味道……

"你抽烟了吗？"我感到好奇，仅此而已，但连我自己都能听出这句话的弦外之音是在批评他。

"抽了几口，在我们上完课后。对不起，我很难闻吗？"

"没有，我……我只是不知道你抽烟。"想象一下你还不知道你的配偶要抽烟……但我从没见他手里拿过烟，甚至从没听他提起过。

"我几年前就戒了。催眠疗法。事实上，这也是驱使我进入咨询师行业的原因。我没告诉你这个故事吧。总之，每几个月我会点一支，吸几口就掐灭。这样能提醒自己我是一个自制的人。"他露齿而笑。"这是有逻辑在里面的，我保证。别担心——我永远不会在艾拉旁边抽烟。"

我回到他怀里。我告诉自己这是令人兴奋的事，我们仍然在探索彼此——了解我们的共同点，我们的不同之处——但现在秘密不是我的生活所需。我希望马克和我能从里到外彻底地了解对方，希望我们互不猜忌。我希望他在爸爸妈妈去世前就认识我。那时的我和现在不一样。好奇，充满欢乐，也为别人带去欢乐。马克不认识那样的安娜。他只认识丧亲的安娜、怀孕的安娜、做母亲的安娜。有时候，我跟劳拉和比利在一起，我会沉浸于父母去世前的美好时光，我会感觉回到过去的我。但这样的情况并不经常发生。

我换了话题，"你的课上得怎么样？"

"很多角色扮演。"我听见他拧起一张脸。他讨厌那种事。

"你比我预期的要回来得晚些。"

"我顺道去了公寓。我不想让它空着。"

我和马克认识的时候，他住在普特尼。他在他第七层公寓的一间屋子接待客户，每周花上一天在布莱顿进行业务方面的活动——比如在伊斯特本周边发放我当时正需要的传单。

在告诉马克孕检结果之前，我先把消息说给了劳拉听。

"我要怎么做？"

"生下宝宝，我想。"劳拉笑着，"不是通常都这么做的吗？"

我们坐在布莱顿的一家咖啡厅，正对劳拉以前工作的美甲店。她找了份新工作，在一家电商公司接听消费者电话，但我看见她正望着美甲店里嬉笑的姑娘们，我好奇她是否在怀念这种玩笑打趣的日子。

“我不能生下来。”它感觉并不真实。我没感觉到自己怀孕了。要不是做了五六次检查，要不是月经迟迟未来，我会发誓那完全是场噩梦。

“还有其他选择。”劳拉轻声地说，尽管周围没人听得见我们讲话。

我摇摇脑袋。失去两个生命已经太多了。

“那好吧。”她拿起咖啡杯装模作样地祝酒，“恭喜你啦，妈咪。”

我在当天晚上吃晚饭的时候告诉了马克。我一直等待时机，等着我们周围的桌子都坐满了人，我们被一群陌生人包围。

“对不起。”我扔下重磅消息之后如此说道。他的脸上闪现出一丝困惑。

“对不起？这真是太神奇了！我是说……不是吗？”他审视着我。“你不这么觉得吗？”他尽力严肃些，但缓缓扬起的笑容蔓延至他的整张脸，他环顾了一下餐厅，似乎在期待周围毫不知情的用餐者为我们鼓掌。

“我……我不确定。”但我将一只手放在依然平坦的小腹上，想着自己去年经历了太多的坏事，现在终于要有件好事了，一件不可思议的事。

“好的，所以这件事可能比我们本来预期的要快——”

“快了一点点。”我用手指都能数清我们在一起几周了。

“——但这是我们想要的。”他寻求认同，我重重地点头。确实如此。我们甚至讨论过这个问题，我们的坦率都让我们自己惊讶。我们相识的时候，马克三十九岁，在一段漫长的他以为会地久天长的恋爱中受挫，对组建一个梦想的家庭失去信心。我只有二十五岁，但痛苦地认识到生命多么短暂。我父母的死让我们走到一起；这个孩子会像黏合剂一样让我们更加紧密。

马克逐步结束了他在伦敦的生意并扩大了布莱顿的生意，他搬过来和我一起住，把普特尼的公寓租了出去。这似乎是完美的解决方案。房租用来支付他的房贷，以及一点小的额外开销，租客们也很乐意维修任何有问题的东西。或者说我们是这么一厢情愿的，直到环保局打电话来告知我们楼上的邻居抱怨房子有臭味。等我们过去看的时候，租客已经离开了，不仅欠了押金和一个月的房租，还把房子弄得乱七八糟，根本没法直接租出去。马克只得慢慢地将房子恢复原状。

“公寓怎么样了?”

“不怎么样。我联系了人去装修，但他们还在做另一个项目，要到一月中旬才有时间，所以要到二月份才有机会租给新租客。”

“没关系。”

“有关系。”

我们陷入沉默，都不想要争辩。我们不需要房租收入。不是现在。我们不缺那点钱，就像约翰逊祖父曾说的。

我会把每分钱都还回去，如果这意味着能跟爸妈多待一天的话，但不幸中的万幸是：他们的死让我有偿付能力。多亏了我的约翰逊祖父，这栋房子从未被抵押；另外还有父亲的存款以及我父母的人寿保险保费，也就是说，我的银行账户中现在躺着一笔超过一百万英镑的财产。

“我要卖掉公寓。”

“为什么？我们是运气不好，仅此而已。换个中介——找一个更能查看相关背景的。”

“可能我们应该把两处房子都卖了。”

一时间我没觉察到他在暗示什么。卖了奥克维尤？

“这是间大房子，花园有很多要维护的，而我们俩都不知道我们在做什么。”

“我们会请一个园丁。”

“希卡莫的房子在市场上都卖四十万了，它只有四间卧室。”

他很严肃。“我不想搬家，马克。”

“我们可以一起在哪儿买个房子。属于我们两个的。”

“奥克维尤就是属于我们两个的。”

马克没有回答，但我知道他并不认可。他六月底才正式搬进来，当时我怀孕四个月，他连续几周都没有住过他的公寓一晚。

“把它当成你自己的家。”我愉快地说道，但我这样说实际更声明了我的所有权。都过了好几天，马克才不再询问他是否可以泡杯茶。过了几周之后，他才不再像个客人似的僵硬地坐在沙发上。

我希望他和我一样爱这栋房子。除了三年的大学时光，这儿都是我唯一的住所。我的全部生活都在这四面墙围起的空间里。

“你考虑一下吧。”

我知道他认为这里有太多鬼魂。睡在我父母的卧室对我来说很困难。或许对他来说也很困难。“也许吧。”

但我的意思是不。我不想搬家。奥克维尤是我父母留给我的一切。

艾拉六点整醒来。早晨六点以前算是早的，但如果你经历过几周半夜醒来的痛苦，又慢慢习惯在五点开始一天的生活，早晨六点感觉像是睡了懒觉。马克起来泡茶，我把艾拉抱到我们床上，我们有一个小时的家庭时光，然后马克才会冲澡，我和艾拉才会下楼吃早餐。

半个小时后马克还在浴室——我听见管子的叮当声，以及有节奏的敲打声，为浴室淋浴提供了音乐伴奏。我给艾拉穿好衣服，但我自己仍然穿着睡衣。我在厨房里跳舞，逗她开心。

外面沙砾的嘎吱声让我想起昨天晚上的事。随着早晨的亮光爬进厨房，我为自己营造的一场虚惊而感到难堪。幸亏罗伯特的电话关了机，只有马克才是我妄想症的唯一目击者。下一次我独自在家的时候，我会放大声的音乐，打开灯，在房子里走动，把门关得砰砰响。我不会躲在一间屋子里，无缘无故地自己吓自己。

我听见信箱关上时的金属声音，信件掉落在下面垫子上的轻微碰撞声，然后是最低音量的手指轻叩声，那告诉我邮递员将什么东西留在门廊了。

艾拉五周龄的时候经常有急性腹痛的症状，而邮递员也可能在这种情况下过来投递马克订阅的课本。我花上一个小时去安抚艾拉，就在她终于要入睡的时候，邮递员会啪的一声将门环扣响，那力气大得连灯具都在摇晃。我拧开门，睡眠被剥夺加上产后的抑郁让我狠狠地骂了这个可怜的男人。之后，等我的怒火平息下来，哭声不再跟艾拉的哭声匹敌，邮递员才提议说他以后就把包裹放在门外，尽量不再打扰我们。看来我并不是他投递路线中唯一一家优先采取这种投递方法的客户。

我等着他的脚步声离开我们的车道，一来是不想穿着睡衣跟他打招呼，二来是我仍然为那天的哭泣而羞愧，然后我轻轻地走进门厅，拿上邮件。传单，更多的账单，一封官方样式的信，是用浅黄褐色信封装着给马克的。我从窗台下的吊钩上取下钥匙，打开前门。它被轻微卡住，我使劲拉才打开的。

但并不是开门时的用力过猛让我后退了一步，也不是冰冷的空气突然涌进温暖的门厅。不是包裹被放在门廊一侧的原木堆上。

是血液布满了门口，一堆内脏铺在最上层台阶上。

13

他们说金钱是万恶之源。

是一切罪行的起因。

还有许多人像我一样——游走于半人半鬼的虚无之间——全是因为钱。

他们一无所有；他们拥有太多。

他们想要别人的；别人想要他们的。

结果呢？

一条鲜活的生命，被剥夺。

但事情并没有就此结束。

14
安　娜

兔子躺在最上层台阶，它的肚子被整齐地剖开一条连续、精细的口子。一堆胶状的肉和肠子从口子里面流出来。呆滞的眼球凝望着街道，眼球下方是一张裂开的露出尖锐白牙的嘴。

我张开嘴尖叫，但我的肺里没有空气，于是我退后一步，一把抓住前门边上的衣帽架。我感觉到乳房下坠的刺痛，想要给孩子喂奶是一种应对危险的本能反应。

我找回呼吸。

“马克！”这名字从我的口中像子弹一般快速地爆发出来。“马克！马克！”我继续喊着，无法将我的眼睛从门口那血腥的一堆移开。晨雾为兔子的尸体和血液抹上一层银光，这种效果只会让场面更加恐怖，就像哥特式的圣诞装饰。“马克！”

他用介乎于走和跑之间的速度下了楼，脚趾不小心踢到底层的台阶，然后大声咒骂。“到底怎么——天哪……”他什么都没穿，只围了条浴巾。当他站在敞开的门口，盯着台阶，他不由得颤抖起来。水珠沾在他胸口稀疏的毛发上。

“谁会做这么恐怖的事？”我现在哭了，是惊吓过后意识到自己还安全的压力释放。

马克看着我，一脸的困惑。“谁？你不是在开玩笑吧？一只狐狸，想必是。好在它这么冰凉，不然会有恶臭。”

“你认为是动物干的？”

“马路对面就是一个偌大的公园，它只是选择了我们门口的台阶。我去穿点儿衣服，然后把它清理掉。”

有些事说不通。我想去弄明白究竟是什么，但它一下就溜走了。“为什么狐狸没有吃掉它？看看所有的肉以及，”我咽下从我胃里呕出的恶心，“肠子。为什么杀掉它而不吃掉它？”

“这就是它们的做派，不是吗？城里狐狸的食物都来自垃圾桶。它们猎杀是为了好玩。如果它们进了鸡笼，就把鸡全部杀掉，但它们一只都不会吃。”

我知道他说得对。很多年前，我父亲决定养鹅，把鹅都关在花园尽头的圈里。我当时应该只有五六岁，但我记得我套着长筒雨靴，跑去捡鹅蛋，将谷粒扔在泥泞的草地上。尽管鹅是圣诞命，但我的母亲给它们都取了名字，在黄昏时分挨个唤它们回圈。她最喜欢的——自然也是我最喜欢的——是一只活泼的、羽尖呈灰色的母鹅，她叫她派珀。当你靠近时，其他的鹅会发出嘶嘶声，拍打着翅膀，而派珀会让我母亲用手喂她。她的温顺也是导致她遇害的原因。一只狐狸——大胆到连天都没有黑就开始行动——虽然被她坏脾气的兄弟姐妹制止了，但还是用它的嘴紧紧咬住派珀的脖子，留下一具无头的尸体让我和母亲在黄昏时分发现。

“残忍的动物。”马克说，“你能看到狐狸猎杀队来自哪里，对吗？”

我不能。我从没见过乡下的狐狸，但我在城里见到很多，它们朝着街道中央小跑而去，要多大胆有多大胆。它们那么漂亮，我无法想象要因为它们狩猎者的本能而去吓唬它们，以此作为惩罚。

我盯着残缺不全的兔子，终于明白过来是什么让我感觉不对劲。我慢慢地说了出来，说的过程中也更坚定了自己的想法。

“这太多血了。”

毫无生气的兔子下面是一大摊血，多得从三级台阶一直淌到车道。当马克在领会我的意思时，他的脸上浮现出一丝笑意。

“我记得我们在中学生物课上解剖过青蛙，但从来没解剖过兔子。这到底该有多少血啊？”

他这句风凉话说得我心里不是滋味。为什么他总不能站在我的立场想问题？

我尽力保持冷静。“我们就假设是狐狸干的。我们也假设一只小野兔有足够的血量弄得这里血淋淋一片。难道它还在其他台阶上蹭自己的爪子吗？”

马克笑了，但我没开玩笑。

“它用尾巴把血液涂抹上去的吗？”

情况看起来就是如此；像是有人拿画刷蘸上兔子的血，然后胡乱地涂抹在我们的台阶上。我突然清楚地意识到，这看起来，像是犯罪现场。

马克变得严肃起来。他用一只有力的手臂搂住我，用另一只手去关门，然后他将我转向他，“告诉我。告诉我是谁做的。”

“我不知道谁做的。但他们这么做是因为我去找了警察。他们这么做是因为他们对妈的死知道点什么，他们想要阻止我找出真相。”终于说出了我的推断，但它并没有因此而变得不那么异想天开、捕风捉影。

马克无动于衷，尽管我觉察到他有一丝担心。“宝贝，这没有道理。”

“你认为这是正常的？昨天匿名贺卡，现在又是这个？”

“好了，我们来理一理。假设贺卡不是有人居心不良——”

“不是。”

“质疑你母亲的死，他们想要达成什么目的呢？”他不等我回答，“用门口的死动物吓你，他们又想达成什么目的？”

我明白他的意思。这感觉是前后脱节的。为什么把我逼到警局，然后又警告我不许去？

他将我的沉默当作认输。

“是狐狸，宝贝。”马克向前，吻了我的额头。“我保证。为什么你不泡个舒服的澡，让我来带带艾拉呢？我今天要到十一点才有客户。”

我听任马克领我上楼，送我去沐浴；他往浴缸里放了些极昂贵的浴盐——我生艾拉时他买给我的，我一直都没时间用。我浸泡在泡泡下，想着狐狸、兔子和血。我怀疑自己是不是有妄想症。

我在脑海里想象那张匿名贺卡；想象寄送者用手将它装进信封，放进邮箱。是不是同一个人以手术般的精准对兔子开膛破肚？将血涂抹在我家的台阶上？

我的脉搏慢不下来。它在我的太阳穴急促地跳动着，我往浴缸下面沉，让水声灌满我的耳朵。有人想恐吓我。

我想知道这两个举动真的是毫不相干的吗？我将匿名卡片看作是唤起行动的，是指引我去调查我母亲的死的。可万一它不是指引，而是警告呢？

再想想。

警告母亲的死不是表面上那么简单；警告外面有人在故意伤害我的家人。仍未罢手。

我闭上眼睛，看见血，那么多的血。我的记忆已经开始紊乱了。那兔子有多大？它真的有那么多血？

照片。

突然灵光一闪，我坐了起来，搅得浴缸里的水都泼了出去。我要多拍几张照片，然后把它们交给警察局的默里·麦肯齐，看他是否认为这是狐狸干的。

一个微弱的声音在问，我这么做是要说服马克还是说服警方。我将这个声音拍散，扯掉塞子，从浴缸出来；我匆匆擦了擦身子，衣服穿上后还贴在湿漉漉的皮肤上。

我找到手机，冲下楼梯，但马克已经将死兔子清理走了，还用漂白剂清洗了台阶。当我打开前门，那儿什么都没有，就像什么都没发生过。

15
默　里

默里穿衣服的时候，冬日的阳光透过卧室的窗帘照射进来。他将羽绒被塞到枕头下，在整理垫子前将褶皱理平，就像萨拉喜欢的那样。打开窗帘，他注意到从北边席卷而来的厚厚的灰色云朵，于是在衬衫外面加上 V 领毛衣。

随后，等洗碗机刚一打开，而他已经推着胡佛吸尘器走过一圈，第一批洗好的衣物也挂在了绳子上，默里便端着一杯茶、拿着一块巧克力饼干坐到餐桌上。这会儿九点半。他还有好几个小时。他记得以前有段时间，一个在家休息的上午是充满希望、充满期待的。

他的手指用力地打在桌子上。他要去看望萨拉。一上午都陪着她——或许可以劝她去咖啡厅，在周围散散步——然后从那儿去上班。

他收到乔·道金斯的呼叫信号，她是萨拉主要的护理人员，在海菲尔德工作了十年之久。

“对不起，亲爱的。她今天很糟糕。”

“很糟糕”意味着萨拉不想见他。通常情况下，默里会直接回家，他理解每个人都有想要独处的时候。但今天他感觉不一样。他想念萨拉。他想去谈谈约翰逊的案子。

“你能再试试吗？告诉她我不会待太久。”

“我试试看吧。”乔把他留在接待处，也就是最初的那所乡村别墅的入户大厅。早在别墅被列为受保护建筑之前，这大厅就被粗糙地改造过了。厚重的防火门——全都安有密码锁——通向病房和办公室，丑陋的碎木纸贴在墙上和天花板上。

当乔回来的时候，她的表情明显地说明事情没有任何转机。

“她有说什么理由吗？”

BPD。这就是理由。

乔犹豫了。“嗯，没有。”

“她说了，对吧？别这样，乔，你知道我能承受。”

护士直端端地看着他，打量他。“好吧。她认为你应该”——她举起双手，在空中重复做出双引号，表明自己与接下来要说的无关——“‘去爱别人，别浪费生命去爱一个疯子。’”

默里脸红了。他的妻子命令他离开她（然后在这样的预期之下试图自杀）是他们婚姻中一个常见的主题，但从第三者的口中说出来，他仍然感觉十分尴尬。

“你能告诉她”——他举起双手复制了乔的引号——“‘爱上疯子’才是我最喜欢的事吗？”

默里坐在海菲尔德停车场，头靠在座椅的靠枕上。他早该料到不能给萨拉惊喜的。她情况最好的时候都很善变，而在早上是完全可以预料的善变。等他下班回家再试一次吧。

那么现在呢？

还有两个小时才轮到他值班，他不想回到空荡荡的房子里，看着时间一分一秒过去。冰箱满的，花园整洁的，房子干净的。默里考虑他的几个选择。

“对。”他打定了主意，不由得大声说出了口。“为什么不呢？”他的时间是他自己的；他可以用来做任何他想做的事。

他穿过市区直奔城外去了，脚使劲踩在油门上，让车子以公交车永远不可能有的速度飙起来。警察局缺少停车位意味着坐公交车上班更方便，但默里享受开车，他打开收音机，哼着曲子，沿着并不太熟悉的路驶去。要来的雨还没下下来，但云低低地挂在山丘上，当海水汹涌地进入视野，它的边缘飞溅出无数愤怒的白色浪花。

停车场空荡荡的，只停了六辆车。默里从一个专门用来存放零钱的烟灰缸里找了八十便士，然后把停车票扔在仪表盘上。支付显示器旁边有一块大大的招牌，上面为善男信女们提供了一个联系电话，在默里走向海边小路时，他又路过了一系列类似的招牌。

交谈有帮助。

你不是一个人。

一块招牌有用吗？一个人，不顾一切地要自杀，他可能会停下来去领会这些劝解的话语吗？

你不是一个人。

在每十个或者更多的前往比奇角自杀的人当中，真正跳崖死了的只有一个。绝大多数的人会失去勇气，改变主意，遇到一位在崖边巡逻的志愿者，不情不愿地去跟他们喝杯茶，最终放弃了他们的计划。

但一切都还没结束，不是吗？一次干预只是个逗号，而非句号。所有的茶，所有的谈话，所有世间的援助可能都改变不了第二天发生的事，或者之后的某天。

默里想起那位可怜的牧师，他发现了悬崖边的卡罗琳·约翰逊，而她的帆布背包里装着沉甸甸的石头。他如果知道自己从悬崖边劝走的那个女人又回到同一个地点并奋不顾身地跳了下去，他会作何感想呢？

那天有人和她在一起吗？牧师是否太过专注于拯救卡罗琳的生命而没有看见藏在暗处、始终保持距离的那个人？

安娜的母亲是被推下去的吗？或许不是实质性动作，而可能是有人逼卡罗琳自杀？

海角在默里上方升起，每一步都让他更高于海平面。当地的民间传说认为邪恶的地脉线在比奇角交汇，将那些易受这些事影响的人引向死亡。默里不相信魔法和神秘力量，但很难忽视这个地方的吸引力。草地延伸至亮白的悬崖便戛然而止，而这强烈的反差被下方灯塔边缭绕的薄雾淡化。随着云层的移动，默里时不时地瞥见灰色的大海，他感到一阵眩晕，不由自主地后退了几步，尽管他距离脆弱的边缘至少还有十二英尺远。

卡罗琳曾来到这里自寻短见。牧师的证词已经证实了这一点。但匿名周年贺卡的暗示很清楚：她的自杀不是表面上那么回事。

默里想象着卡罗琳·约翰逊站在他现在站的地方。她*想要*去死吗？还是*愿意*去死？这是个微妙但重要的区别。愿意去死，那么别的人就能置身事外？她的女儿？或许安娜自己是这一切的关键所在。卡罗琳·约翰逊放弃自己的生命是因为有人威胁要伤害她女儿？

比奇角远远不能让他头脑清晰，反而让他在原地绕圈子。

在一块被反复践踏的草地中央有一个石头基座，基座上立有一块厚石板。默里看着石板上的刻字，嘴里同时默念。

耶和华在高处大有能力，
胜过诸水的响声，
洋海的大浪。[①]

圣诗下面，最终的提醒：上帝永远比我们所有的苦难强大。

默里感觉内心有什么东西在涌动。他突然从石基转身，最后一次看着那悬崖与苍茫的交接之处，然后走回停车场，为让它影响到自己而生气。他来是为了调查，他告诉自己，别多愁善感。他来查看安娜·约翰逊父母死去的地方；在头脑中还原现场，因为这里可能自他上次来已经发生了改变。

然而并没有。

当时是一名巡逻志愿者发现了萨拉。她坐在悬崖边上，脚悬在苍茫中。她没想要自杀，她告诉牧师；她只是再也不想存在于这个世界中。这是有区别的，她坚持道。默里明白这个。他不会改变他的妻子来适应这个世界，但他多么希望他能够为她的妻子改变世界。

默里接到电话，丢下手头的工作，开车到了比奇角的一间酒吧。萨拉和一个女人坐在酒吧里，那女人的狗项圈完全藏在她的雨衣下。店主是个安静、周到的男人，在区别烈酒和酒后之勇方面很有经验，如果后者看起来像是要酿成恶果的话，他会迅速报警。当萨拉伏在默里的肩头哭泣时，他谨慎地退到酒吧的另一端回避。

比奇角并没有改变。它永远不会。它是——一直都是——一个美

① 出自《圣经·诗篇 93：4》。

丽、迷人又令人苦闷的地方。鼓舞人心的同时又毁灭希望。

默里将车停在警察局后面的那条街，看了看时间，拿出通行证。两个应急警察慢跑到走廊，当默里为他们拉开门时对默里点头致谢，然后进入停在后院的有标志的车里。短短几秒钟，他们就出了大门，车子在拐角处急转弯。默里一直站着，等到警报声完全消失为止，他的脸上露出难得的笑容。没有什么能像蓝色警报灯那样让人血液沸腾的了。

罪案调查部——或说 CID——在长长走廊的尽头。默里当差那会儿，走廊每侧均有五六个办公室，但到他退休时，内部大部分的墙都拆除了，创造了一个开放式办公区。警察现在实行“办公桌轮用制”，默里知道，他很庆幸自己任职的时候这样的理念尚未纳入考虑范围。你怎么可能一边不停地打包带走零散物品，还一边破解谜团呢?

默里走进去的时候，探长詹姆斯·肯尼迪抬头看过来，脸上展现出真挚的热情。他用力地和默里握手。“你怎么样？还在前台？下米兹警局，是吗?”

“正是。”

“你比我强多了。”詹姆斯耸耸肩，“我一拿退休金就走人。你不会看到我再回来忍受压力。连圣诞节都要工作，连孩子们打开圣诞袜都看不到？这是吃力不讨好的事，对吧?”

詹姆斯·肯尼迪三十出头。给默里开欢送会的时候，他才来 CID 两个月，而现在的他：带领一个团队，毫无疑问是办公室里最有经验的警探之一。他可能认为他退休——还有好多年呢——就不会再穿制服了，但要等他到了那个时候才知道，默里想。三十年的时间可是充满了变数。

詹姆斯打量了一下默里的便服。“这么早？你真是敬业。”

“我只是路过。想进来看看情况如何。”

空气一下子尴尬了起来，默里生活上的空虚被赤裸裸地晾在二人之间，詹姆斯过了一会儿才回过神来。

“哎呀，欢迎你来，见到你真好。我去把水烧开。”

当詹姆斯咔嗒咔嗒地转悠在办公室的角落时(放在冰箱顶的水壶和茶托盘构成了一个简易的厨房)，默里看着白板上正在办理的案子。

“我看欧文·希利仍然很出色?”

詹姆斯将两个马克杯装的茶水放到桌子上，茶包还在里面晃动。默里把他的捞出来，扔进了脚边的垃圾桶。

“他小时候就喜欢跟马修家的小子们到处跑——他住在伍德格林后面的房子。他们现在关系还很亲密。”

詹姆斯尴尬地停顿了一下。“哦。哈！对。我们最好查实一下，就这样。你过来看看真是太棒了!”詹姆斯倍感愉悦地拍了拍默里的肩膀，默里希望他什么都没说过。他虽然退休了，但他还在警务系统工作。他还能听到一些事，还能了解一些情况。他不需要别人来迎合他。不过人们总是那样。不仅仅因为他老了，而且因为——

“萨拉怎么样?”

还是老样子。头，歪向一边。眼睛里一副“幸好是你不是我”的神情。詹姆斯的老婆留在家照顾他们的两个孩子。她没有上百次地住进精神病院。詹姆斯不会因为他的妻子跪在厨房，头放在烤炉里而丢下工作冲回家。默里控制住自己的情绪。没人知道关闭的门后在发生什么。

“她很好。应该很快就回家了。”

默里不知道这是不是真的。他早就放弃询问了，他转而将萨拉频繁地住到海菲尔德——自愿或不自愿——看作一个机会，一个让他积聚力量、迎接她回家的机会，喘息的机会。

“事实上，我过来是要问你一个案子。”

詹姆斯似乎松了口气，终于回到他们更加熟悉的领域了。“洗耳恭听，老兄。”

“你们队处理了两起分别发生在去年五月和十二月的自杀案。汤姆和卡罗琳·约翰逊。丈夫和妻子。她在她丈夫自杀的地方也自杀了。”

詹姆斯凝视他的桌子，手指咚咚地敲着，试图回想案情。“约翰逊车行，对吗?”

“正是。关于这两件案子，你还记得多少?”

“这两件案子简直一模一样。效仿的自杀。我们实际还有点担心这可能会触发更多工作量——报纸上真是闹得沸沸扬扬了——不过，运气好，还没弄出什么乱子。上一个跳崖的是几周前。他在下落的过程中被风刮进了峭壁里。”詹姆斯撇撇嘴。

“有别的让你觉得奇怪的吗?”默里热切地追问。

“关于约翰逊夫妇？从什么角度？人在比奇角自杀没什么稀奇的。我好像记得验尸官的报告毫无特殊之处。”

“确实是这样。我只是在想……你知道你对一件案子有种感觉，有时候？什么事情不对劲——好像真相就隐藏在平淡的表象之下，但你无法抓住。”

“当然。”詹姆斯礼貌地点点头，但没有一点儿认可的意思。他们这一代警探不是靠感觉办案的。他们靠的是事实。法医鉴定结果。这不是他们的错——法庭也不接受一堆直觉的东西，但默里接受。根据他的经验，如果有什么东西闻起来像一条鱼，尝起来也像一条鱼，那么它就几乎肯定是一条鱼了，即便它看起来不像。

“但你对这些案子没那种感觉吗?”

“相当标准化的东西，兄弟。它们每次都是在两三周内被送进送出办公室。”他身子前倾，音量降低，即使办公室里没有别人。“对 CID 来说，不是真正棘手的东西，对吧?”

默里礼貌地微笑。他觉得一件一目了然的自杀案对一队饥饿的警探来说并不会有太大的挑战，他们桌子上可有一堆的强奸和盗窃案。这对默里来说是不一样的。他的动机是人，不是罪案。受害人、目击者，甚至罪犯——都令他着迷。他过去——现在仍然——有冲动要去调查他们生命中的秘密。他多么希望约翰逊的案子送进来的时候，是他坐在詹姆斯的位置上。

默里起身。“我该走了。”

“有事做，有人见，对吧?”詹姆斯再次拍了拍他的肩膀，“为什么对约翰逊感兴趣?”

这是个好时机，默里应该给他看安娜·约翰逊的匿名卡片。他应该正式将这案子交给 CID，然后回去做他的前台工作。

默里看着白板上的案件列表，看着每个警探桌子上需要处理的一沓沓文件。詹姆斯会优先处理这案子吗？一个没有答案的案子，还是一个退休警察交给他的。

“没什么。”默里说，他还没有真正想清楚。“闲得无聊，好奇而已。我看见一张旧简报上有这个名字。几年前我在那儿买过一辆车。”

“原来如此。挺好。”詹姆斯的眼睛又扫回他的屏幕。

“你继续吧。圣诞快乐。”

安娜·约翰逊很脆弱。仅一年多一点儿的时间，她就失去了双亲，生了个孩子。她感到威胁和困惑，如果案子要重新调查，就要好好调查，不能简单粗略地过一遍就再次结案。

“很高兴见到你，老兄。继续好好工作！”默里离开办公室时，詹姆斯欠身起来。在老兄弟走到门口之前，他坐回了座位，约翰逊的案子已经被抛诸脑后了。

默里打算暗地调查卡罗琳·约翰逊的死，一旦他掌握了谋杀的切实证据，他就回来找肯尼迪探长。

在那之前，他只能靠自己。

16

安　娜

“就是好像有点儿过头了，我只想说明这一点。”

“对我来说不是。”我们站在敞开的门口，艾拉坐在我们俩中间的婴儿汽车安全座椅上。马克看着手表，尽管他刚刚才确认过时间。“你不必来的。你可以把我放在警察局，然后去工作，如果你想的话。”

“别傻了，我当然要来。”

“傻？我基本上不会把一只死兔子叫作——”

“我不是说兔子！天，安娜！我是说：‘别傻了，我不会让你一个人去警察局。’”马克大声喘气，正对我站着。“我是站你这边的，你知道的。”

“我知道。对不起。”

隔壁传来招呼声。“早上好！”

罗伯特·德雷克正站在他房子外面，手放在我们两家车道间的围栏上。

“早了点儿吧？”马克轻松地进入睦邻友好模式，走下台阶和罗伯特隔着围栏打招呼。

“六年来第一次休假——我要好好利用下。”

“我不是怪你。居然六年！”

我看着他们越过围栏握手。

“还来我这儿参加圣诞酒会？”

“肯定的。”马克说，热情远比面对我的时候多。罗伯特每年都举行派对。他去年取消了，出于对我父母的尊重，但今年的邀请在几周前就递到门前了。想必我的守孝期已经过了。“我们能带点儿什么？”

“就带你们自己。除非你想喝软饮。没有太多那东西。哈！”

父亲和比利以前时常跟罗伯特打高尔夫，但母亲从没加入他们。她说罗伯特自以为是。我现在看他——看他昂贵的衬衫和他自信的姿态——觉得母亲是对的。罗伯特·德雷克的傲慢是骨子里的，属于那种在职业领域占据高位而后将其运用到私人生活的人。

滚蛋，罗伯特。

我脑海里的声音如此清晰，甚至让我一度觉得我已经大声说出口了。我想象着马克的脸、罗伯特的脸，便强忍着那不知从何而来的笑意。我想或许我就要疯了，就像我父亲去世后我母亲的状态。笑着不好笑的事，伤着不悲伤的情。我的世界感觉天翻地覆，而隔壁这个男人，说着愉快的圣诞问候以及关于软饮的玩笑，让人感觉在过去二十四小时发生的那些事以后，他不仅微不足道，而且不合时宜。

我的母亲是被谋杀的，我想告诉他。现在有人在威胁我。

我当然没有说出口。但我突然想到罗伯特有在外面闲逛找邻居聊天的嗜好，他可能看见了什么有用的东西。于是我走到围栏旁加入了马克。

“你今天早上看见有人在我们房子外面吗？”

罗伯特突然停下，他节日的欢欣在我炙热的目光下消散。“我没有印象。”他个子很高，但不魁梧，像马克一样。他有点驼背，我想象他手持手术刀，倾身伏在手术台上的样子。我身体一颤。想象那同样的手划开一只兔子……

“你昨晚晚些时候在房子外面吗？”

我突如其来的问题紧随着片刻尴尬的沉默。

罗伯特看着马克，即便这是我问的问题。“我应该在吗？”

“有人在我们门垫上放了只兔子，”马克解释，“台阶上全是血。我们想知道你是否可能看见了什么。”

“我的天哪。兔子？真是离奇……但为什么？”

我审视他的神情，寻找任何伪装的迹象。“你没看见任何人？”即便在我问的时候，我也不确定我想要的答案是什么。不，我看见有人在你房子外面放置被肢解的兔子，但没想到要问他们究竟在做什么。或者：不，我放的，开个玩笑。哈哈。提前送上的圣诞礼物。

“我昨晚很晚才回来……你们俩的车都停在车道上，但没有灯亮着。而且我恐怕今早睡了个懒觉。要休假到新年了。我知道：走狗屎运的混蛋，呃？”

这么问他真是蠢。罗伯特·德雷克是那种发起“邻里守望”互助制度和举报骚扰电话的人。如果他看见有人将兔子放在我们台阶，他会告诉我们。如果说是他自己放的兔子……这男人是个外科医生，不是心理变态。

我转向马克，“我们该走了。”

“当然。”他抱起艾拉的汽车安全座椅，放进他的车里系好，一点儿也不着急的样子。我坐在后座，挨着艾拉。

我不认为马克是在认真对待这件事。我父母是被谋杀的。他还想要多少证据证明？匿名信。死兔子。这些都不是正常事件。

他在紧闭的车门外站了一会儿，然后离开。我听见脚下砾石的嘎吱声。我伸出一只手去摩挲艾拉的脸颊，等着马克锁上前门。我突然想起在车里等我父母的时候，就像现在一样，我坐在后座，父亲拍打着方向盘，母亲因为忘带什么东西而冲回房子。

“我希望你能见见他们。”我对艾拉说。

我毕业的时候极度想要一个属于自己的地方。我尝试过独立的滋味——看见过伊斯特本外面的世界——我喜欢这样。但慈善事业只是为了职业满足感，并不是因为薪水，房价对我而言仍然高不可攀。我搬回家，就再没离开。

父亲总是喜欢提醒我，说我都不知道自己所拥有的有多好。

“我十六岁就被踢出去学做生意。你从来都看不到我的老头子在我们十多岁时为我和比尔洗衣服。”

我非常确信祖父一辈子都没靠近过洗衣机，他的妻子热衷于家务，还会把闯进厨房的人赶出去。

“我好多年都是每天工作十二小时。我在你这个年纪的时候，我在苏豪区就有了一套公寓，钱包也是鼓鼓的。”

我和母亲相视一笑。我们俩谁也没有指出是祖父在朋友修车厂给他安排的学徒工作，是祖母把打包的食物连同试车字牌一起送过去。更没有提到在 1983 年，用五万英镑还可以在伦敦购置一套公寓。没等父亲声称自己学生时代就被送上烟囱[1]，我就换了话题。

我从来学习都不怎么样，但我继承了我父母工作狂的潜质。我钦

---

① 19 世纪七八十年代前的英国，小孩子会被送上主人家的烟囱，清扫尘土和烟灰。

佩他们为家族事业的成功投入大量的时间和心血，我也尽力去效仿他们。

“找个你喜欢的工作，”父亲总是说，“那么你一辈子都不会上一天班。”

问题是，我不知道我想要什么。我在华威大学[①]获得过一个名额去研究社会学，勉勉强强混了个 2∶2 学位[②]，然后就稀里糊涂地毕业了。职业生涯的第一步是个意外。我在儿童救助慈善会找到一份工作，得到一件红色的无袖厚夹克和一块写字夹板。我漫步在街上，挨家挨户地敲门。有的人很友善，有的人没那么友善，但我很快发现我终究是继承了一点儿我父母的魅力。第一个月我就征募到很多月度捐赠者，比团队的其他成员加起来还多。我被临时提拔到区域主管的职位，直到有一个全国性的职位空缺出来。我钻进办公位，感觉世界远离了考场，在考场里一个未诊断出有阅读障碍的少女永远成不了事。“有其父，必有其女。”父亲说。

我和基金募集团队紧密合作，构思出增强人们捐赠意识的新奇主意，主管着全国上下三百人的上门大团队。中产人士抱怨他们“死缠烂打，软磨硬泡”，我坚决维护他们，并且称赞团队中的每一个人，所有人，感谢他们对全球儿童做出的贡献。我爱我的这份工作，但它薪水不高，住家里是唯一的选择。

此外，尽管说出来不大体面，但我还是要承认，我喜欢住在家里。

---

① 英国名校，位于英国英格兰中部考文垂市和沃里克郡交界处。

② 英国学位有及格学位或者荣誉学位。荣誉学位分为一、二、三等。成绩在 70％以上可以获得一等荣誉学位，成绩在 60％—69％可以获得二等上荣誉学位，即 2∶1 学位，成绩在 50％—59％可以获得二等下荣誉学位，即 2∶2 学位，成绩在 40％—49％可以获得三等荣誉学位，成绩在 40％以下则获得及格学士学位。

不是因为洗好的衣物或者家里的饭菜，也不是因为我爸臭名昭著的酒窖，而是因为我父母是真正的好伙伴。他们逗我开心。他们怀有好奇心，懂得人生意趣。对于规划、政治和各色人物，我们会聊到很晚。我们讨论我们的问题。没有秘密，或者说他们假装没有秘密。

我想起藏在我父母书桌下的伏特加酒瓶；还有房子里四处藏匿的其他酒瓶。餐桌上散落的空酒瓶总是在我早晨起来时就被收拾得干干净净了。

大学第一学期期末，我和考场的一个朋友萨姆一起在她父母的房子里过周末。晚餐没有红酒感觉怪怪的，就好像他们会不上刀叉就开饭一样。几周后我问萨姆，她父母是否介意她喝酒。

“他们为什么会介意呢？”

“他们不是滴酒不沾的吗？”

萨姆笑道，“滴酒不沾？你应该看看我妈圣诞喝着雪利酒的样子。”

我的脸烧红，“我以为……他们在我留宿的时候没喝。”

她耸耸肩，“不能说我注意到了。他们有时候喝，有时候不喝。就跟大多数人一样，我猜。”

“我猜也是这样。”

大多数人不是每晚都喝酒。大多数人不是下班回家就弄杯金汤力，口口声声：“有的地方都六点了，对吧？”

大多数人。

“都准备妥当了？”马克进入车子，系上安全带。他从后视镜里看着我，然后扭过身子直视我。他清了清嗓子，我们刚在一起的时候，我就注意到他这个下意识的习惯。那是一种停顿——一个句号，插在他已经说过和将要说的话之间。意思是：“现在听我说：这很重要。”

"我们去了警察局之后……"他犹豫着。

"嗯?"

"我们可以预约一次会面，让你见见某个人。"

我抬眉。见见某个人。中产阶层对去找个心理医生——你要疯了的委婉说法。"我不需要去见别的咨询师。"

"周年纪念可以做做有趣的事。"

"有趣得很。"我开着玩笑，但马克没有笑。他转过身，启动了车子。

"至少考虑一下。"

没什么好考虑的。我需要的是警察，不是心理医生。

但当我们驶出车道，我深吸了一口气，靠着艾拉，将一只手放在窗上。可能我确实需要一个心理医生。有一瞬间，那个走路的女人……不是妈，当然了，但我还是感到错愕，为自己强烈的失落感和潜意识里认为那可能是妈的失控感。昨天在她的忌日上，我是那么鲜明地感受到她的存在，以至于今天我都在幻想实际并不存在的鬼魂。

但我仍感觉吊诡至极……

谁说鬼魂不存在?

医生？精神科医生?

马克?

也许死者可以被召唤。也许他们能自行回来。也许——只是也许——我母亲有话要告诉我。

我没跟马克说这些。但我在去警察局的路上凝视窗外，希望自己能看见鬼魂，看出某种迹象。

如果母亲要告诉我她死那天真正发生的事，我就在听着。

17

我在这儿待得太久了。我待得越久，越可能被人看见。

但我现在必须这么做——这可能是我唯一的选择。

安娜把婴孩拴在车后座的椅子里，然后顺势坐到旁边的座位。马克关上车门。他手撑着车顶站了一会儿。像这样，他在对安娜掩饰，但我能看见他脸上的焦虑。他在担心安娜？孩子？还是别的？

他走回房子的一侧，罗伯特在那儿逗留，假装搬着盆栽。我内心感觉越来越慌张，即便他碰不到我，甚至看不见我。两个男人隔着围栏低声说着，我好奇安娜是否能够像我一样听见一些片言只语。

“……还在悲伤……非常艰难……有点产后抑郁……”

我等着。

马克开车离开。罗伯特扔下盆栽，回了屋。

然后时机来了。

一瞬间，我通过上锁的门，站在了门厅里。突然我感受到那从没想过会留存的回忆侵袭了我。

给踢脚板刷涂料，因腹部逐渐隆起而跪得挺费劲。在楼梯上铺好羽绒，让小小的安娜从上面滑下来，你鼓励她，我用手指遮住眼睛。

扮演幸福的一家人，隐藏我们的真实感受。

生活多么容易改变。幸福多么容易瓦解。

酗酒。咆哮。打斗。

我避开安娜。我至少能为她这样做。

我克制着自己。多愁善感的时间早过了。现在念叨着过去太晚了。

我迅速地悄悄穿过房子，我的触碰如羽毛一般轻。我没有留下混乱，没有印痕。没有踪迹。我想看看安娜收到一边的文件，我的记事簿，那些只在你知道了故事的结局以后才能告诉你情节的照片。我想找到那把让所有人明白我为何不得不死的钥匙。

我什么都没找到。

书房里，我快速地翻找了抽屉。我不去理会怀旧的刺痛，我每拾起一件小饰物，一本记事本，它都刺我愈深。你无法带走它，这就是他们说的。我记得安娜以前在学校做过一个古埃及"墓葬品"的研究项目，古埃及人挑选"墓葬品"来疏通亡者通往阴世的通道。安娜花了几周时间画一幅石棺画，仔细地在石棺周围描画她珍爱的物品。她的iPod。盐醋味薯片——有六大包。她画的你和我的肖像。一条最爱的围巾，免得她着凉。我微笑地回忆着，想着我会带走什么，如果有可能的话；什么会让我的阴世更好过。

没有钥匙。楼下散落的袋子，门厅梳妆台的抽屉(任何没地方放的东西都扔在里面)，都没有。

安娜把它放哪里了?

18

默　里

“我发现了我妈从去年开始使用的记事簿。”安娜递给他一本厚厚的A4记事簿。“我想它或许可以帮助拼凑她的行动路线。”他们坐在下米兹警察局前台后面的小厨房里，默里第一次跟安娜·约翰逊讲话的地方。安娜的伴侣马克跟她一起，他们一起报告了一件极其怪异的事件，请求默里调查。

马克·海明斯长着浓密的黑发，戴着眼镜，这会儿都快向上推到额头了。他靠坐在椅子上，一只脚搭在另一条腿的膝盖上。右手臂倚在安娜椅子的靠背上。

安娜·约翰逊只占了她伴侣一半的空间。她坐在座位边缘，身子前倾，双腿交叉，双手合十，就像在教堂里一样。

记事簿内页里夹着各种各样的传单和名片，当默里翻开封皮时，一张照片掉了出来。

安娜拾起照片，“抱歉，我放进去的，免得它弄皱了。我打算把它装进相框。”

“你母亲？”

“那儿，黄色裙子那个。那是她的朋友艾丽西亚。她三十三岁的时候死于哮喘。她女儿劳拉是我妈的教女。”

默里记得办案警察随身笔记本上的记录。劳拉·巴恩斯。教女。照片里的女人——其实都还是女孩——在一间酒吧外欢笑，她们的手臂勾搭在一起，看起来就像连体人。照片的背景是一桌年轻小伙子，其中一个仰慕地望着艾丽西亚和卡罗琳。默里可以辨认出她们身后的建筑外面悬挂着马车图案的标志牌。

“有趣的度假地——离海边要有多远有多远——但妈说她们度过了最为快乐的时光。”

“很漂亮的照片。你从没见过安娜的父母，海明斯先生?”

“很遗憾没有。他们过世之后我们才认识。事实上，正是因为他们，我们才认识的。”马克和安娜本能地看了看他们的女儿，默里想如果悲剧没有降临到这个家，她也就不会降生。

“我会跟罪案现场调查员讲这个兔子的事，但没有检查——”

“对不起。我们没想到。”安娜瞪了她伴侣一眼。

“下次我会留着它，好吗?”马克说道。他语调和善，但潜台词是这样的对话已经进行过至少一次了。“让苍蝇捡个大便宜?”

“这也是没办法的事。我已经把周年贺卡交给鉴定科了。他们会检查指纹和DNA，尽量还原邮戳，这样我们就可以知道它来自哪里。我会查看一下记事簿，谢谢你们。”默里把照片还给安娜，但她没有放进她包里。她双手持照片，死死盯着它，好像她能让照片变活。

“我一直在想我见到她了。”她抬起头。马克把手从椅子后背移到她的肩膀。安娜努力解释的时候，他双唇紧闭在一起。“至少……不是真正看见她，而是感觉到她。我想……我想她可能要告诉我些什么。这听起来疯狂吗?”

马克温柔地开口，对着默里，也对着安娜。“悲伤中人想象自己看见他们所爱之人是非常正常的事。这是情感的体现。你太想见到他们，你认为——”

“如果我不是臆想出来的呢?”

一阵尴尬的停顿。默里感觉他似乎格格不入，想知道是否该编个理由让这对情侣自己待着。他还没来得及动，安娜便转向了他。

“你怎样认为？你相信鬼魂吗？相信死后世界吗?”

警察是天生的怀疑物种。在默里整个职业生涯里，他一直都将自己对鬼魂的想法秘而不宣，以免招致必然的嘲弄。即便是现在，他也没有表态。一个人的信仰或是别的超自然信仰是个人的事——像宗教或者政治——不适宜拿到警察局的偏厅去争论。

“我对此持开放态度。”莎士比亚说过，在宇宙万物中还有很多的事超乎所有人的想象，但这并不会让默里的工作变得轻松。他不能去CID报告说安娜·约翰逊被一个遭到谋杀的亲人的魂魄纠缠。他身子前倾:“你明白她可能想要告诉你什么吗?”默里忽视了从马克·海明斯那儿散发出的那几乎可以触摸到的轻蔑。

“对不起。那只是一种……感觉。”

要说服CID相信汤姆·约翰逊和卡罗琳·约翰逊是被谋杀的，需要的可不只是一种感觉。

尼什·考尔曾是个罪案现场调查员，那个时候他们被叫作罪案现场员。

“一样的，名字不同罢了。”她激动地说着，“再过十年，一些光鲜亮丽的高层会再次给我们所有的罪案现场员冠以新的名字。”

不是说尼什未来十年还会在这里。她刚入职的时候，默里还是个年轻探员。她一加入警队就有 BTEC[①] 摄影证书、强健的胃口，以及令人艳羡的与人友好相处的能力。三十年后，她成为首席罪案现场调查员，负责警队法医鉴定科，并为自己的退休进行倒计时。

“宠物摄影，”当默里询问她的退休计划时，她说道。默里脸上的惊奇表情又让她忍不住笑出来。“做摄影的制服更漂亮，少点鲜血，而且你试过在一间有小猫的屋子里精神抑郁吗？我可以挑选我的工作——不再有混蛋客户——而且我能按照自己的时间工作。一切都非常低调。更像是个爱好而非工作。”他们坐在打烊的餐厅里，只有三台并排的自动贩卖机供周末的工作人员使用。

“听起来是个不错的计划。”默里暗自怀疑尼什是否能够做低调的工作。退休后十八个月内，她会再次忙得晕头转向。“你圣诞都做些什么？”

“待命。你呢？”

“没什么特别的。一个人安安静静的。你明白的。”

“是萨拉？”尼什没有将头歪向一边。

“在海菲尔德。自愿的，这次。她没事。”这听起来很假，就连默里也这样觉得。你可能会认为默里发现随着时间流逝，萨拉的入住也会更加容易，但上几次的情况让默里筋疲力尽，比之前更累。他想他在慢慢变老，感觉压力大得更难应付了。

“你来看我是想了解什么？”尼什换了话题，她一如既往地敏锐。

“一只兔子有多少血？”

---

① BTEC：Business & Technology Education Council，英国商业与技术教育委员会。

这问题等于是在衡量尼什工作的多样性，以及她经验的广度，所以她并不觉得出乎意料。

“两三百毫升，大概吧。一小杯。”见到默里迷茫的表情，她补充了一句。

“足够铺满三级台阶吗？”

尼什揉了揉下巴，“你得再给我点儿东西才能回答你。”

默里一开始没有提及自杀。他讲了安娜和马克的报案，以及安娜如何认为兔子不是被别的动物丢到那儿的。

“我觉得她说的可能是对的。”

默里满怀期待地前倾身子，尼什竖起一根手指做出警告。“这完全是私下交流，纯属假设，懂吧？没有照片，没有检查现场，我不可能给出一个专业判断。”

“但是？”

“血——就我们谈论的量来说——不会从一只趴着的兔子身上喷涌出来。它会慢慢渗出。然后凝结。所以，尽管一百五十毫升的液体洒在地面上能造成一团糟的效果——倒过一杯红酒吧？——但从兔子身上渗出等量的血却会过早凝结，根本无法流到下一级台阶。大多数的血会留在皮毛上。”

“对。所以，有人故意把血倒在台阶上，制造成一个更触目惊心的犯罪现场。”

“听起来像是这么回事。更大的疑问是为什么？”尼什看着默里，脑袋稍微歪向一侧，“还有什么事你没告诉我，是吧？”

这不是问句。

“去年比奇角有两起自杀事件。汤姆·约翰逊和卡罗琳·约翰逊——他们在主街街角有一家车行。”

尼什打了个响指。“留下一辆黑色奥迪在停车场，对吧？男人背包里装着石块。”

“不错。那就是汤姆·约翰逊。他的妻子卡罗琳七个月后死的——刚好一年前。同样的地点，同样的方式。安娜·约翰逊是他们的女儿。”他递给尼什一个塑料证据袋，里面装着匿名贺卡碎片，还有一张拼好的贺卡照片。

“自杀?”尼什大声念出来，“再想想。”她抬起头，“真是戏剧。暗示说她是被谋杀的?”

“安娜·约翰逊正是这样解读的。今天早上她打开门，发现一只兔子糊在他们最上层的台阶上。”

“胜过将狗屎寄到邮箱。”

“你怎样认为?”

“除了浪费了一份很棒的兔肉派？我觉得挺可疑的。CID 说了什么?”

“没说什么。”

尼什认识默里很长时间了。“噢，默里……”

“我正在做一些基础工作，仅此而已。你知道 CID 现在什么样子。紧张到要命。只要有具体线索可以跟踪，我会立马把资料打包好交给探长。比如说指纹。”他向尼什露出一个讨好的笑容，将证据袋推近她。

尼什推了回去，“恐怕没有预算编号不行。”

“你不能把它放进原始案子里吗?”

“你知道这不是我该做的。”

“她失去了双亲，尼什。她现在刚做了妈妈，在没有母亲给她精神支持的情况下，她非常想重新振作起来。”

“你越老越心软了。”

“原来你还是铁石心肠。你刚才说小猫小猫的又算怎么一回事呢?”他将证据袋从桌面上推回去。

这一次，她接受了。

19

这摇椅是我父母送我的结婚礼物。它有高高的靠背，光滑圆润的扶手，高度刚好适合夜晚困倦时喂奶。它被送来的时候，扎着红绸缎，带着两只柔软的靠垫，还有一张写着“供婴儿室使用”的便签。

我在这椅子里坐了几个小时。你从没起床——男人不会，在那些日子里——我担心开灯会让安娜睡不着觉，所以我在黑暗里来回摇晃，希望她睡着。

当安娜搬出婴儿室的时候，我把摇椅搬到了楼下，在厨房和客厅各放了一段时间。但现在它又回到这儿了，在安娜的婴儿室。

在我们外孙女的婴儿室。

这房间很宽敞。对婴儿来说有些奢侈，尤其是对现在正睡在她父母卧室的这个孩子来说，从安娜那侧床边的摩西婴儿床就可以看出来。白色小床上面是一串粉色和白色的彩旗，上面可以辨识出淡绿色的艾拉的名字。

与小床相邻的是一个抽屉柜，对墙是一个配套的衣柜和一个尿布台，尿布台上有装满了尿布和爽身粉的格纹布篮子。

我只是打算窥探一下里面——我想要在这里找到钥匙是不可能的——但我的脚不由自主地跨过柔灰色地毯去到摇椅旁。我的摇椅。

来来回回，摇摇晃晃。天色阴沉。从一片屋顶望过去，景色就和二十六年前一样。安娜还在我的臂弯里。

他们当时称之为产后抑郁。感觉不止于此。我不堪重负，担惊受怕。我想给艾丽西亚打电话——我朋友中唯一一个可能理解我的人——但我不能让自己拿起电话。我拥有一切她没有的东西：丈夫，大房子，金钱。我有什么资格哭泣？

我在这儿待得太久了。我需要尽快走出去。

在楼下，我检查了厨房，不由自主地拉直挂在阿格炉上的茶巾布。桌子上有一堆杂志，三三两两的邮件被扔进中岛台上的空水果盘里。我没有找到我要找的钥匙。

杂物间传来一阵沙沙的脚步声。

丽塔。

我突然呼吸困难，尽管我没有弄出声响，但我听见了丽塔嗷叫。她能察觉到我人在这儿。

我停下来，手指轻轻放在门把上。确定是被狗看见而非被人看见了？丽塔再次嗷叫。她知道我在这里——转身离开有点残忍了。

快速打个招呼，然后我就走。这有什么危险？她无法告诉任何人她看见了一个鬼魂。

一团毛球把虚掩的门挤开，她快速地钻出来，因为跑得太快而绊倒，在地上打了两个滚儿之后又重新站起来。

丽塔！

她向后跳去，颈背毛竖起，尾巴摇摆，好像不知道她应该持什么态度。她吠了一声。两声。跳向前又跳向后。我记得我们以前晚上散步时，她冲着灌木篱墙里的影子咆哮，我还好奇她看到了什么被我完全忽略的东西。

我跪下来，伸出一只手。她记得我的味道，但我的样子让她困惑。

“好孩子，丽塔。”

我猝不及防地发出了哽咽的声音。丽塔认出来了，她竖起耳朵，竖立的颈背毛也耷拉下来。她的尾巴连同屁股已经摇得看不清形状了。又一声吠叫。

“是的。是我。丽塔。好孩子。过来。”

她无须更多的邀请。她已经确信——不同于她的第一印象——她的女主人确实在厨房里，她朝我冲来，热情地舔着我的脸，重重地靠在我身上，我不得不腾出一只手稳住自己。

我跟她一起坐着，当我把脸埋在她毛发里时，我忘了我是来找东西的。我感觉泪水涌出。我用力地吞咽，不想让它们掉下来。当丽塔从塞浦路斯过来的时候，她已经在拯救中心待了八个月。她温柔黏人，但对分离有着极其敏锐的焦虑，甚至离开这屋子都成了一种折磨。第一次我们出去的时候，她大声吠叫，我们在街尾就能听见，于是我不得不掉头回去，让你一个人前行。

渐渐地，丽塔意识到她永远都会在这里，意识到如果我们出门，回来时会奖励她这个勇敢的孩子。她仍然会近乎安慰而激动地跟回来的我们打招呼，但不再吠叫了，她习惯了做一只冷静而幸福的狗。

当我想到我没回家那天，她该多么难受时，内疚侵蚀着我。她是否在前门等着我？在门厅里来回跑，渴望见到我？安娜抚摸过她吗？向她保证我很快就会回来？而安娜自己也在好奇究竟发生了什么。跟丽塔一样担心，或者更甚。

丽塔突然坐起来，鼻子朝天，耳朵警觉起来。我愣住了。她听见了什么。肯定的，片刻后，我也听见了。踩踏砾石的嘎吱声，人声。

钥匙插进锁孔的声音。

20

安　娜

马克坚持跟我们一起进屋，而没有直接把我们扔在路边。

“所以说，你现在担心了？”在他把艾拉的婴儿安全座椅搬进屋的时候，我说道，“既然你知道不是狐狸把兔子放在那儿的。”门厅里冷飕飕的，我打开恒温器，直到听见热气蹿进来的声音。

“他实际说的是他们没法确定究竟是哪种方式。”

“没有照片的情况下，你是说？”

“没有法医鉴定的情况下。”他瞪我一眼，我也回瞪他一眼。吵吵闹闹的也没用。“但确实，我在担心。”他严肃地说。我幼稚地想着自己说中了，但马克还没完。“我担心你。”他关上前门。“你在警察局说的……说什么感觉到你妈的存在……”他没继续往下说，我也没帮他说完。“这是悲伤阶段极其正常的一部分，但它说明你还没克服。然后又有艾拉，还有这些在你转变为母亲过程中所分泌的荷尔蒙……”

我等了一会儿，“你认为我要疯了。”

“不。我没这么认为。”

“要是我喜欢感觉到妈还在这里怎么办？”

马克若有所思地点头，食指摩挲着嘴唇，大拇指按在下巴颏上，一副洗耳恭听的表情。它让我感觉自己是个病人，而非伴侣。一个病例，而不是他孩子的母亲。

“要是我想看见鬼魂怎么办？对不起——要是我想有丧亲后幻觉体验怎么办?”这样的纠正很是讽刺，我看见马克眼里受伤的神情，但我已经控制不住自己了。

“一会儿见。”他没有跟我吻别，我不怪他。他关上门，拿出钥匙串把门反锁，我听见丁零当啷的钥匙声。我一时间好奇他是否认为他这样就把危险关在门外，或者锁在里面了。

“你妈妈是个蠢蛋，艾拉。”我告诉艾拉。她朝我眨眼睛。我刚才为什么要这么不高兴呢？无非是马克担心而已。出于私人情感和职业的考虑。难道当初不正是他的同情心把我吸引过去的吗？现在我却把这同一种特质视为缺点。

我冷得发抖。弯下身子去感受暖气片。已经升温了，但还是感觉很冷。我大笑起来——现在所有那些装神弄鬼的套路全使出来了——但都唬不了人，即便是对我，因为让我感觉到屋子里还有其他人存在的不是温度这么简单。

是我母亲的香水味。

迪奥魅惑。香草和茉莉花。太淡了，应该是我自己想象出来的。我确实是在想象这香水味。因为我刚一挪步到楼梯底下，闭上眼睛，就发觉自己完全闻不到了。

“来吧，宝贝儿。”我把艾拉从婴儿安全座椅上解开。大声对她说话能缓解我内心的不安，那里仿佛有一千只蝴蝶被网在了网上。

除了阿格炉，厨房也是冷冰冰的。空气清爽冰凉的味道；一缕茉莉花的香味，我刻意不予理会。丽塔的哀嚎声从杂物间传来。我打开门去看她，但她根本不理我，径直跑进厨房，在地板上绕着自己的鼻子转圈圈。她一圈圈地跑，让我不觉笑了出来。

“蠢狗!”我对艾拉说,“她不就是只蠢狗吗?”

我发现了一根髓骨，丽塔不情愿地放弃她想象中的追兔子游戏，将髓骨带到她在阿格炉旁边的窝里，奋力地啃咬着。

丧亲后幻觉体验。要用这样一个科学的方式来描述如此神奇的事，如此费解的事。

“有人还声称他们与自己所爱之人进行过完整的交谈，”马克之前在警察局说，“这通常是所谓病理性悲伤的紊乱，悲伤阶段的一部分，但偶尔也可能是某种更加严重的症状。”

症状。阶段。状态。

以此来命名我们并不理解的事物，因为我们害怕它们可能指代的真实情况，害怕它们可能对我们造成的影响。

完整的交谈……

为了再次听见我父母的声音，我愿意付出所有。我手头有少数的视频：生日讲话；暑假里的滑稽动作；我毕业时的录音，是一整天里录下的片段，然后拼接在了一起。我的父母在镜头的后面——他们骄傲地一直让镜头对准我——但麦克风收集到了所有的窃窃私语，当他们坐在华威大学艺术中心巴特沃斯大厅的前排座椅上的时候。

“我们的小姑娘……”

“我不敢相信。”

“看看那个穿牛仔的——你要想他怎么不穿一条正式点儿的裤子。”

“你还好意思说——你跟那些人比起来就像是干园丁活的。”

“我真是蠢——我以为今天就是安娜的好日子！要是我知道今天是

父母们的时装秀……”

他们带我在泰勒斯餐厅吃的午饭。菜肴一道道端上来，父亲也变得越来越骄傲——越来越大声，而母亲一边跟另外一个陌生人分享我平庸的学位成绩，一边抹着眼泪。吃甜点前，我极度想要离开，但我不能偷走他们的此时此刻。我是他们唯一的孩子，第一个上大学的约翰逊家的人，值得他们庆贺。

我放了这录音太多次，所以我对每字每句都了然于胸，但这不一样，永远都不会一样。

我闭上眼睛，昂起头。我一时心血来潮地伸出手臂，掌心朝上；我在想，如果现在有人从窗户看进来，我就永远都说不清了。但如果我能感觉到妈，如果我能闻到她的香水味……

“妈？爸？”我的声音在空荡荡的厨房里听起来又小又细，“如果你们能听见我……”

外面传来一阵风的呼啸声，还有花园里树木的沙沙声。丽塔吠叫起来，一声微弱而尖利的哀鸣消失于虚空之中。

我十一岁那年，劳拉曾教我制作显灵板，只要巧妙地点燃蜡烛，在一块木板上精心画上字母表，就能召唤死者的灵魂。她让我发誓保密，我们等到劳拉下次过来照看我时才把东西都准备上。

劳拉调暗灯光。她从她的包里掏出一张CD，播放了一段我不熟悉的音乐，是一个我从未听过的老派歌手唱的。

“准备好了吗？”

我们把食指放在显灵板中央的一块小木片上，等着，继续等。我克制住笑意。劳拉双目紧闭，面部因专注而扭曲。我开始无聊起来。我原本期待跟劳拉度过一个有趣的夜晚，用鬼故事吓吓对方，就像我和我的朋友在聚会时做的一样。

我推了推小木片。

劳拉突然睁开眼睛。我看见她惊吓的表情。

“你感觉到了吗?”

我使劲点头。她眯着眼睛看我。

“你动的？你发誓你没动它。”

“我发誓。”

劳拉再次合上眼,“这里有人吗?”

轻轻地，我把小木片推过显灵板。有。

跟着我就后悔了。因为劳拉的脸像纸一样皱巴起来，眼泪涌入眼眶，晶莹地挂在睫毛上。

“妈?”

我也想哭。我不能告诉劳拉是我在胡闹，但我不能继续跟她一起做游戏，一个她并不是玩玩儿的游戏。她的手指颤抖，但小木片没有动。过了好久好久，她才拿开她的双手。

“我们玩点别的吧?”

“你没事吧?”我怯生生的，但劳拉已经眨掉了最初的眼泪。她吹灭蜡烛，迅速带我去玩大富翁游戏。

多年后我坦白了。我们当时正喝着一瓶红酒，我突然记起我们曾俯身围着我们自制的显灵板，突然感觉到自己良心有愧。

“我知道。”她听完我的忏悔后说。

“你知道?”

“嗯，我猜的。你十一岁的时候就是个撒谎精。”她笑道，朝我肩膀捶了一拳，然后盯着我的脸,“别告诉我你一直在心里过意不去?”

那倒没有，只是我发现劳拉也没有为此耿耿于怀，我松了口气。

此时此刻，我身上起了鸡皮疙瘩，脖颈上的汗毛一根接一根竖起。我的鼻子追踪到茉莉花香的踪迹。

然后……

什么也没有。

我睁开眼，将手臂放在身侧，因为这很荒谬，可笑。我的父母死了，我不能从厨房召唤他们，就像我不能张开翅膀飞翔一样。

没有来自冥界的消息，没有不散的阴魂，也没有人死后的阴世。

马克是对的。所有的一切都只存在于我的头脑中。

21

默　里

“我猜这个丈夫不相信鬼魂之说。”萨拉说。他们坐在海菲尔德家属室的黑色真皮沙发上，默里从他晚餐休息时间里抽出四十五分钟跟萨拉在这里度过。

“是伴侣。是，他不相信，他说这些是丧亲后幻觉体验。”

“卡斯珀会很震惊。”

家属室的门被打开，进来一个年轻女孩。她太瘦了，所以脑袋看起来异常的大，从她手腕到肩膀布满了纵横交错的细小疤痕。她没有跟默里或者萨拉打招呼，只是从咖啡桌上拿起一本杂志，带出了门。

“据马克·海明斯说，高达百分之六十的丧亲人员报告称看见了或者听见了去世的人，或者感觉到了他们以某种方式的存在。”

“那么，这和鬼魂有什么区别?”萨拉浏览了一遍卡罗琳·约翰逊的记事簿。他们在海菲尔德吃得早，就像小孩在五点喝茶一样，所以萨拉交叉着腿坐在沙发上，翻阅案件档案，而默里吃着三明治。

“问倒我了。”

“我要缠着你，等我离开了。”

“别。”

“为什么？我还以为你见到我会很高兴。”

“我不是那个意思。我是说……嗯，别放在心上。”别说死，他是这个意思。他看向窗外。天空清朗无云，群星闪耀，默里突然记起他和萨拉第一次约会的时候，他们躺在公园里，指认他们知道的星座，并给他们不知道的星座起名字。

“那是北斗星。”

“这是豪猪座。”

“笨蛋。”

“你才笨蛋。”

他们在湿漉漉的草地上做爱，直等到肚子叫起来，提醒他们午饭过后就再没吃东西，他们才起身离开。

“想散个步？”默里这时说，“围着街区转一圈？”

萨拉眼里的闪光立即被焦虑取代。她将双膝收到胸口，抱在一起，手指紧紧捏住卡罗琳的记事簿，好像粘在了上面。

这种害怕外出的表现是新近才有的。并非公共场所恐惧症——不像她的顾问医师所说——不过是萨拉（默里美丽、风趣又极其复杂的妻子）整个焦虑拼图中的又一小块碎片而已。

“没关系。”他挥着手，打消念头，同时对萨拉做好回家的准备不抱希望了。慢慢来，他心想。这才星期五。圣诞节要等到星期一。还有很多时间让她回家。“你联想到了什么？”他指着记事簿。逐渐地，既然默里没再建议她出门，萨拉的肌肉终于开始放松。她打开本子，寻找某个特定的日期。

“那女儿说了什么有关规划反对的事吗？”

“我记得没有。”

萨拉给他看了一页，是卡罗琳死前一个月，页面上标注了一个编号，在规划反对提醒的下面。“有人对规划许可非常担忧。”

“太担忧了而杀人？”

“没什么比人更奇妙的了。”

默里从手机里调出伊斯特本规划网站，瞥了一眼记事簿上提到的内容，用食指点了进去。“这是一个扩张申请。”他发现申请者的名字，“罗伯特·德雷克先生。”默里记得在卡罗琳丈夫忌日安慰卡罗琳·约翰逊的亲朋好友的名单。“他住在安娜·约翰逊隔壁。”默里扫了一眼概述。“被驳回了。不过看起来他现在还在继续尝试——这儿有一个申诉链接。”

“你看。这是你的动机，波洛[1]。”

“这有三十四个反对。我最好确认下他们没有全都被干掉。”

萨拉挑了挑眉。“继续，拿我的推测寻开心……你的钱都用在了什么地方，侦探？”

默里不是一个赌徒。生命无须刻意寻找就已经有太多变故，就约翰逊案件的侦查还远远不够清楚。

自杀？再想想。

“卡罗琳·约翰逊的自杀是她丈夫自杀的副本。”他说道，既是在对萨拉说，也是在对他自己说。“两个人自杀的相似性让验尸官的裁决更具轰动性，尤其是汤姆·约翰逊的死亡细节从未经报刊报道过。”

《公报》在汤姆死亡后发布过讣告。这家人在当地很有名气，家族生意传承了三代。他们提起过在悬崖上留下的私人物品，停车场里遗

① Poirot，阿加莎·克里斯蒂所著系列侦探小说中的主角。

弃的车，但没说到汤姆装满石头的背包。对此事知情的只有他的家人，以及目击汤姆自杀的女人：戴安·布伦特一泰勒。

默里思考着送给安娜的匿名信，以及他们门前的兔子。他琢磨着在高潮时自杀的便利，不会在石板上留下尸体而泄露秘密。汤姆和卡罗琳都研究了涨潮时间，但为什么他们都在意自己的尸体被找到呢？一切似乎都太省事，太……刻意了。

萨拉注意到她丈夫深思的表情，“怎么了？”

“我没有证据……”

“直觉第一，证据第二。这不是你常说的吗？”

默里笑了。他在大部分的职业生涯里都是按照这个标准工作的，至今还没让他失望过。他还远远不能肯定汤姆和卡罗琳究竟是怎样死的，但他所有的直觉给他指出了一条路。

“你认为她是被谋杀的，对吗？”

默里缓缓点头。“我认为他们俩都是被谋杀的。”

萨拉若有所思。她回到卡罗琳的记事簿，快速浏览着一沓塞在本子后面的散乱的传单和名片。她拿起一张，举到眼前。

“我想你说过马克·海明斯没见过约翰逊夫妇。”

“他没见过。他们死后马克才跟安娜认识。”

“照这个来看可不是那样。”

默里拿走萨拉举在手里的传单。马克·海明斯。Dip. ST，DipSTTS，MA（Psych），UKCP（Accredited），MBACP[①]。默里翻转过来。这笔迹他从卡罗琳·约翰逊记事簿的多个列表里看到过，备注写

---

① Dip. ST，DipSTTS，MA（Psych），UKCP（Accredited），MBACP：全面疗法，系统性的教学训练和监督，学士（心理学），英国心理治疗协会（已认可），英国心理咨询及心理治疗学会会员。

着：下午 2：30，11 月 16 日，星期三。

萨拉翻到卡罗琳记事簿相关的一页，上面备注着同样的预约。她看向默里。“他在撒谎。”

22

安　娜

六点多的时候门铃响了。我打开门，发现比利叔叔站在那儿，手里拿着一瓶酒。我茫然地看着他。

“你没忘记，对吧?”

“当然没有！我刚才没反应过来。见到你真好。”我拉着他拥抱，企图隐藏我的谎言。“昨天口出怨言，对不起。”

他对我的道歉满不在乎，“一时冲动。我没放心上。现在，我美丽的侄孙女在哪儿?”

我们奔向厨房，然后我将艾拉交给比利，他笨拙地抱着她，好像他在掂量郡级农产品博览会上的一只西葫芦似的。她伸出手要去抓他的鼻子，这逗笑了他，两个人看起来那么甜蜜，我拿起手机，迅速地抓拍。马克发来一条短信。

要工作到很晚，对不起 x[①]。

我立刻气冲冲地回了短信。

别担心。比利在这吃晚饭 x。

---

① 在英国，x用在短信末尾代表亲吻的意思。

很棒。

我拿开手机，向比利露出明朗的笑容。“马克很快就会回来。他真的很期待看见你!”

比利嘴笑眼不笑,“很好。”

我给自己倒了一大杯酒。怀孕和母乳喂养已经打破了由我父母培养出来的饮酒习惯，但今晚我想我会需要这个。

爸以前老喜欢讲我六岁的时候，正学着看钟表，他们那些过来小酌的朋友是怎么测试我的。

“什么时候了，安娜?”

“喝酒的时候。”我报出时间。我现在根本不记得了；甚至不确定它是不是爸所编出来的众多故事中的一个，尽管它听上去还挺真实的。

马克回到家时都七点过了，他满口的歉意，还带了一大束火百合。

“对不起。”他一边说着一边把花递给我，我知道他不是在说回来晚的事。

“我也是。”我轻轻地说。

“见到你真好。”马克热情地握着比利的手。我紧张地在他们旁边看着，脸都笑疼了。

“我也是。要照顾好这个，我希望。”

“比利，我完全能照顾好自己。”

马克朝我眨眼睛。随它吧。“我正在尽全力，比利。生意怎样?”

“很好。”

当比利走在我们前面，进到客厅时，马克向我露出一副迷惑的表情。我摇摇头。

自从爸死后，利润一落千丈，比利也很煎熬。爸那一半的生意先是传给了妈，再传给了我，但我都还没开始进入状态。我告诉自己产假是一段完美的时间，可以静下来，理清楚所有事——去学习生意的运作模式——但我低估了小婴儿的需求。如果我能抽空看看麦片盒子背后的说明，我就算运气好的了。我所知道的只有整体的数据，这些数据看起来都不好。

现在不是叫比利出去的时候。我让马克弄点喝的，然后躲到厨房里。当我返回时，这两个男人沉默地坐着。我绞尽脑汁去想马克和比利之间有什么共同之处，除了我。

“噢！你把艾拉跳舞的事告诉比利。”我催促马克，他有点茫然。“就是你放‘枪炮玫瑰’的时候。”我提示了一句，但他仍然没理解我的意思。“我们转身过后，她就挥起手，蹬着腿，跟着音乐摆动，看起来就像是在跳舞。”

“对！是的。对，就是这样。她像是在跳舞。”

比利客气地笑笑。这真是磨人。等到门铃响了，大家才松口气。马克一蹦而起，但我抢先冲到门前。“今晚这地方像皮卡迪利广场一样热闹！”我爽朗地说。

我还从没有因为看到哪个人像现在看到劳拉这样倍感欣慰的。

“我只是路过，顺便看看你怎么样了，在昨天过去之后。”她审视着我，“你还好吗？你看起来有点兴奋。”我把她拽进来，拉到厨房，关上门。

“你必须待在这里把晚饭吃了。”

“我不行，我有安排了。”

“劳拉，拜托！你必须救救我。我非常敬爱比利，我也爱马克——显然的——但我很快得出结论：他们不能同一时间待在同一个地方。”

“他们又争吵了?”

“没有，但只是时间的问题。”

劳拉笑道:“那你得花大价钱。”

我举起手中的一瓶酒，另一只手拿着一只空酒杯。

“成交。”

果然，等我们走进客厅的时候，男人们已经讨论得热火朝天了。

“在我那个年代，没有所谓精神健康的问题。什么治疗师、咨询师，都是在故弄玄虚、哗众取宠。你只要习惯了就好了。”

“所以我们现在才看到它产生了这么大的后患。”

“你认为‘二战’的飞行员请病假是因为压力？因为抑郁?”

“我认为我们现在只是开始去理解——”

“该死的雪片人[①]。”

我插话进去,“看看我发现了谁!”我让劳拉亮相，就像她刚刚从蛋糕里跳出来一样。“现在是一个真正的晚餐派对。”

“劳拉!”比利站起来拥抱她,“你和我们一起过圣诞吗，亲爱的?”

“今年不行。我已经和一些伙伴约定了豪饮午餐。四个布丽奇特·琼斯[②]，还有管够的普洛赛克酒。”她苦着脸，但我知道她是期待这场聚会的。她滑坐到沙发上，挨着比利。“跟我讲讲车吧。我的车已经苟延残喘了，我不知道换什么车。”

“我拿到一辆用过三年的斯柯达，可以给你一个好价钱。”

劳拉皱起鼻子,“那车的外形不是我想要的。”

---

① 雪片人：即 snowflake，21 世纪 10 年代流行词汇，暗示情绪化、易怒、无法接受反对意见的人。

② 布丽奇特·琼斯:《BJ 单身日记》里的角色，一个 32 岁的单身女子。

“有一辆 MX－5 可能更合适你，但要取决于你的预算。给你说吧——开出去试试。开一两天斯柯达，也开开别的你中意的车，然后看看它们开起来怎么样。”

话题顺利地从马克工作的价值或者别的相关情况转移开来，我又放心地回到厨房。

酒磨平了比利和马克言论中伤人的棱角，到我们吃完饭的时候，我终于放松了。

“我看见你的邻居又在申请规划许可。”比利酒酣耳热，不再对马克评头论足。我真谢谢他们两位了。

“自从遭到驳回之后，他就做了些改变。现在稍微不是那么宏伟的设计了。”

“卡罗琳以前担心的是光线问题。”劳拉指着窗户，外面的光线正照射着我们家和罗伯特家花园之间的露台和栅栏。“那会完全遮挡你们家花园的光线的。你应该提出反对。”

“我不想跟罗伯特闹翻。”他可能会发火，但他在爸妈去世时都非常友好，我不想惹出任何尴尬的局面。

“这个系统的存在是有原因的。”劳拉说，“不必人身攻击。你只用填张表说明你反对这个规划的原因。”

马克皱眉：“或许我们应该反对，安娜。大规模的扩张会让室内变得非常阴暗。可能真的会影响房子的市值。”

“可我们又不打算卖房子。”我说。

我并不关心隔壁的扩张规划。罗伯特第一次申请的时候，妈跟罗伯特争吵过。当时爸刚离开了一个月，妈对日常情况的反应有点飘忽不定，这也是可以理解的。街角的商店没有面包了，她就长篇大论地数落一通，吓得柜台后面的可怜女孩瑟瑟发抖。我把妈带走，让她上床休息。然后我又回去道歉，店里的女孩表示非常同情。每个人都同情她。罗伯特也是。妈沉迷于罗伯特的规划申请。她纠缠在这上面就像抓住了一只救生艇；她仔细研究文物保护区和受保护建筑名录，争取街道其他居民对她的支持。我甚至不知道她在多大程度上是真正地关心扩建。这是另外一个让她全身心投入的项目，好比为塞浦路斯犬只救助慈善会募集资金，或者她曾经热衷的英国脱欧公众集会。妈发现了一个项目，就会紧咬不放。而我却无论如何也关心不起来，即使罗伯特要在他后花园修建足球场。我们以不同的方式处理悲伤。

“我们现在不卖，但最终……”

“永远不会！”我使出了过多的力气把椅子往后推。

接下来的沉默本来是会让人难受的，但艾拉这小家伙在摇椅上睡着睡着却突然皱起了小脸，嘟嘟囔囔地打出了一个响亮又奇臭无比的屁。所有人都乐了。沉默的一刻马上就过去了。

“我们应该把她放到床上，我想。”马克说，却没做出行动。

“别管她。我觉得两个月大的孩子睡在哪儿都没关系。”

“已经两个月了！”比利说。

“是啊。时间过得真快。”

“你是时候应该迎娶安娜了，不是吗？马克。”

我开始清理盘子。

“又不是没试过。”

“不必着急，比利叔。我们已经有一个孩子了——这比结婚戒指更牢靠。”

“我跟你说，”比利说，“我觉得这个家正是需要一场盛大的婚礼，经过这么多不幸之后。”他的嘴唇被红酒染上了紫色。“我来出钱。”

“我们不想要你的钱，比尔。”

劳拉看见我的脸，也插话进来，“你最好打个头阵，比利，如果你那么想要一场婚礼的话。我们会当你的伴娘，对吧，安娜？”

我满怀感激地朝她看了一眼。

“好主意，但我认为过了黄金阶段、身体超重的汽车销售员没多大市场。”

“噢，加油，比利叔——你是十足的钻石王老五。好房子、好生意、好牙齿……那些都是你自己的牙齿，对吧？”

我不去理会他们的玩笑，开始向洗碗机里堆放盘子。

马克第一次求婚是在我告诉他我怀孕了的那天晚上。我拒绝了。他没必要那么做。

“这不是必要不必要的问题——我想要。我想要和你在一起。你不想和我在一起吗？”

我绕开这个问题。我想——我当然想——但我希望他是因为我才想跟我在一起，而不是因为我们的孩子。

在我怀孕期间，他问了两次，在艾拉出生后不久又问了一次。那次我几乎答应了，产后的我心满意足地躺着，身体里充满了药物，以及创造了在我臂弯里睡觉的那个小生命的欣喜。

“很快。”我承诺道。

像大多数女人一样，我想象过我的婚礼。新郎的身份也在这漫长的岁月里发生着变化——从小学时六岁的乔伊·马修斯开始，中间换了一系列不适合的男友之后，再到一两个差不多适合的——但参加婚礼的人依然不变。朋友们、比利、劳拉。

爸爸和妈妈。

当我考虑要嫁给马克时，我只会想到谁不会来观礼。

比利和劳拉很晚才离开。我送他们出去，与他们挥别，醉酒的脑袋也在冷空气中清醒，我感到格外舒服。我双臂抱紧自己，站在人行道上，回头望着房子。我在想马克说要卖掉房子、重新开始的建议，尽管我知道他是对的，但离开奥克维尤的这个想法很是伤人。

我瞥了一眼隔壁。楼下亮着灯，我想有一盏肯定是在中间平台那里。比利看见的粉红色建设规划通知是用塑料扎带固定在门上的，小号字体说明了提出异议的流程。我想应该会有一个磋商期限、一个邮寄地址，如果人们反对这个规划的话。

我不由得感慨，比起罗伯特·德雷克的扩张规划是否会挡住我们厨房的光线这个问题，我们还有更重要的东西要去争取。我不像我父母，他们似乎时常在对抗中意气风发，而我一想到要和邻居发生争执就感到心神不安。或许是独生子女的缘故，没有姊妹间的争斗让我变得强悍，但凡有点儿争吵的苗头，我都会哭哭啼啼的，而不是气急败坏地要去反击对方。

我正要走回房子，房子里就传来哗啦一声巨响，是玻璃破碎的声音。夜晚的空气让人迷失方向。我无法辨别这声音是从哪儿传来的。当我打开前门，我瞄见马克正朝楼上跑去。几秒钟之后他大叫起来。我赶紧跑上楼梯。

“怎么了？发生什么事了？”

艾拉的婴儿房里吹着一股冷气，散开的窗帘被吹进屋子，窗帘后面的玻璃散落在地上。我失声尖叫。

马克指着艾拉的婴儿床。床上布满了玻璃碎片，碎片反射出天花板上的灯光，床褥中央是一块砖头。砖头上用一个橡皮圈绑着一张纸条。

马克小心翼翼地捡起砖头。

“指纹!”我提醒他。

他捏住纸条的一角，扭头去看上面的打印文字。

别找警察。在你们受到伤害之前收手。

23
默　里

安娜·约翰逊看起来很疲惫。整个眼圈都是黑的，而且尽管她开门时礼貌地微笑，她也没有了默里前一天在她身上看见的坚定。她带默里走到厨房，马克·海明斯正在收拾早餐后的饭桌。

默里发觉他们的相处方式很有趣。尽管安娜有着明显的优势，但这对情侣在一起的时候，她似乎有意让马克做主。默里想知道这是出于自愿的，还是刻意为之的。马克是不是发号施令的那个人？他是否真的撒谎说不认识卡罗琳·约翰逊？

“对不起——我打扰了吗？”

“完全没有。我们今天起来得有点儿晚，因为昨晚的事。”

“昨晚？”沥水板上倒扣着几只酒杯。默里微笑，想要缓和他没完全理解的紧张气氛。“啊——大家都玩得开心吗？”他看向安娜，又看向马克，然后他的笑容消失了。安娜看着他，目瞪口呆。

“玩得开心？多么——”

马克走过去，一条胳膊揽着安娜，“没事了。”他对默里说，“有人朝我们女儿房间的窗户扔了一块砖头，上面绑着一张纸条。那东西差点就砸死她了。”

默里拿出笔记本。“什么时候发生的?”

“大概半夜的时候,”安娜说,“我们当时在——”

马克打断。“我们必须再过一遍吗?我们录证词录到凌晨两点。”

这时默里注意到餐桌上的文件。有警方调查中心详细联系方式的卡片;受害者援助会的传单,上面有用圆珠笔写的电话号码。他收拾起他的笔记本。

“不用,当然不用。我会和跟进的警察确认,确保他们拿到了所有需要的信息。”

马克眯起眼睛。“他们问我们是否有罪案记录编号。”

默里内心的某处涌起一股熟悉的感觉。

“是另一个案子——匿名贺卡。”

默里还是个实习生的时候,他处理了一个案子,却被那案子反咬一口。那个警长——一个狡猾的格拉斯哥人——把默里拽进办公室,质问他为什么一点进展都没有,仅仅是“一个在我看来一目了然的案子,女士”,然后又立马安排默里去负责交通勤务。他站在雨中,雨水从他的帽檐滴落,默里感觉难受至极。案子接手才三周,他就已经挨批了。事情就这么完了吗?他的队长会在报告里把他写得一文不值吗?

事情并没完,队长也没有把他写得一文不值。但这可能是因为从那时起,默里发誓用心对待每一个受害人,并且一切都照章办事。

他在这件事上并没有照章办事。

“别担心。”他尽可能爽朗地说,“我会全部都整理出来,等回到局里后。”

“为什么我们没有罪案记录编号呢?”安娜说。她把婴儿从摇椅里抱起来,走向默里,“你是在做正规的调查,对吧?”

无形的手放在假想的胸前保证，默里点头，“我向你保证，我是在做正规的调查。”比起直接交给 CID 好，默里心想。然而，他的内心始终在忧虑，他想知道是否警局里有人会问——哪怕就是现在——为什么默里·麦肯兹这个目前从事下米兹前台工作的退休警察还在调查一起潜在的双重凶杀案。

“实际上，我想确认件事情。”默里说。他去掏内袋里萨拉在卡罗琳·约翰逊记事簿中发现的传单，他暂时还把传单保管在自己手中。“海明斯先生，你从没见过安娜的父母吗?”

“是的。我昨天告诉过你。正是他们的死才让安娜过来找我。”

“对。所以，当你见到安娜的时候，你是第一次听说她的……”默里想找一个合适的词，他向安娜抱歉地微笑，以承认自己嘴拙。“她的处境。”

“是的。”马克的回答中有一丝不耐烦。

不耐烦？还是别的什么？有什么他想隐瞒的？默里拿出传单。

“这是你的传单吗，海明斯先生?”

“是的。我不确定我明白……”

默里将传单递给他，一边顺手把传单翻转过来。安娜好奇地凑过来，她看到传单背面清晰的字迹，倒抽了一口凉气，紧接着是一个疑惑不解的表情。

“那是我妈的字迹。”

默里温柔地说:“这是在你母亲记事簿里找到的。”

马克张开了嘴，但什么也没说出来。他激动地挥舞着传单。“这又……怎么了？我不知道她为什么有我的传单。”

“似乎她和你有一个预约，海明斯先生。”

"预约？马克，怎么回事？妈……是你的病人？"安娜后退了一步，不自觉地远离这传单，远离她孩子的父亲。

"不是！天，安娜！我告诉过你，我不知道我的传单为什么和她的东西在一起。"

"好吧。那什么，我只是想再确认一下。"默里伸出手要传单。马克迟疑了一下，然后故意失了方向，让它往默里张开的手掌里掉落，默里被迫在它快飞到地上时才接住。默里礼貌地笑道，"那你们忙吧。"

点燃导火线，赶紧躲一边，默里从房子里出来时这么想的。马克·海明斯这下要好好解释一番了。

24

安　娜

“你以为他该知道昨晚的事，对吧?”马克又开始收拾餐桌，把我们的麦片碗从桌子传到洗碗机。“左手不知道右手在做什么——真是荒谬。”他弯腰去堆盘子，把昨晚已经放好的又重新整理一遍。我突然觉得他是在故意拖拉，故意不看我。

“你以前认识我妈吗?”

“什么?”他把勺子扔进架子。一个，两个。

“马克，看着我!”

他慢慢直起身来，拿起茶巾擦手，然后叠好放在柜台上。他看向我，“我从没见过你妈妈，安娜。”

如果马克和我在一起十年——如果我们年少便认识，一起长大——我会知道他是否在撒谎。如果我们像其他情侣一样共患难过——起起伏伏，分分合合——我会知道他是否在撒谎。

如果我更了解他……

他的表情让人看不懂，他的眼神毫不畏惧地放在我身上。

“她跟你有预约。”

“很多人都跟我有预约，安娜。你也曾跟我有预约。我们把传单发到了整个伊斯特本，看在上帝的分上。”他不再盯着我，转身回到洗碗机旁，尽管那边已经没剩下什么可干的了。

“但你不记得跟她说过话。”

“不。听着，有人和我直接预约，有人是通过贾尼斯。很有可能的是，我从没跟她接触过。”

贾尼斯坐在办公楼大厅的接待处，这楼里有马克在布莱顿的办事处，还有十多个其他不需要或者负担不起办公楼和员工费用的小公司。贾尼斯管理他们的日程，迎接他们的客户，接电话，问候所有打到她电话里的人。

宁静之美，请问您需要什么帮助？

布莱顿室内设计，请问您需要什么帮助？

“重点是，她从没记录过这预约。”

“你怎么知道？”这话不像是我的作风。尖酸刻薄。马克发出轮胎泄气一样的声音：恼怒，生气。这是我们第一次争吵。真正意义上的争吵，就像这样，互相攻击，转过身朝无形的观众翻白眼，似乎要寻求他们的支持。

“要是有，我会记得的。”

“你不记得她有预约。”

过了一阵，他才回答。

“预约要录进系统。一有预约，贾尼斯就会进行更新。”

“所以，你可以查看？”

“我可以查看。”

我把他的手机递给他。

他短暂又干巴巴地笑了一声，“你想让我现在就打？”

我不知道这是否类似于你怀疑自己丈夫偷情的情况，是否这就是你不依不饶的样子。我变成了那种我向来鄙视的女人：一个抱着手、嘟着嘴的泼妇当场要一个从没让我失望过的男人给出答案。

但他的传单在我母亲的记事簿里。

他翻着通讯录，按下办事处的电话。我听见电话另一端贾尼斯如唱歌一样的声音，知道她在说什么，尽管我听不见话语。

整全健康，请问您需要什么帮助？

“贾尼斯，是我。你能否帮我在系统上查点东西？去年的十一月十六日，星期三。下午两点三十分。卡罗琳·约翰逊。”

我一时的虚张声势现在变成了不确定。如果马克在撒谎，他不会立马核查，当着我的面核查。他会说他需要上班时查看一下，或者说记录不够详细。他没有撒谎。我知道他没有。

“她没有再预约？”

我让自己忙着收捡丽塔的玩具，把它们扔进篮子。

“谢谢，贾尼斯。接下来几天怎么样？有取消吗？”他听着，然后笑道，“那么平安夜放假是不可能的了！”

他说了再见，结束了通话。

现在轮到我避开他的注视。我捡起一只填充山鸡玩具，丽塔已经把填充物扯出来了。

“她被标记为未出现。她没有再预约。”他穿过厨房，站到我面前，温柔地将食指放在我的下巴，抬起我的下巴，直到我看着他，“我从没见过她，安娜。我也希望我见过她。”

我相信他。因为他有什么理由要撒谎呢？

25

默 里

“我们现在能进去了吗?”

默里捏了捏萨拉的手。“我们再走一圈吧。”他们绕着海菲尔德散步，萨拉紧靠着墙，一只手摸着砌砖，把自己锚在建筑上。

“好。”

默里听见她呼吸加快。她试图加速——想尽快走完——但他保持着他们先前两圈的节奏。他尽力去分散她的注意力。

“按照汤姆·约翰逊的遗愿，他给了他妻子房子，以及生意上他的股份，还有他所有的财产，除了留给安娜的一万英镑。他的人寿保险保费也给了卡罗琳。”

“尽管那是自杀?”

“尽管是。”默里现在对保险和自杀掌握的信息比之前需要掌握的要多得多。多数公司在他们的保单里都有“自杀条款”，意味着如果保单是在投保人自杀前的十二个月内购买，那么就没有赔付。这是为了防止人们自杀以逃避债务，来自英杰华保险集团[①]的热心女士在默里打

① 英杰华保险集团: Aviva, 英国最大的跨国保险集团。

电话咨询时给出了解释。汤姆·约翰逊已经投保多年。死亡证明一发出，赔付就立即给了他妻子。

“卡罗琳的遗嘱怎么样？”

萨拉的手仍然沿着墙壁的线条游走，但此时默里看到她手指和砌砖之间有了空隙。他继续说道，“一小部分给她教女，一万英镑的遗产给了塞浦路斯犬只救助慈善会，剩下的给了安娜。”

“所以，安娜最后得到的最多。你确定她没有将他们俩都杀害？”她的手落在身子一侧。

“并且给她自己寄匿名贺卡？”

萨拉思考着，“可能这贺卡是知道她杀了双亲的人寄的。安娜惊慌失措，把贺卡拿到警局，因为这才是正常而无辜的人会做的事。这是虚实并用的双重诡计。”

默里咧着嘴笑。萨拉比他共事过的所有侦探都更具有想象力。

“有指纹吗？”

“有几个。尼什现在正在鉴定。”汤姆·约翰逊的车在他死后做过指纹鉴定，并在约翰逊车上发现他女儿和公司员工的不完整指纹。匿名卡片有安娜·约翰逊和她叔叔比利的完整指纹，她叔叔将卡片撕成了碎片，安娜来不及阻止他，还有几个不完整的指纹可能来自任何地方——包括购买卡片的商店。这些指纹都没有在全国警察电脑网上匹配出来。

提及他们朋友的名字，萨拉有点开心。她的手在默里手里放松了一点儿。“尼什怎么样？”

“她很好。她问候了你。建议我们一起吃个晚餐，你来决定什么时候。”

“可以吧。”

“可以吧”就是好的意思。“可以吧”比不要好。明天是平安夜，萨拉的顾问医生乔杜里先生认为萨拉应该出院了。而萨拉有不一样的想法。

“我感觉不好。”她拉扯着磨损了的袖子。

宣称自己是精神健康问题声援者的人喜欢把精神问题比作生理疾病。

“如果萨拉断了腿，我们都明白是需要重新接好的。”默里的直属主管曾这么说过，当时默里为了请假照顾妻子而道歉。这样就恰到好处地迎合了多样性的需求。

只不过精神问题跟该死的断腿是两码事。断腿可以接好。X 光，石膏绷带，或许再来一个金属夹板。拄几周的拐棍。休息，理疗。然后——还有什么？或许偶尔的阵痛，但能康复或改善。当然，下次再从自行车上摔下来，或者爬楼梯不小心绊倒了，那条腿可能更容易断，但它不会自己突然折断，也不会因为害怕应门而僵住动不了，或者因为有人在听力范围以外低语而粉碎性骨折。

边缘性人格障碍完全不同于断腿。

是的，萨拉感觉不好。而她永远不会感觉好。

“萨拉，边缘性人格障碍不是我们要去治疗的东西。”乔杜里的剑桥口音里夹杂着伯明翰鼻音。“你知道的。你比任何人都更清楚你的状况。但你在努力改善，你在家也会继续努力的。”

“我想待在这里。”萨拉的脸皱起，泪如泉涌。她看起来更像是个想家的孩子，而不是一个五十八岁的妇女，“我不喜欢待在家里。我在这里很安全。”

默里脸上贴出一抹微笑来掩盖肚子上感觉到的一记右钩拳。乔杜里很坚定。

“你在家也很安全。因为这几天下来，保证你安全的不是我们。”他停下来，身体前倾，尖细的手指指着萨拉，“而是你自己。你要继续日常的治疗，然后我们慢慢改成每周一次的探访。循序渐进地来。目前的首要任务是让你跟着你丈夫回家。”

默里等着左钩拳。但萨拉温顺地点头，不情愿地同意明天回家。接着她给了默里一个惊喜：答应散散步。

默里停下来。“好了。三圈了。”

萨拉吃惊地再次看了看正门，他们确实绕着大楼走了整整三圈。

“我明早来接你，好吗?”

她皱眉。“早上人太多。”

“那午饭时间。”

“好。”

默里亲她，然后沿着小路往停车场走去。半路的时候，他转身挥手，但萨拉已经跑进去了。

默里在接下来的一个小时里收拾着已经一尘不染的房子，为萨拉的回归做准备。他换了卧室的床单，也整理了空床，两个房间都放了鲜花，只是以防她想一个人睡。当房子收拾得焕然一新之时，他钻进车子，开车去上班了。

戴安·布伦特－泰勒——汤姆自杀案报案的目击者——没有参加审讯这件事正困扰着默里。布伦特－泰勒声称她当晚跟情人在比奇角，所以她不能冒险，免得她丈夫发现她的行踪。CID几次想要说服她，但都没有成功。他们没有她的具体联系地址——只有一个电话号码——当电话无法打通时，他们便放弃了。毕竟这是自杀调查，不是谋杀。在当时还不是。

默里不打算放弃。

在全国警察电脑网和选民登记册上有一大堆泰勒和一大堆布伦特，只是没有戴安·布伦特一泰勒。默里也没有兴趣打开源系统——脸书、推特、领英——尽管他会立马承认自己在这一领域算不上专家。他的特长在于横向思维。他手指敲击着桌子，然后开始再次搜索，这次他在键盘边放了一张白纸。毫无疑问，警队实际是有一个系统能快速地为他完成此项工作的，但纸和笔从没让默里失望过。另外，把这项工作交给警队情报处就会引发他暂时还不想回应的问题。

在纸的左手边，他记下了伊斯特本方圆二十五英里所有姓布伦特的人的家庭住址。如果他必须扩大搜索范围，那也没问题，但目前他是在目击者系当地人的基础上进行调查的。接下来，默里开始列出所有姓泰勒的人的住址。

半个小时后他才找到匹配。

成功。

纽黑文，伯灵顿巷 24 号。住着一位加雷斯·泰勒先生和一位戴安·布伦特太太。

默里抬起头，脸上展现出一个大大的笑容。周围唯一看到这个场面的是约翰，默里这位冷酷的同事看到默里提前一个小时来上班感觉很困惑。

“我想你的假期要休到新年了？”

“我有点儿东西要添进 PDR[①]。”

约翰更加迷惑了。没有人自愿去弄他们的个人发展记录，除非他们要找新工作，或者为晋升面试做准备。至于在私人时间里弄这个……

现在约翰完全是困惑地看着默里，“我还没见过有人弄 PDR 这么幸福。”

“只是为我的工作感到骄傲，约翰。”默里吹着口哨走出警局。

伯灵顿巷 24 号是纽黑文绍斯维克大道上一条安静的死胡同，在伊斯特本和布莱顿之间。默里等了一会儿才按门铃，他提前注意到前门周围精心栽种的花盆，磨砂窗户里还有“未经邀请，恕不接待”的标志。当他手伸向白色塑料门铃时，一个影子朝他移去，他意识到布伦特-泰勒太太肯定已经看见他把车停在车道上，一直在门厅里候着。她打开门，铃声才渐渐平息。一只狗在房子里的某处嗥叫。

默里自我介绍，“我在调查一个案子，我想你可能知道点什么。我能进去吗？”

布伦特-泰勒眯起眼睛，“我得收拾行李去我女儿家。轮到她筹办圣诞节了。”

“不会耽误太久的。”

她从前门往里退，“我只能给你半个小时。”

这样的接待方式在默里的经历中还不算最糟。他微笑着，长伸出一只手，让布伦特-泰勒太太不得不与他握手。她环顾了一下四周，

---

① PDR：Personal Development Record，个人发展记录。

仿佛担心邻居们已经开始说三道四了。

“你最好进来。”

门厅昏暗而狭小。地上有一个伞架和两双鞋子，还有一个规整的告示牌，默里在上面看到了各种各样的传单和通知单，当他走过牌子时，有什么东西引起了他的注意，但他被带进了房子里头。

得到上楼梯的指示，默里一时间还有点儿困惑，但他很快便明白过来，因为他在楼顶上看到了一个大大的开放式的生活空间，落地窗外是绝佳的海景。

“哇。”

戴安·布伦特一泰勒等默里上去后等了整整一分钟才出现。她似乎被他称赞得没什么怨气了，她嘴角微微上扬，露出淡淡的笑意，“我非常幸运。”

“你在这里生活多久了？”

“三月份就二十年了。如果我现在搬走，这儿就会变成平房。”她示意了一下芥末色的沙发，在沙发旁边的椅子上坐下。她一屁股坐进去，长呼一口气。

默里迟疑了。他一路上都在策划他的问话，从布伦特一泰勒太太情人的身份开始。毕竟，布伦特一泰勒完全有可能拒绝回答，不仅仅是因为隐藏她的婚外情，还因为她——或者她的情人——参与到了汤姆·约翰逊的死亡事件之中。戴安·布伦特一泰勒可能在保护某人吗？

但他现在阵脚全乱了。

布伦特一泰勒七十好几了。或许都八十几岁了。她穿了一种默里母亲称作“松紧裤”的裤子，搭配了一件密纹的宽松上衣，衣服颜色明显比其穿戴者更有活力。她挑染成蓝色的头发弄成了规矩的波浪，紧贴着脑袋，指甲涂着淡珊瑚红。

当然，布伦特一泰勒太太可能有情人。但算算她上楼梯花的时间，以及默里瞥见的撑在扶手椅后的拐杖，默里感觉她不可能和她情人在比奇角闲逛。

“嗯，你丈夫在家吗?”

“我是寡妇。”

“对不起。是最近的事吗?”

“五年前九月份。我能问下为什么这么问吗?”

越来越明显了，要么默里进错门了，要么……只有一种办法找出答案，“布伦特一泰勒太太，汤姆·约翰逊和卡罗琳·约翰逊这两个名字对你来说意味着什么吗?”

她皱眉，“应该意味着什么吗?”

“汤姆·约翰逊于去年 5 月 18 日死在比奇角。他的妻子卡罗琳在 12 月 21 日死在了同一地方。”

“自杀?”她把默里的沉默当作默认，“真可怕。”

“汤姆·约翰逊的死亡是由一名目击者报的案，留的是你的姓名。”

“留的是我的姓名?”

“戴安·布伦特一泰勒。”

“哦，不是我。我是说，我去过比奇角，很明显——我一辈子都住在这里，在这周围生活——但是我从没见过任何人跳崖。谢天谢地。”她自言自语地嘟囔着最后一句。

有可能在伊斯特本生活着两个戴安·布伦特一泰勒吗?

“这是个不同寻常的姓名。”

“它不是严格意义上的双姓，你懂的。”布伦特一泰勒太太辩护道，好像这能让她免罪，“我丈夫喜欢这两个姓一起读出来的声音。他认为这在高尔夫球场上很是不错。”

“对。”默里心凉。今天的远行已经很明显是一场徒劳，但他暂时不会合规地处理这个案子，如果他没有弄清所有细节的话。“所以，澄清一下，你确实没有在 2016 年 5 月 18 日这天拨打 999，报案称看见一个男人在比奇角跳崖自尽。”

布伦特－泰勒太太眯起眼睛，“我可能有点儿上年纪了，年轻人，但我还是机能健全。”默里勉强阻止住自己感谢她的谬赞。

“最后一件事——如果这有些冒犯，我先道歉——有没有一点儿可能，在去年 5 月 18 日，你或许跟别人的丈夫一起在比奇角？”

几秒不到，默里发现自己站在了伯灵顿巷 24 号门外，门重重地扇到他脸上。真的，他觉得只要戴安·布伦特－泰勒愿意，她的动作可以十分敏捷。

26

安　娜

奔跑的脚步在湿润的柏油马路上发出令人愉悦的声音。我的运动鞋在楼梯间的柜子底部放了一年之后感觉怪怪的，而我的紧身裤包裹着腰部松软的赘肉，但动起来的感觉还不错。出于习惯，我忘记了我的耳机，但呼吸的韵律有催眠的作用，让人安心。

马克的母亲琼过来过圣诞节，她今天早上刚到，就和马克近乎逼迫地让我同意她带艾拉出门。

“这样好给她认识我的机会。”

“稍微休息一下对你有好处，甜心。”

“而且你别做家务。你就把脚抬起来，看看杂志。”

“回去睡个回笼觉，如果你想的话。”

我犹犹豫豫地把尿不湿和挤出的母乳装进艾拉的包，郑重地递给琼一张我知道她会忽略的操作指南的列表，然后围着房子散步，寻找鬼魂。

这房子太安静了，我的脑袋里全是鬼魂。闻着茉莉花的味道，闭目聆听本不存在的声音，我把自己都要逼疯了。我没法睡觉，甚至没法安坐几分钟看看杂志，所以我上楼穿上我的跑步装备。楼梯的平台比平常更黑，因为婴儿室窗户上的板子阻断了光线。

我跑过一排商店，彩灯像彩旗一样挂满整条街道。

明天就是圣诞节。我希望我今晚能够入睡，等节礼日再醒来。去年这个时候，母亲已经去世了四天。没有过圣诞节。甚至没人要假装一下。今年，期待重重地压在我的肩上。艾拉的第一个圣诞袜，第一次坐圣诞老人的膝盖。我们第一次作为一家人的圣诞节。我们正在制造回忆，但每个回忆都苦乐参半。

“你今天上班吗?”我今早问马克。

“对不起。圣诞节对很多人来说都是个痛苦的日子。”

是的。我想说。比如我。

我的肺在燃烧，这都还没跑到一英里。前年我还参加了“大南跑”[①]。现在我都无法想象自己能够跑到沙滩而不晕倒。

主街上聚集着正在最后时刻抢购礼物的疲倦而焦虑的购物者。我跑进了路中央，顺着肉铺前排的长队跑，顾客们在道路上弯弯扭扭地排着队买火鸡和契普拉塔小香肠。

我没注意路线，转弯的时候才发现路的尽头是约翰逊车行。我停住脚步，一手按住岔气的一侧。

以前的平安夜，爸妈总会在午饭时间关店。他们锁了门，聚集起员工，而我会在比利和爸爸发放奖金支票的时候往黏糊糊的酒杯斟上圣诞甜酒，“我希望每天都是圣诞节”的歌声通过喇叭传了出来。

我可以转身回去。从左边的小巷原路跑回家。把爸妈、警方调查，

---

① 每年十月，朴茨茅斯均会承办万人长跑（Great South Run），这是欧洲顶级10英里赛跑。

以及砸碎的婴儿室窗户抛之脑后，让自己再放松几个小时。

我可以。

但我没有。

“快跑，安妮，快跑！”

比利穿过前院。他冲刺的时候摆动着手臂，我笑了，因为他看起来很滑稽，而他自己却并不在意。他在距我几英尺的时候慢下来，张开四肢来了几个星跳[①]才刹住脚。

“希望那些家伙别把那个放到油管[②]上。”他手背擦着前额。“天，自从绿色女神站在方块上，我还没做过那个。”

“也许你就该多做做。油管？”我伸展开来，当我压腿的时候，感觉大腿肌腱在灼烧。

“闭路电视。”比利略微指了指上面和周围。“以前是仿制品，但现在保安公司坚持用真的。还有车上的跟踪装置，在……”他突然语塞，脸也红了。在两个生意合伙人带着全新的车子离开，丢在比奇角的公共停车场让警察找到之后。

“比利，有人昨晚朝婴儿室扔了一块砖头，就在你刚走之后。”

“一块砖头？”一对在前院参观的情侣朝他看过来，比利降低了音量。“我的上帝啊……艾拉没事吧？”

“她当时还跟我们在楼下。她那会儿和我们一起睡，但我们本该给她换衣服，或者放下她小睡一会儿，或者……这事不堪回首。警察立刻就过来了。”

---

① 星跳：原文 star jump，指张开四肢像星形一样跳动。

② 油管：YouTube，视频网站。

“他们觉得能找出是谁做的吗?”

“你知道他们什么样。‘我们会尽力的，约翰逊女士。’”

比利发出了轻蔑的声音。

“我害怕，比利。我认为爸妈是被谋杀的，而且我认为无论谁杀了他们，都是想阻止我们有更多发现。我不知道该怎么办。”我声音嘶哑了，他张开双臂给了我一个熊抱。

“安妮，甜心，你把自己框在里面了。”

我推开他。“你在怪我?”

“警察查了你爸妈的死——他们说他们是自杀的。”

“他们错了。”

我们对视了一下。比利慢慢点头。

“那我希望他们这次知道他们在做什么。”

我指着前院首席位置上停的一辆黑色保时捷博克斯特，“车不错。”

“昨天过来的。当然，这天气不对——可能到春天都不会卖出去——但我希望它招徕些顾客来。”他的眼睛里有种担忧的神色。

“有多糟，比利叔?”

他沉默了很长时间，等他最终要开口的时候，他眼睛停留在保时捷车上，“很糟。”

“爸留给你的钱——”

“用完了。”比利苦笑，“付清了透支的款项，但没能还贷款。”

“什么贷款?”

又一次沉默。

“比利，什么贷款?”

这一次他看着我，“你爸贷了一笔商业贷款。生意有段时间有些低迷，但我们都还过得去。你得在这场游戏里既能享乐也能吃苦。但汤姆想让这地方兴旺起来，让这些家伙用 iPad 而不是书写板，让前院智能化。我们对此有吵过。接下来我只是知道，钱进账了。他抢先去办了，而且无论如何，他办到了。”

“比利……”

“我们拖欠着贷款，然后……”他停下，但我在脑海里听见了他还没说完的故事。然后你爸自杀了，留下我背负着债务。

十八个月来头一次，父亲的死开始说得通了，“为什么你之前没告诉我。”

比利没有回答。

“这笔贷款有多少？我来还。”

“我不要你的钱，安妮。”

“那是爸的钱！你有权拿着它。”

比利转身正对我站着。他把双手放在我肩膀的两侧，紧紧抓着我，“商业首要规则，安妮：把公司的钱和你自己的钱分开。”

“但我是董事！如果我想帮公司摆脱困境——”

“这不是公司运作的方式。一个公司需要靠自己的双脚站稳，如果不能……那么它就不该经营起来。”他打断试图辩驳的我，“现在，试驾一段怎么样?”他指着博克斯特。我们的对话结束了。

我是在一辆福睿斯里学的驾驶(“从简单实用的入手，安娜”)，但我一旦拿到驾照，天空才是界限。以每周洗车作为交换，我从前院借车开，我知道如果我没完好无损地把车还回去，我就有面对爸妈和比利叔责骂的危险。我从来都不像我妈有速度的基因，但我学会了如何对付快车。

“试就试。”

湿润的道路意味着博克斯特在弯道会扭屁股，因为我可以开出城，所以我能打开敞篷。我朝比利笑，享受着车后座没有孩子的自由。根本就没有车后座。我在他的脸上捕捉到一抹担忧。

“我现在只开到六十二。”

然后我明白比利所担心的不是速度，而是比奇角的标志。我没想过我们正去向何方。我享受着灵敏的引擎，享受着在我手下像个活物一样被拉扯的方向盘。

“对不起。不是故意的。”

比利自从爸妈去世后还没去过比奇角。在试驾的时候，他带着人走别的路，去贝克斯希尔和黑斯廷斯。我头偏向了一边，然后看见他的脸，苍白而沮丧，映在一侧的镜子里。我的脚松开油门，但没掉头。

“为什么我们不走走路？以表尊重。”

“安妮，亲爱的，我不知道……”

“拜托，比利叔。我不想自己去。”

一阵深深的沉默，然后他同意了。

我把车开到爸妈弃车的停车场。我不需要在这儿寻找鬼魂。他们都在我们身边。他们走过的路，他们路过的标志。

我上次来是在妈的生日那天，比起教堂墓地的角落(两个标志着我父母生命的小牌匾竖立于此)，在这上面感觉离她更近。悬崖看起来没有变化，但我脑海里的问题变了。不再是“为什么”而是“谁”。谁那天跟妈在一起？爸在这上面做什么？

自杀？再想想。

“没事吧？”

比利紧绷绷地点头。

我锁上车，挽上他的手臂。他放松了一点，我们朝岬角走去。把注意力集中在美好时光里，我想。

“记得那次你和爸为了去参加夏季派对打扮得像克兰奇夫妇[①]吗?”

比利笑道，“我们为谁来扮小吉米争吵过。而且我赢了，因为我当时是个小矮子，只是那时——”

“后来你们两个又为此折腾争吵了一番。”我们扑哧而笑，想着小吉米和爸在展厅地板上打滚。爸和比利叔只打过兄弟间才打的架：劈头盖脸，速战速决。

我们一路同行，保持着朋友间轻松自如的沉默，只是在比利回忆扮演克兰奇夫妇那晚的时候，我们才偶尔哼哼地笑出声。他捏捏我的手臂。

“谢谢你让我来。是时候该面对了。”

我们此时站在悬崖顶上，处于远离崖边的安全地带。我们俩都没有穿合适的外套，雨水从四面八方袭来，浸透了我的跑步衫。海面上一艘挂着红帆的小船划过灰色的波涛汹涌的水面。我想着妈，她当时也站在我们现在的位置。她害怕吗？还是她跟她信赖的人一起？某个她当作朋友的人。甚至是情人——尽管这个想法让我愤怒。我妈可能有外遇吗?

“你认为她那会儿知道吗?”

比利什么都没说。

“当她站在这里的时候，你认为她知道自己马上要死吗?”

---

① The Krankies，一对苏格兰的喜剧表演夫妇搭档，曾在20世纪70年代获得夜总会表演的成功，20世纪80年代走红电视荧幕。

“安娜，别。”比利开始往停车场走去。

我追上去,“你不想知道发生了什么吗?”

“不。给我钥匙——我开回去。”雨水将比利的头发贴在了头上。他伸出双手，但我站着不动，叛逆地把钥匙举在我与他之间。

“你难道不明白：如果爸妈是被杀的，一切都变了。这意味着他们没有抛弃我们。他们没有放弃生命。警察会寻找凶手。他们会给我们找到答案，比利!”

我们盯着对方，然后我惊恐地看见比利在哭。他说不出话来，就像演默剧，然后他声音变大，我从内心深处希望我之前把车开到黑斯廷斯方向去了。

“我不想知道答案，安妮[①]。我不想去想他们是怎么死的。我想去想他们活着的样子。我想记住美好的日子和欢乐的时光，还有在酒吧度过的夜晚。”他的声音渐渐变大，最后直接朝我吼来，风把一字一句直直朝我扇来。眼泪停了，但我以前从没见过比利这样。我从没见过他失控。他紧紧握着拳头，轮换跺着双脚，像是按捺不住要打架一样。

“妈是被谋杀的！你肯定想知道是谁做的?”

“这不会改变任何事。不能让她死而复生。”

“但我们能得到公义。有人会为他们的所作所为付出代价。”

比利转身走开。我追上他，拉着他的肩膀,“我只想知道答案，比利叔。我那么爱她。”

他停下脚步，但他没有看我，他的脸上交织着悲伤和愤怒，还有别的什么，某种令人困惑的东西。他还没开口我就明白了，他的声音

---

① 安妮为安娜的昵称。

太小，我还没听见就几乎被风刮跑了。几乎，但不是全部。

“我也是。”

我们坐在停车场，看着挡风玻璃上的雨水。时而一阵强风刮来，车子也跟着摇晃，我很庆幸我们已经从悬崖上下来了。

“我还记得第一次见她的时候。”比利说，他本该感觉尴尬的，但却没有，因为他并没有真正在这里。他没有跟他的侄女坐在比奇角的一辆保时捷博克斯特里。他完全在别的地方。回忆着。“以前汤姆和我生活在伦敦。汤姆在工作上完成了某个大单子，于是我们去了阿尼西亚酒吧庆祝。贵宾通道，样样齐全。那是个狂欢的夜晚。汤姆整夜都在喝香槟，跟一群女孩一直坐在沙发上。我想他以为自己是彼得·斯特兰费罗[①]。”比利睨视了我一眼。他脸红了，我担心他打算闭口不言，但他继续在说。

“那是 1989 年。你妈和一个朋友在那里。她们看都没看贵宾区一眼——她们一整晚都泡在舞池。她很亮眼，你妈。时常有男的走到她们身边扭动，但她们不为所动。那是女生之夜，卡罗琳后来说。”

“你跟她说话了？”

“那时没有。但我给了她我的号码。我整晚都在鼓起勇气，然后突然就到了最后一轮点单，大家都陆陆续续离开，我想我错过了机会。”

我几乎忘记了他正谈论的人是我妈。我被比利脸上的表情俘获。我以前从没见过他这样。

“后来居然又碰到她了。排队等厕所。我想：如果我现在不去……所以我就去了。我问她是否肯记下我的号码。给我打电话。只是我没

---

① Peter Stringfellow，“俱乐部之王”，拥有众多知名俱乐部。

有笔，然后她笑了，说我也是那种会忘记钱包的小子，她的朋友找到一支眼线笔，我把号码写在卡罗琳的手臂上。”

我现在能清楚地看到当时的画面。妈穿着80年代的华丽衣服——大蓬头和尼龙紧身裤——比利叔不善社交，紧张得出汗。妈当时该是二十一岁，那么比利就是二十八岁，爸还要大三岁。

“她给你打电话了吗?”

比利点头，“我们出去喝了一杯。几天后又吃了饭。我带她去阿尔伯特音乐厅看纯红乐队，然后……”他停下。

“发生什么了?”

“我把她介绍给了汤姆。”

我们沉默地坐了一会儿，我想着可怜的比利叔，不知道我父母伤了他的心，我该作何感想。

“我一眼就看出来了。她跟我一起嬉笑，但……我去拿了酒，然后等我回来的时候，我站在门口看着他们。”

“比利，他们没——”

“没，不是那回事。没过太久，他们俩就告诉我，然后道歉，说他们没想过要伤害我。但他们有这种联系……我已经知道我失去她了。”

“但后来你们一起工作。你怎么忍受得了?”

比利惨然一笑，“我该做什么——连汤姆也失去了？到你祖父生病，我跟汤姆接手生意的时候，你已经是既成事实了，覆水难收。”他颤抖着，带着标志性的强颜欢笑转向我。除了知道这次是装的，我好奇我还有多少次被欺骗过。

我好奇爸妈是否也被欺骗了。

“我爱你，比利叔。”

“我也爱你，甜心。现在我们回到你的孩子身边，好吗?”

我们镇静地往回开，比利开着博克斯特拐弯的时候就像是开着丰田雅力士一样。他把我放在奥克维尤外面。

“再睡一觉!”他的语气像是在和小时候的我说话，“我明天早上第一件事就是见到你。”

“我们会度过一个盛大的圣诞节。”我说。我认真的。比利没有让他的过去决定他的未来，我也不能。爸妈已经走了，无论他们死亡的真相如何，没有什么能改变这个事实。

琼还有一个小时才回来。我顾不上身上湿乎乎的运动服，赶紧戴上围裙做了两批肉馅饼。我在慢炖锅里倒入了红酒，加了橘子片和香料，倒入一大杯白兰地，把火调到低火。门铃响了，我冲洗双手，找一条毛巾。又响了。

“听到了。我来了!”

丽塔嗥叫了，只叫了一次，我手放在她项圈上，半责骂，半安抚。它发出一连串低低的咆哮声，像是发动的引擎，然后就没再出声了。她摇摆的尾巴告诉我没什么问题。

我们的前门涂着白漆，上半部有一块彩色玻璃板，可以捕捉到夕阳，将阳光分色投射到瓷砖地面上。当有客人到来，他们的影子就在地板上延伸，让彩虹的色调不再完整。小时候，我应门时会踮着脚尖绕着门厅边缘走。踩在人影上的感觉像是走在坟墓上一样。

冬日的阳光低矮，客人的轮廓细长，仿佛哈哈镜里的影像，他们的头几乎都要碰到楼梯栏杆的底座了。我又像小时候那样沿着墙边走向门。丽塔没这些顾虑。它在影子上蹦跳，爪子轻快地跑动着，然后在门前迅速地刹住。

我转动钥匙，打开门。

紧接着，整个世界陷入沉寂，我只听得见血液在头脑里脉动的声音。我看见一辆车驶过街道，但没有声音，因为我耳朵里的鼓点声越来越快，我伸出手稳住自己，但还不够，我的双膝在身子底下发软，这不可能——不可能。

但那台阶上站着的，有点儿不一样，却又一样。

那台阶上站着的，好端端、活生生的，正是我的母亲。

27

安　娜

我没了说话的力气。我没了思考的力气。一千个问题在我脑袋里奔跑，我不知道自己是否已经疯了，是否我正幻想着我母亲——我死去的母亲——正站在顶层台阶上。

她的头发——打我记事起一直是淡褐色的长发——染成了黑色，长度也扎眼地剪到了下巴以上。她戴着难看的金边眼镜，穿着难看的宽松裙子，一点儿也不像我以前见她穿的那样。

“妈?”我小声喊道，害怕大声说出来会打破这被施下的魔法，害怕我的母亲——这个奇怪的新版母亲——会突然消失，就像她突然出现一样。

她张开嘴，但似乎不只是我一个人说不出话来。我看见她下眼睑上的泪，当它们滑落时，我感觉到了自己脸颊上的湿润。

“妈?”这次大声了些，但仍然犹疑不决。我不知道发生了什么，但我不想质问。我妈回到了我身边。我被给予了第二次机会。胸中压力渐升，肋骨似乎挡不住激烈的心跳。我松开丽塔，因为我无法呼吸，我需要释放我的手臂；我需要把手放在脸上，去确定我是真实的，因为眼前的一切太不真实。

它太不真实。

丽塔向前冲去，跳到妈身上，舔着她的手，在她的腿间绕来绕去，呜呜叫着，使劲儿地摇动尾巴。我妈现在愣住的姿势跟我一模一样，她弯下身子摆弄丽塔，熟悉的动作让我不由自主地喘气，就像我刚露出水面一样。

“你是——”我艰难地吐出每一个字，仿佛我是第一次使用它们，“真的在这儿?”

她直起身子，吸了一口气。她的眼泪已经停止，但她眼里有种焦虑，好像她才是那个哀悼的人，哀悼我的人。生活如同我脚下的流沙，我再也分辨不清真实与虚幻。我陷入了偏执与妄想。过去的一年难道是一场噩梦？难道死的人是我吗？我有了这样的错觉。我的脑袋一阵眩晕，人也跟着摇晃，我的母亲赶紧上前，出于担心而伸出一只手来。

我退后，困惑让我害怕，她拿开手，眼中露出失落的神情。我大声哭了出来，她快速朝她肩膀后面扫了一眼道路。她做的每个动作都极其熟悉。每个动作都让这一切更难以理解，因为这意味着它不是我的想象。我没有幻想出这个样子的母亲。我还没疯。她不是鬼魂。她真的在这儿。活着。呼吸着。

“发生什么了？我不明白。”

“我能进去吗?”我母亲的声音，低沉而冷静，是我童年时候的声音，睡前故事和半夜惊醒时安抚的声音。她唤着丽塔，狗已经厌倦了绕着她跑圈，正在底层台阶嗅着沙砾。丽塔立马就听话了，小跑着进来。我母亲又警惕地环顾一下四周。她在门口迟疑不前；等待被邀请。

我去年的每一天都在想象这一时刻。

我梦见过，幻想过。回到家发现父母准备上班，似乎什么都没发生过，似乎整件事就是一场噩梦。

我想象过接到警方的电话，得知我爸被冲到大海深处了；得知他被一艘渔船救了、失去记忆了；得知我妈坠崖后幸存下来了；得知他们正在回到我身边的路上。

在我的梦里，我冲向爸妈。我们紧紧地抱住对方；拥抱，抚摸，确认。然后我们聊起来，迫不及待地要跟对方说些什么。不停地插话，哭泣，道歉，保证。我的梦里有吵嚷声，有幸福和单纯的快乐。

我妈和我就这样沉默地站在门口。

老爷钟在整点前要先呜啦呜啦地响一通。丽塔从没喜欢过这声音，它直接消失到厨房去了，大概也是确认过她的女主人就在这里，真实地存在于此。

钟声敲响。我爸在我刚上初中时从拍卖会上买到这枚老钟，他把钟带回家，可它刚一报时，我们三个就相互大眼瞪小眼了。

“听着这声音，我们永远都睡不着了！”妈半是玩笑半是嫌恶地说。即便是走时，那老钟的声音也很扰人，每一秒的嘀嗒声都在空荡的门厅回响。但我们还是睡着了，而且只有在钟不走之后我才及时注意到它，没有了那嘀嗒嘀嗒的声音，房子反而感觉很空。

现在我们看着对方，我妈和我，每一下整点报时的钟声都在我们之间回荡。只有等它停下来，等最后的钟声消逝，她才开口。

“我知道这很让人震惊。”

还有比这更轻描淡写的吗？

“我们有很多话要谈。”

我找回自己的嗓音。“你原来没有死。”有太多问题，但这一个——根本的事实——是我此时最纠结的一个。她没有死。她不是鬼魂。

她摇摇头，“我们没有死。”

我们。我屏住呼吸。“爸？”

顿一下。“亲爱的，有很多事你必须知道。”

慢慢地，我让我的脑子处理我所听到的。我爸还活着。我父母没有丧生比奇角。

“所以，是一次意外？”

我就知道。坚信这一点。我的父母永远不会自杀。

但……是意外。不是谋杀；是意外。

两次意外？

当我将这个新的叙事应用到我从没弄明白过的场景上时，我想象中的打字机纸带打印出这样的字迹。两次意外。目击者判断错误。坠落，而非跳下。

一模一样的坠落？

纸带停下。

妈一声叹息，伴随着无可奈何和疲惫。她不安地把一束黑发往耳后别去，但徒劳而已，现在头发太短。她朝厨房点了点头。

“我能进去吗？”

但纸带卡住了。它在我脑海里打结，因为我正想象的东西没道理。它不合乎情理。

“爸给你发了短信。”

长久的沉默。

“是的。”她直面我的注视。“拜托——我们能进去坐下吗？事情很复杂。”

但事情瞬间就变得简单。脚下的流沙逐渐停滞，倾斜的世界再次旋转。只有一个解释。

“你们是假死的。”

我发觉自己有如置身事外般的冷静；庆幸自己还在思考。但即便我这样说——即便我毫不怀疑自己说对了——我还是祈祷我错了。因为它太荒谬。因为它违法，有违伦常。但更重要的是，因为它太残忍。因为他们的离开伤了我的心，又在之后的每一天啃噬它，而知道他们是故意为之就会让我的心彻底粉碎。

我妈的脸像纸一样皱起。眼泪溅洒在石阶上。

只有一个字。

“对。”

我移动的手可能是别人的。我触摸着门的边缘，轻轻地，用两根手指。

然后我狠狠地把门摔在她脸上。

28
默　里

警局的二楼已经空了。大部分后勤人员周末不上班，就算有周末上班的也休假去了。只有警司的办公室还在使用，老板自己在接听电话，他的私人助理正在敲报告，看都没看一眼她的手指。

助理头发上有亮片，耳朵戴着圣诞树装饰球的耳环，一闪一闪的惹人注意。“警司需要把案件档案打出来。”她向默里解释道，因为后者不明白她为何星期天的上午还来上班，何况当天还是平安夜。“他希望把所有事都在放假前整理清楚。”

“明天有什么安排?”她此时问道。

“就一个人安静地待在家里。”片刻沉默。“你呢?”他补充道，她明显在等这个问题。

“休假去看爸妈。”她不再打字，把胳膊交叉地放在桌子上。“我们所有人都还有圣诞袜，尽管我兄弟都二十四了。我们先打开袜子，然后吃熏鲑鱼和摊鸡蛋，喝巴克泡腾酒。”她滔滔不绝地介绍着自家的圣诞传统，默里始终保持微笑，不住地点头。他不知道警司的训话要持续多久。

办公室的门开了。

“默里！不好意思让你久等。”

“没关系。”默里省略了“长官”。不仅仅因为他现在是平民，不再受警衔的约束，还因为利奥·格里菲斯做实习生的时候，默里担任他的训导警员，这个年轻人当时是个顶级臭狗屎。

利奥办公室有两把安乐椅，但警司利奥坐在他办公桌前，所以默里把木头椅子搬到他对面坐下。一张简陋的抛光木头办公桌横在他们中间，桌上摆满了各种文件，充分说明利奥的薪水是怎么挣来的。

利奥十指交叉，向后倚靠在椅子上。“我有点儿疑惑。”他其实没什么疑惑，这是当然的，但这位警司喜欢先摆出他的想法，然后倒推得出想法的过程。“昨天夜班值勤的人在将近半夜十二点的时候处理了一场事故，他们跟马克·海明斯先生和他的伴侣安娜·约翰逊女士了解了情况。”

啊，所以确实是关于约翰逊案件的。

“一块砖头砸向了卧室窗户。有一张威胁的纸条包裹在砖头上。”

“我也听说了。那条街上的部分住房有私人的安保摄像头。可以——”

“都掌握了，谢谢。”利奥自然地打断他，“我更担心的是，约翰逊女士报告说事故是一个连环事件的一部分。”他停顿一下，以制造戏剧效果。“这个连环事件正由……你在调查。”

默里什么都没说。你可以疑惑，为此说点儿什么。填补信息空白。问个问题吧，利奥。然后我来回答。

沉默一直持续。

“我疑惑的是，默里，我印象中你是一名警局值班人员。编外的警局值班人员。你已经从 CID 退休了——实际上是从警务系统退休——

在几年前。”

不作评论。

一丝恼怒出现在利奥的声音里。他必须比他平时多发不少威才行。“默里，你在调查涉及两次重大自杀事件的连环犯罪吗?”

“我没有，没有。”它们是谋杀，不是自杀。

“那么，你之前究竟在忙什么?”

“安娜·约翰逊星期四来到前台，表达了她对于父母突然离世的一些疑虑，两次死亡都发生在去年。我花了点时间回答她的问题。”默里对利奥露出善意的微笑。“在我的 PDR 里，其中一项目标就是呈现高水准的客户服务，长官。”

利奥眯起眼睛。“夜班人员说她收到了一条恶意信息。”

“一封匿名贺卡，在她母亲忌日那天送过去的。”

“系统上没有记录。为什么你不生成罪案报告呢?”

“那算什么罪行?”默里礼貌地问，“贺卡里没有威胁，没有辱骂。是很让人生气，当然了，但它不违法。”默里暂停了一会儿，好让利奥消化他的话。

“一块砖头打破窗户——”

“是犯罪行为。”默里顺利地接过话茬，“我肯定办案警察会好好调查的。”

“约翰逊女士似乎认为她母亲的自杀，事实上，是谋杀。”

“我明白。”默里礼貌地笑笑，“当然，去年是 CID 团队在调查这案子。”

利奥看着默里，揣摩这是否在故意提醒他。如果他因为默里没有把案子交给 CID 而斥责他，那就等于是批评原来的调查处理不当。

默里等着他发话。

“把你到目前为止参与的情况写下来，把所有东西都交给 CID，让他们好好调查。明白？”

“完全明白。”默里站起身，不等警司打发他走。“圣诞快乐。”

“谢谢。另外还有，默里？”

“嗯？”

“做好你自己的工作。”

默里还没有对警司撒谎，而且他不打算现在就开始撒谎。“别担心，利奥。”他对老板露出愉快的笑容，“我不会做任何我不够格的工作。”

下楼，默里找到一间空的报告撰写室，关上门后才登入电脑。他在退休的时候已经把他在警队的电脑还回去了，他想趁着回家过圣诞节之前再做点查询工作。如果利奥·格里菲斯还想得到去查看默里的内联网活动，那他可以轻松地辩解说，这是写材料交给 CID 所必需的关键信息。

他在指挥控制系统上——记录了所有拨给警局的电话——查看了奥克维尤。这种基本的查询本该由原先调查的警员来做，但档案里没有纸质记录，而且默里想彻底调查一番。他正在查找跟奥克维尤或者约翰逊一家相关的非法闯入、骚扰等可疑行为。任何可能暗示汤姆和卡罗琳死前被当作袭击目标的事件。

自从保存电子记录后，奥克维尤几年来出现过几次报警。有两次拨打的 999 报警电话都没有人说话，控制室回拨以后都得到了同样的解释。

“住户道歉。小孩玩电话。”默里在日志上找到日期。2001 年 2 月 10 日。小孩？安娜·约翰逊应该十岁，够大了，不会胡乱拨打报警电话。这房子里有小孩吗？还是确实有人拨打 999 求助，但又没有说话？

2008 年，控制室接到邻居罗伯特·德雷克的电话，他报告称听见隔壁骚动。默里浏览完日志："打电话的人称他听见了尖叫、玻璃破碎的声音。可能是家庭纠纷，已派出警队。"

没有犯罪记录。

"警队到达时一片安静。做了笔录。两名住户都否认有任何的家暴事件。"

卡罗琳·约翰逊看起来很"情绪化"，默里注意到，但简洁的日志欠缺细节，且无法追查到现场办案警员——也不能指望他们能回忆起十几年前的一次事件——这就是他继续查下去的所有线索。

足够了。默里开始构建约翰逊夫妇的画像，不是他们女儿所描绘的那样。或许汤姆的弟弟，比利·约翰逊，会对这一系列事件给出更多头绪。默里看他的手表。该死的利奥·格里菲斯，装腔作势的家伙。如果他现在不走，就不能准时去接萨拉。尤其是今天，她肯定会非常情绪化的；计划上哪怕再小的变化也会导致她失常。

"我跟你一起。"

默里踩点到的，只是萨拉立刻就追问约翰逊的案子，并坚持陪默里去见比利。

"那要等到圣诞节之后了。"默里挂好挡位，慢慢把车开出了海菲尔德。有萨拉坐在车里，他感觉很好。他知道自己回家以后不再是面对一个空房子了。

"坦白说，没关系。反正都在回家的路上了。"

默里偷偷瞟了一眼他的妻子。即使是在车里，她也没有乖乖坐好。

一只脚塞在另一条腿的膝盖下面。她一只手把安全带从脖子上拉开，手肘倚在车窗下部。

“你确定吗？”

“我确定。”

自从默里买了沃尔沃之后，约翰逊车行就进行过翻新。车行后面停着一堆杂七杂八的抵价交易的破旧车辆，但前院大部分都停满了光鲜的捷豹、奥迪和宝马，最贵的车停在斜坡上，这样看起来车子有种蓄势待发的气势。

“十分钟。”他说。

“不急。”萨拉解开安全带，打开书。默里把钥匙揣进兜里，不自觉地扫了一眼车子里面，以免任何有风险的东西存在。她出院了，默里走开的时候提醒自己：放松。

他穿过前院时又往回看了看，但萨拉在全神贯注地看书。脸腮光洁的销售代表们就像巡游的鲨鱼，其中有两个从相反方向朝默里围拢过来，他们都想争取佣金。一个身材瘦长、染着醒目的姜黄色头发的家伙先到达默里身边，他的同事则转身去找一对穿着时髦的情侣，他们手拉手地在一排敞篷车前徘徊。那边的胜算要大得多，默里想。

“比利·约翰逊在吗？”

“在办公室。”黄毛小伙子把头甩向展厅的方向。“但或许我可以帮忙。”他咧嘴笑着，露出所有的牙齿，但毫无诚意。他头歪到一侧，一副打量默里的样子。思考着。“你是沃尔沃先生，对吧？”

考虑到默里刚从一辆沃尔沃上下来，他即使说对了，也不算太精明。默里继续走着。

“在这里，对吧？”

黄毛小伙子耸耸肩，灿烂的笑容随着销售机会一起消失了。“对。前台的沙恩妮会帮你去叫他。”

沙恩妮的脸比她的脖子还要黑两个度，嘴唇又如此光亮，默里都可以从上面看见他的影子。她站在一张弧形的大接待桌后，侧面贴了装饰亮片；她正往一个托盘里摆放玻璃杯，以便招待客人喝一杯平安夜的小酒。默里走过去时，她笑脸相迎。

“欢迎光临约翰逊车行，我能帮到你什么？”她不假思索地说，太快了，默里必须停顿片刻来处理他所听到的东西。

“我想见见比利·约翰逊，麻烦了。我来自苏塞克斯警局。”

“我看看他是否有空。”她踩着一双不可能与脚形相符的尖头高跟鞋，摇摇晃晃、咔嗒咔嗒地踏在光滑的地板上，朝她老板的办公室走去。染色玻璃意味着默里无法看见里面，他转而朝宽敞的展厅窗户外望去，真希望他能把沃尔沃停得近一点。这个角度意味着他没法看见萨拉。他瞥了眼手表。他已经花了五分钟，他答应只要十分钟的。

“过来吧，先生……”沙恩妮出现在门口，话只说了一半，因为她意识到自己忘记了问默里的名字。

“麦肯齐。默里·麦肯齐。”他对着擦肩而过的接待员微笑，然后走进一个放着两张办公桌的令人印象深刻的办公室。比利·约翰逊站起来。他的额头光亮，当他跟默里握手时，他的手温暖而黏腻。他没有笑，也没有请默里坐下。

“CID，对吧？”

默里没有纠正他。

“我们这是惹谁不高兴了？我们上一次遇到入室盗窃还是六个月以

前，这样的反应时间也太糟糕了吧，即便是用你们的标准衡量。”话说得严肃，但他的笑容表明他不是认真的。

比利·约翰逊大腹便便。发福，而不是肥胖，并不影响魅力吧，默里估计，但他又知道什么呢？他穿了一身剪裁精良的西服，一双高度抛光的鞋子，并佩戴了一条亮黄色领带搭配他宽领衬衫上面的条纹。他的防御心理无疑是因为压力导致，而非好斗情绪，但尽管如此，默里还是保持在可以摸到门的范围内。

“是不是关于 VAT[①]——”

“不是。”

比利放松了一些。

“我想问询下你哥哥和嫂子死亡的事情。”

“你是跟我们安妮一直在打交道的警察？”

“你是她叔叔，我想？”

尽管比利心情沮丧，但他对安娜的爱显而易见。他眼神温柔，不停地点头，似乎这个动作能坚定事实。“她真是个可爱的女孩。对她来说，这对她来说太艰难了。”

“对你们都是。”默里说道。

“是。是的，当然。但是对于安妮……”他从口袋里扯出一张白色大手绢，擦了擦额头。“对不起——那是一个极其伤感的早晨。请坐。”他坐到一张皮转椅上。“她让自己相信汤姆和卡罗琳是被谋杀的。”

默里停下说，“我想她是对的。”

“天。”

---

① VAT：增值税。

透过比利身后的窗户，默里看见一个熟悉的身影在一排排车子间漫步。萨拉。在她身后二十码，快速奔走就差没跑起来的，是黄毛小伙。

“你和汤姆亲近吗，约翰逊先生?”默里快速开口，一边眼睛注意着前院。

比利皱眉,“我们可是亲兄弟。”

“你们相处得好吗?”

他似乎有些恼怒这个问题。“我们是亲兄弟。我们相互照应，但我们也会扯皮。你知道我什么意思?”

“也是生意伙伴，我明白。”

比利点头。“爸当时痴呆了，没法再管理生意，所以我和汤姆在1991年接手了生意。一家人。”他补充道，似乎这才能解释一切。他面前有一个打开的支票本，放在一堆信封和一张打印的列表旁。他毫无必要地将这些信封齐好；看了一眼支票本。“圣诞奖金。比通常少点儿，但这就是生活。”

“你跟卡罗琳相处得怎样?”

这个男人从脖子到脸通红。“她负责运营。汤姆照顾那边的事情。我管理销售团队。”

默里注意到比利没有回答他的问题。他没再逼他。他压根儿就不该来这儿；默里要尽量避免利奥·格里菲斯再次收到投诉。他试探着别的方法。

“他们关系好吗?”

比利看向窗外，似乎在决定是否要说出他脑袋里想的东西。黄毛小伙带着萨拉走向一辆路虎卫士，后视镜上挂着“POA[①]”标志。默里希望她没事。希望黄毛小伙不会说什么刺激到她的话。

比利转身面向默里，“他对她不好。他是我哥，我爱他，但他配不上她。”

默里等待着。这背后明显有故事。

“他喜欢喝酒。好吧，我们都喜欢喝，但……”比利摇摇头，“这是不对的。说一个死人的坏话，这不对。”

“你是说汤姆有酗酒的恶习，约翰逊先生?”

很久的沉默之后比利才开口。他看向窗外，“卡罗琳想要给他遮掩，但我不傻。即便汤姆觉得我傻。”最后一句说得极为苦涩，与其说是给默里听的，不如说是给他自己听的。

在他身后，默里看见黄毛小伙打开卫士的驾驶侧车门。萨拉自己安坐在方向盘后，调整着座椅。如果不赶紧离开，黄毛小伙会让萨拉开出去试驾的。

“你提供了很大的帮助，约翰逊先生。谢谢。”

比利无力地坐在办公桌前，眼见着这个男人因为默里的逼迫而陷入到痛苦的回忆中，默里于心不忍。但他的重点是萨拉。

当他走到前院的时候，萨拉向他走来。黄毛小伙站在卫士边，双手可怜地插进口袋。

“你没事吧?”等萨拉走近，默里说道。她似乎相当满足，默里松了口气，黄毛小伙没有刺激到她。

“好得很。”她脸上露出顽皮的笑容，默里又瞄了黄毛小伙一眼，

---

① POA：Primary Optical Area，第一视觉落点区。

他的样子像是有人告诉他圣诞节取消了一样。

“他怎么了?”

“我告诉他我对最新车型感兴趣。”

“哦……”

“说我想要速度快的，有很多额外功能的，还说我想今天就带走一辆。”

“好吧……”

萨拉再次笑道,“然后我说我还是继续骑我的自行车吧。”

29

安　娜

我妈立即按了门铃，然后手都没放下就又按了一下，反复不停地按。丽塔跑进门厅，在地砖上打滑，然后朝门跳去。她回头看看我，又抬头望着彩色玻璃板上妈的身影。她呜呜叫着，疑惑不解。

我的胸口紧绷，面部麻木。我做不到。我的手不受控制地抖动，随着门铃再次响起，我的心中升起恐慌。

“安娜!”

我转过身，移动脚步，慢慢走向楼梯口。

“我们必须谈谈。我希望你理解。安娜!”

她的声音很轻，但她在恳求，绝望地恳求。我站着，一只手放在扶手上，一只脚踏上台阶。我父母尚在人间。这不就是我去年一直渴望的吗？艾拉的外公外婆，马克的岳丈岳母。我的爸爸妈妈。一家人。

“安娜，你不理解我是不会离开的。我没有选择!”

此时我突然就下定决心了。我连跨两级阶梯，逃离这门厅，远离这恳求的声音。远离我妈为不可原谅之事而给出的借口。

没有选择?

是我没有选择。我没有选择，只能为我的父母哀伤。我没有选择，只能听任警察审视我们的生活；只能在他们剖析父母死因的时候坐在验尸庭上；只能组织一场追悼会，给父母朋友打电话，把那些老生常谈听上一遍又一遍。我没有选择，只能在没有母亲指导的情况下经历怀孕、生产和产后几周的焦虑。

是我没有选择。

而他们有。

我父母选择了欺骗我，不仅在他们消失的时候，还在之后的每一天。

门铃接二连三地响着。我妈的手指一直按在上面，尖声刺耳的门铃声连绵不断地穿透屋脊。

我双手捂住耳朵，在床上蜷缩成球，但我仍然听得见。我坐起来，站起身，在卧室里踱步。

我走进浴室，打开淋浴，坐在浴缸边缘，等着浴室充满水汽，镜子蒙上雾。然后我脱掉运动服，迈入淋浴间，拉上淋浴间的门，又把水温调到滚烫。在淋浴的哗哗声下，我听不见门铃声。我仰起头，让水灌进耳朵、鼻子、嘴巴，直到感觉自己像要溺亡。我的眼泪在我见到妈的那一刻就流下来了，在我意识到她故意远离我的瞬间又止住了。而此时我开始失声痛哭。我有一种从未体验过的生理反应，我的抽泣声从肚子里迸发出来，一股巨大的力量让我不由得弯下腰。

当我抽泣得太厉害而难以站立时，我坐下来，双臂抱住两膝，任由水冲到我低垂的头上，灌进我的大腿间。我一直哭，哭到筋疲力尽，哭到水变得冰冷，我浑身泛起鸡皮疙瘩。

我关掉淋浴，四肢已经冻僵，我仔细地听了听。

寂静。

她走了。

悲伤的利剑出其不意地捅向我。我怪自己不该有任何一点儿示弱。我已经一年多没跟父母一起生活了。我活下来了。我会继续活下去。现在他们不管说什么也不会赢得我的原谅。太晚了。

我从马克使用的那一侧衣橱偷来一条旧的慢跑裤和一件褪色汗衫，衣物柔软的质地让我倍感安慰。再加上一双厚羊毛袜子。我用毛巾擦干头发，把它扭成一个松松的发髻。

等我的情绪刚镇定下来，还不敢说有所改善的时候，门铃就响了。

我愣住。等了足足一分钟。

门铃又响了。

我曾经羡慕——几近嫉妒——我妈的一根筋，现在这一根筋却让我愤怒。她没打算放弃。我不能整天都待在这里，她会等，会按门铃，会叫喊。白热化的愤怒击穿我信以为真的冷静外表，我从卧室冲下楼。她怎么敢？

一整年了。

它在我脑袋里嗡嗡直响，就像弹珠机里转动的球，不分青红皂白地任意开火射击。一整年来她都在撒谎，对我，对所有人。

我飞快地到达门厅，快得整个人基本失控了，脚下袜子一打滑，我便摔了个四脚朝天；我吓得魂都掉了，以至于爬起来的时候感觉像是从楼梯顶上摔下来一样痛。

门铃又响了。没有看见丽塔在哪里。即便这狗不再寄希望于我去应门，但如果我妈让她想起什么，她不会老实待着。

一整年了。

如果有人告诉过我，在六个月前——即便今天早上——说我有一天会对我妈说别理我，我都会认为他们疯了。但这确确实实是我现在正在做的事。覆水难收；你不可能骗了人之后再回到他们生活中，期望被原谅。有些谎撒得太大了。

一整年的谎言。

我推开门。

“你终于来了！我猜你肯定在楼上。你得帮我把婴儿车拉上来，亲爱的。我不想把车连孩子一起拉上来，怕翻车。”琼好奇地看着我，“你没事吧，亲爱的？你看起来像见了鬼一样。”

30
默　里

萨拉正在拖厨房地板。这没有反映出默里前一天独自努力的成果，却暗示了萨拉不断加剧的焦虑。转变很突然，像太阳消失在云层后面。默里想要牢牢抓住他有过的满足感，他们开车从约翰逊车行回家，一路笑话黄毛小伙推销失败时的满足感，但是——就像试图在深冬里唤回三十度热度一样——他做不到。

默里不确定导火索是什么。有时候感觉根本没有。

“坐下来喝杯茶。”

“我想先擦窗户。”

“今天是平安夜。”

“那又怎样?”

默里翻阅着《广播节目报》，想找点东西分散他们两人的注意力。《美妙人生》可能不大合适。“《雪人》马上要开播了。”

“真是惊喜。”萨拉把拖布丢进水桶，“我打赌连阿利德・琼斯[①]都厌烦这个了。”

① Aled Jones，1970年12月29日出生，威尔士歌手，1985年演唱了英国动画电影《雪人》的插曲。

默里本打算回应的，但当萨拉在水池下找窗户清洁剂和抹布的时候，她的眉毛拧成一个深深的V字，所以默里就让玩笑过去，不再置评。默里擅长察言观色，擅长模仿他人的思维模式，并以他人的反馈方式与之互动。他多年来一直是这样与罪犯打交道的，早在非话语沟通成为一门课程之前。他多年来也是如此对待萨拉。

但这是很累人的，默里不止一次地想跟萨拉生几个孩子来缓解萨拉的病情。他曾想要孩子——极度想要——但萨拉太担惊受怕了。

“要是他们随我怎么办?”

默里故意装作不明白,“那么他们会是世界上最幸运的小孩。”

“要是他们继承了我的脑子怎么办？我这混乱的、混蛋的、恶心的脑子?”萨拉开始哭泣，默里张开双臂搂住她，这样她就看不见他眼里同样忍不住滑落的泪水。

“或者继承我的鼻子?”默里温柔地说。一连串咯咯的笑声从他针织套衫的褶皱处传来，然后萨拉挣开他的怀抱。

“要是我伤害了他们怎么办?”

“你不会的。你只伤害过你自己。”

默里的安慰都是没用的。萨拉害怕怀孕——拒绝跟默里亲近。她坠入了偏执多疑的状态，连续几周都做无意义的验孕，无端地以为伊斯特本被选为下一个圣灵感孕[①]地。最终他们的全科医生同意推荐萨拉做绝育，为了她的精神健康着想。

这意味着家里只有默里和萨拉。他们本可以跟萨拉哥哥家的人一起过圣诞节，但萨拉最近的入院让他们无法做任何计划。默里多希望

---

① 圣灵感孕：童女玛利亚因圣灵感孕生下圣子耶稣。

自己没有从阁楼把圣诞树弄下来，或者有先见之明地买一个没有预先装饰的。至少那样会让他们有点事做。

除了清洁之外的其他事情。

萨拉跪在沥水板上清洁厨房窗户，默里在找另一张抹布——他或许也能让自己发挥点作用——这时他听见前门外传来的歌唱声。

“我们三个东方博士[①]/一个在出租车里，一个在私家车里/一个在小摩托上，鸣着喇叭……”歌声停止，被沙哑的笑声取代。

“到底怎么……”

萨拉太好奇了，所以放下“窗户净(Windolene)”[②]，随着默里走到前门。

“圣诞快乐!”尼什的伴侣吉尔塞给默里一瓶红酒。

“还有，欢迎回家!”尼什递给萨拉一个礼物袋，扎着大大的缎带标签。“你什么都没有。”她对默里说，“因为你是个讨人嫌的老怪人。”她笑道，“你不打算请我们进去吗？名副其实的圣诞颂歌歌手带了肉馅饼和热红酒。”

“肉馅饼，我觉得我们可以做。”默里一边说一边把门大大打开。萨拉用双手抓紧礼物袋，眼神很错愕。

“我只是……”她看向厨房，似乎在计划怎么逃离。

默里感觉心里一沉。他与她对视，想知道怎样才能让她明白他需要这样。朋友过来过平安夜。肉馅饼、圣诞颂歌。节日常态而已。

萨拉迟疑了一下，然后露出一个犹豫的笑容，“我只是要为圣诞准

---

① 该歌曲是根据圣诞名歌《三博士歌》（美国圣公会牧师霍普金斯改编作于1857年） 的通俗歌曲。

② Windolene：英国窗户清洁剂品牌。

备好所有事。请进!”

默里找到他准备存到明天的维特罗斯肉馅饼，找到酒杯用来装尼什跟吉尔带来的红酒。他找到国王学院的颂歌 CD，然后尼什找到一首排名前十的圣诞热曲。萨拉打开她的礼物，并且为这场即兴派对和每个人拥抱，默里认为尼什和吉尔永远不会知道他们送给了他多么完美的礼物。

“一个小妞告诉我你今早深入狮穴去了……”尼什说。

没待多久。

“狮穴?”吉尔为大家斟酒。萨拉举起自己的酒杯，默里试图不让想法写到脸上。一点点酒精让萨拉兴奋、快乐。多了就有反作用。

“利奥·格里菲斯警司那里，”尼什解释道，“他可是个爱狮吼的人。”

“那个告诉你的小妞是不是戴了闪光的圣诞装饰球耳环，头发别着亮片?”

“不知道，她发短信给我的。我猜你想独自解决伊斯特本重大谋杀案的计划受到了阻碍?”

默里吮了一口酒，“如果有阻碍，我会更加坚定地把约翰逊夫妇的案子调查到底，特别是现在事态升级了。”

尼什点头。“砖头已经在做进一步分析了。找不到指纹，我恐怕——那个表面不平整，而且不管是谁在上面绑了纸条，都极其警觉地戴了手套。但我可以告诉你绑在砖头上的纸条跟贺卡用的纸不一样。而且也是用不同的打印机打印的字。”

萨拉放下酒杯，“它们来自不同的人?”

“不一定，但有可能。”

“那就说得通了。”萨拉看着默里，“不是吗？一个人推着安娜去挖掘过去的真相；另一个警告她不要那么做。”

“也许吧。”默里和尼什一样不愿下结论，但他很快自己就得出同样的结论：他们对付的不是一个人，而是两个。周年贺卡来自一个知道卡罗琳·约翰逊死亡真相的人，并且这人想让安娜提出疑问。昨晚的纸条是另外一回事，是一条指令、一次威胁。

别找警察。在你们受到伤害之前收手。

“为什么提出警告，除非你就是凶手?”

默里不能挑出萨拉逻辑上的错误。

无论是谁朝安娜家的窗户扔砖头，都与汤姆和卡罗琳的死脱不了干系，而且他们似乎跟约翰逊一家还没完。默里需要在安娜——或者她宝宝——受到伤害之前解决这个案子。

31
安　娜

马克和琼在说话，我却仿佛沉入水底一般。他们不时地向我投来一个关切的眼神，给我端杯茶，倒杯红酒，或者问“要不要去睡会儿”。

我需要的不是睡觉，而是弄清楚这一切到底是怎么回事。

爸妈过去一年去了哪里？他们是怎么天衣无缝地设计假死，没有引起任何怀疑的？最重要的是，他们为什么要这样做？

完全说不通。我没有找到任何债务凭证，也没有发现他们消失前从账户里转移了大笔钱。宣读遗嘱的时候，我又或多或少有了一些线索。爸爸曾为生意借债，但却是他死之后，比利一人支撑不住，店里生意才开始困难起来。我父母没有破产——他们这样做不可能是因为钱。

我头昏脑涨。

琼离开房间后，我对马克说：“我们需要谈谈。”

“确实，”马克脸色认真，“过完圣诞，妈回家之后，我们请个保姆，出去吃顿晚饭。好好谈谈这一切。我觉得心理咨询师不必是我认识的人，如果你在烦恼这个事，我可以找人推荐。”

“是，但是……”

琼又回到房间，手上拿着拼字游戏。“不知道你们有没有这套游戏，所以就把我的带来了。我们一起玩玩怎么样？”她侧头看着我，“感觉怎么样，亲爱的？我知道你很难过。”

“没事。”故作无所谓。尽力将暗涌的情绪掩藏在悲伤的神色下。又一个没有我父母的圣诞节。可怜的安娜，她太想他们了。

我摆弄着面前小托盘上的字母，连最简单的单词都看不出组合模式。我该怎么做？应该报警吗？我想到亲切善良的默里·麦肯齐，又一阵羞愧之情涌上心头。他相信我。他是唯一承认这案子有点不对劲的人，唯一认可妈有可能遭到谋杀的人。

但这从头到尾都是一个骗局。

“自动点唱机！”琼提醒道，“七十七。”

“两个单词，确定？”

“肯定是一个。”

他们玩笑地斗着嘴，我全然置身事外。

过去十八个月里，悲痛曾经无数次被另一种情绪淹没。

愤怒。

“爱的人逝去觉得愤怒是完全正常的反应，”马克在我第一次心理咨询时说，“尤其是觉得他们是自己做出选择抛下我们的。”

自己做出选择。

我的手正握着从桌子中央一堆字母方块中拣出的方块，它开始剧烈颤抖。我把方块扔回去，把手放到膝盖间，紧紧地压着。过去一年里，如马克所说，我都在积极地“克服”我对父母自杀这件事的愤怒。现在看来，这样的愤怒完全有道理。

我每保守这个秘密一秒，我都感觉更恶心、更焦虑。真希望琼不在这里。今天才是我们第二次见面，我怎么能告诉她这些？况且还是平安夜……

马克放下一个方块。

“是九。”琼说道。

“你会发现分数是双单词的。”

“我错了。是十八。”

“亲爱的，小心点。她是个大骗子。”

“别听他胡说，安娜。”

嘿，你们猜猜怎么着。我爸妈根本没死，他们是装死的！

感觉很不真实。

这个想法开始生根发芽。如果这就是不真实的呢？

过去两天，妈的身影都是幻觉，是我太过沉溺其中才闻到她身上的香水味，看到她在公园的身影。要是这都是幻象怎么办？门阶上的对话是伤痛后幻觉[①]导致的怎么办？马克一直认为我有这个症状。

我快疯了。马克说得对。我需要做心理咨询。

但这一切看起来都太真实了。

我已经分辨不了真假。

十一点刚过，我们开始准备去做午夜弥撒。门厅里胡乱地放着外套、伞和艾拉的婴儿车。想到在教堂要遇到的人，所有希望我振作的人，他们会表达对我的担心和惦念，感叹没有汤姆和卡罗琳的日子该多么不容易。

我无法面对他们。我做不到。

---

① 特指丧失配偶或至亲后，由于过度悲伤，导致的幻觉。

我们都站在门口，一只脚已经迈出了门。琼的车跟我和马克的车并排挤在车道上，没有多余的空间，劳拉只好在街边停了车，跳出车。她一边朝我们走过来，一边将围巾绕在脖子上。

“平安夜快乐！”

我介绍了一下——妈，这是劳拉；劳拉，这是琼——我的心跳快得像是要爆炸了一般，我只好紧盯着地板，生怕心里的想法都露在脸上。

“你怎么样，亲爱的？”劳拉捏了捏我的肩膀。这是支持理解，不是同情怜悯。她以为了解我在经历的事，和我感同身受。愧疚啃噬着我的心。劳拉的妈妈真的去世了，而我妈是在欺骗我。

“其实，我感觉不太舒服。”

劳拉满是担心。

“你脸色确实有些憔悴。”

“你是不是吃错了什么东西？”

“这样艰难的日子——可想而知。”

我打断她们。“你们不介意的话，我能待在家吗？”

“那我们都留下，”马克开口道。他故作轻松，但我知道他们家从未错过平安夜的祈祷。“反正我也从没耐心听完那些赞歌。”

“不，你们去吧。艾拉和我会早点睡。”

“你确定吗，亲爱的？”琼已经走到了车道。

“我确定。”

“我留下来照顾她。”劳拉走上台阶，眼里满是担忧。

“我没事，”我不自觉有些不耐烦，只好抱歉地浅笑。“对不起，头痛。我想我最好自己待着。”

他们交换了眼神。我注意到马克在思忖留我一人在家是否安全，我自己一个人会不会出茬子。"要是改变主意就打电话，我回来接你。"

"快点好起来，"劳拉说着，给了我一个大大的拥抱，头发拂得我脸颊发痒。"圣诞快乐。"

"过得愉快。"我关上门，然后靠在门上。我不舒服并不都是装的。我的头涨痛，四肢也因为紧张而变得僵硬。

我拉开艾拉的防雪服拉链，把她从婴儿车里抱出来，走到客厅喂奶。

艾拉的眼皮正往下沉，我突然听到厨房传来一声响动。丽塔跳了起来。我心如鼓擂，沉沉地吸着气，让自己平复一些。然后把艾拉从胸前抱起，穿好上衣。

我一只手抓着丽塔的颈圈，小心翼翼地穿过门厅。厨房传来椅子和瓷砖摩擦的声音。

打开门。

淡淡的茉莉花香气让我放弃了尖叫。

我妈坐在桌边，手端正地叠放在膝盖上，两根手指摩挲着裙子的布料，还是穿着白天的那件廉价羊毛裙。虽然阿格炉让厨房很暖和，穿外套肯定很热，但她并没有脱掉。看着她像个访客一样坐在曾经属于她的厨房里，很是刺眼。

只有她一个人。一股怒气涌上我心头，爸爸还没有鼓起勇气来面对我；他让妈妈先来当和事佬。我的父亲，生意上胸有成竹，和顾客侃侃而谈。他在销售代表面前趾高气昂，销售代表对他的每一句话都很上心，渴望聆听他的至理名言，渴望这些至理名言能帮助他们有朝一日将自己的名字悬挂在一间展厅的门口。然而，他却没有胆子面对她女儿，亲口承认他所做的一切。

妈妈没有开口。我猜她是不是也没了胆子，接着发现她对艾拉很是困惑。

我开口打破了沉默。“你怎么进来的?”

她顿了顿。“我留了一把后门的钥匙。”

我恍然大悟。“昨天，在厨房里，我闻到了你的香水味。”

她点了点头。“我忘了时间，差点被你看到。”

“我还以为我疯了!”这一声吼惊醒了艾拉，为了艾拉着想，我冷静了一些。

“对不起。“

“你昨天来干什么?“

她闭上眼睛，看上去很疲倦，苍老了许多，比……比她“死”之前，我惯性地想到这个词。

“我来见你，打算告诉你事情真相，但你身边有其他人——我慌了神。”

我不禁猜想到底有多少次，她曾用她的钥匙像鬼魂一样出入这座房子。这个想法让我不由得战栗。我把艾拉放到另一个膝盖上。“你去了哪里?”

“我在北边租了一间公寓。很是——”她露出一丝苦笑。“简陋。”

我想到过去几天不安的感觉。“你回来多久了?”

“星期四回来的。”

星期四，12 月 21 日。她的一周年……不是忌日了。她没死。我不断告诉自己，试着消化这一事实。

“之后我一直待在希望旅馆。”她的脸微微发红。

希望旅馆是一家教堂出资的旅馆，位于海边，经营食物银行[①]，收集衣物和盥洗用品，有需求的女性可以用家务活换取短期住宿。她看着我的脸。

“也不是那么糟。”

我想起父母以前喜欢的五星级酒店，再想到妈跪在地上洗厕所，只为在住满不幸女人的宿舍中换取一张床位。

妈看着艾拉。“她很漂亮。”

我用手臂防御性地搂住艾拉，仿佛遮着她不被看见就能将她和她外祖母的谎言隔绝，但艾拉弓起背，抗拒我的拥抱。她扭动身子望向厨房里的这个陌生人，这个单薄邋遢的女人也盯着她，那双迷蒙的双眼让我不愿直视。

我不会上当的。

但我胸口却沉重得发酸，不是因为我父母所做的事，而是因为在妈脸上看到的痛苦，还有爱。这种爱意如此真实，它在我们之间架设起一道情感的桥梁，真实到我相信艾拉有所感觉。她朝她的外祖母伸出了胖乎乎的小手。

一整年的诈骗、阴谋和谎言，我提醒着自己。

“我能抱抱她吗？”

这样胆大的要求让我一时呼吸停滞。

“求你了，安娜。就这一次，她是我的外孙女。”

我可以说出无数拒绝她的理由。我妈在她伪造自己死亡的那一夜就放弃了任何家庭权利。整整一年的谎言，她没资格握住艾拉圆胖的

---

① 由慈善机构或其他组织管理的，为购买食品有困难的人士提供免费食品。

小手，闻她刚洗完头后爽身粉的香味。她选择装死，那在我女儿眼里她就应该永远定格于此。

但我却朝她迈去，把宝宝交给她。

因为错过这一次，就再也没机会了。

一旦警察知道她做的事，他们会把她带走，审判，牢狱，成为媒体焦点。她曾经让警察大费周章地搜寻爸爸，而她一直都知道爸爸安然活着。她领取了爸的保险赔偿。盗窃，欺诈，浪费警力……他们犯的种种罪名，再想到我现在成了他们的共犯，一阵恐惧突然袭来，我感觉天旋地转。

我父母自作自受。

但是这和我没有任何关系，和艾拉也没有关系。

我的女儿不应该被他们的所作所为殃及。我能做的就只是给她一个外祖母的怀抱，而她永远不会认识这个外祖母。

妈小心翼翼地抱着艾拉，仿佛艾拉是玻璃做的。她熟练地让艾拉依偎在她臂弯里，打量着她的一点一滴。

我站在几英寸外，手指在身子的两侧颤动。爸在哪里？为什么妈在这个时候回来？为什么要回来？脑海里有无数的问题，我再也憋不住。我把艾拉夺回来，由于动作太快，她被吓得哭起来。我把她抱在臂弯里安抚，她挣扎着想回到外祖母的怀抱，我只好把她紧紧按在怀里。妈轻叹了一声，不像是责备，更像是一种满足，仿佛她的外孙女才是第一位。我们对视了一秒，至少这点上我们达成共识。

“你该走了，现在就走。”话一出口多了几分生硬，但我也不相信我还能保持理智。看到女儿躺在妈的怀里，我心都融化了。我觉得自己在发抖。我必须要做正确的事。我必须要告诉马克，还有警方。

她是我妈……

但她骗了我。

“十分钟，我想告诉你一些事情，如果你还没有改变看法，那——”

“我们已经没什么可说——”

“求你了，只要十分钟。”

沉默。我听到玄关里的落地钟嘀嗒作响，从花园传来猫头鹰的叫声。我最终坐下了。

“五分钟。”

她看着我，点点头。她深吸一口气，然后缓缓道来。“你爸和我很多年来在一起都过得不开心。”

这话并不让我意外，仿佛我早有心理准备。“你们不能像正常人一样离婚吗?”

我许多朋友的父母都离婚了。两座房子、两个假期、两对父母……没人希望自己父母分开，但即使是个孩子也能学着明白那不是世界末日。我也能像他们一样。

“事情没有你说得那么简单。”

我记得有一次我躲在我的卧室里，随身听音量调得很大，只为掩盖楼下的争吵声。我在想：是不是眼前的生活就要这样结束，爸妈是不是要离婚。第二天早晨下楼后，我却发现一切平静如常。爸喝着咖啡，妈哼着歌往桌上添了几块吐司。他们假装一切如常，我也假装没事。

“求你，安娜，让我解释。”

我会听的，然后等马克回来，我就都告诉他，才不管琼怎么想呢。

我还要报警。因为大家都知道的话，我就可以和这个我爸妈谋划出来的疯狂计划，这个他们眼里比离婚更好的选择撇清关系。

“你已经在书房的桌子下面发现了一瓶伏特加。”

她一直看着我。

我觉得我快疯了，像看到了鬼魂。

“你找到其他的瓶子了吗?”她的声音很平静。眼睛盯着她前面的那张桌子。

“是爸的，对吗?”

她猛地对上我的目光，打量我的脸。不知道她是不是恨我没有早点发现，让她一个人来承受这一切。

“他为什么要把酒藏起来?他喜欢喝酒又不是什么秘密。”

妈合了合眼睛，很快睁开。“喜欢喝酒和需要喝酒不一样。”她迟疑了一下。“和很多酗酒的人一样，他很聪明，小心地瞒着你，瞒着比尔。”

“比尔叔叔之前不知道?”

妈冷笑一声。“清洁工发现你爸桌下的箱子里藏了一瓶伏特加。她怕万一扔错就交给了比利。我有些慌，就告诉比利那是我的，因为买错了品种，没人喝就扔了的。他不相信我的话，但也没追问。我猜是不想追问。”她停下来看着我，眼里蓄满泪水。“你应该早点告诉我你知道你爸酗酒，你不应该自己忍受这件事。”

我耸耸肩，像个懵懂无知的少年。我不想和她分享秘密。现在不想。事实是我应该永远都不开口。真恨自己知道这件事。我当时只想沉浸在自己的幸福泡泡中，假装一切都很完美，那些无数诉说相反事实的迹象，我永远都不想注意到。

“嗯。”又是一个深呼吸，“他喝醉的时候——只是在他醉的时候，”她急着补充，好像有什么不同，好像这些能他妈的改变他们做的那些事，“——他会打我。”

我的世界开始打转。

“他从来都不是故意的——他一直都很内疚，对他做的事很羞愧。”

难道这就可以动手？

她怎么能这么平静？这么不痛不痒？我想象我爸，大笑的他，笑闹的他，但我却要试着重塑记忆。想起那些我一回家就戛然而止的争吵，我尽力忽视的气氛变化。想到我的镇纸被砸得粉碎，屋子里到处藏着的酒瓶。我一直把爸看作一个讨人喜爱的淘气鬼，大嗓门，快活而慷慨的人。喜欢喝酒，有时粗鲁，但本质善良。

我怎么会错得这么离谱？

我张嘴想说什么，但妈打断了我。“求你了，让我说完。如果现在不说出来，我不知道还有没有勇气再说一遍。”她等着，我微微点点头。“有很多事你都不知道，安娜——我也不想让你知道。让你免受那些伤害，是我唯一能做的。不夸张地说，我怕他，非常非常害怕他。”她望向窗外。花园的灯亮着，鸟儿从灯光中飞过时，院子里的影子忽明忽灭。

“汤姆搞砸了生意，他没通知比利就私自动用了商业贷款，后来贷款还不起。生意开始走下坡路。噢，我知道比利告诉你生意没问题，那是作为叔叔宽慰你的话。汤姆很羞愧——三代人的店，他却让店负债累累。他想出一个疯狂的计划。他想假死，彻底消失，我来领保险金，一年后他再假装得了失忆症，在医院现身。”

“你按计划做了？我简直不能……”

"我当时以为这就是上帝对我祈祷给的回应。"她浅笑了几声，"我终于要自由了。我知道等他出现，他还会找我麻烦，但我当时想到的就是终于再也不用担惊受怕了。"

我看着钟，午夜弥撒要多久？

"所以你照计划做了，爸消失了。"我想知道他怎么伪装自杀，但这些细节都可以稍后再说，先听完来龙去脉。"你安然无恙，然后你……"

你抛下了我，我想这么说，但没说出口。我尽力不去掺杂感情，权当它是一个案例分析。一个可怕的、骇人听闻的、发生在别人身上的事件。

"只是我并不安全，"她继续说道，"我愚蠢地认为我安全了。他一直打电话给我，甚至有一次找到了家里。他想要钱办假护照、手续和房租。他说保险赔款是他的，我把钱占为己有。他改变主意了，不想假装失忆，说行不通。他想要那笔钱开始新生活，威胁我如果不给就要伤害我。我开始给他一些小笔的钱，可他要的越来越多。"她身体前倾，朝我伸出双手。我看着她的手，没有动。"那笔钱是留给你以后的——我们死之后是由你来继承的。我想给你留着，不该让他拿走。"

我已经麻木了。我试着把这样的人和我认识的父亲画上等号。

"你不知道他能做出什么事，安娜，"她说，"不知道我有多害怕。你爸爸借假死还清债务，我假死只为摆脱他。"

"那为什么回来？"我满是苦涩地问，"你已经得到你想要的，你自由了，为什么还要回来？"

她的沉默让我还没听到答案就已经一阵战栗。

"因为他找到我了。"

32

我有脾气。谁没有呢?

我的自控力和你不差分毫，动手的可能性并不比你大。问题的关键在于触发因素。

我们每个人都有这样一个触发器。你还没有找到并不表示它不存在。你最好弄清自己的触发器，否则有一天别人会按下你的触发键，怒气就会冉冉升腾。

明白你的触发器就可以加以控制，至少理论上是这样。

我的触发器是酒精。

我不是你们熟知的那种醉鬼。你们不会发现我尿了裤子，手上拿着替牌[①]啤酒罐，昏睡在门口。我不会跌跌撞撞地跑到大街上，朝陌生人大喊大叫、打架滋事。

我是别人口中的功能性嗜酒者[②]。

精致的套装，头发服帖。和顾客闲谈，滔滔不绝地推销。对职员笑容可掬。中午喝一杯怎么样？为什么不去，你可完成了一笔好生意!

有钱好办事。看看各种肤色的人，看看那些可爱的年轻人，他们

---

① Tennent's Extra，英国的一个啤酒品牌。

② functioning alcoholic，指保持着良好人际关系、保有工作的酗酒者。

戴着高档的帽子，两手各拿一杯香槟，晃晃悠悠地四处溜达。很有趣，不是吗？要是把高档礼帽换成肮脏的便帽，香槟换成煮过的白兰地，你只会跑到马路对面，避之不及。

有钱，就意味着学校运动会当天能带上银色的扁酒瓶，因为用纸袋子装的威士忌只会引起强烈的抗议。有钱，就意味着你能用一杯血腥玛丽开启周日的早晨，用一杯杜松子苏打水来结束一天的工作，在阳光明媚的日子品一杯飘仙酒，没人会怀疑地多盯你一眼。

我自然有我的提神方式，完成一次试车后，不可能喝血腥玛丽，但可以从水壶里浅尝一口伏特加，可以痛饮一口藏在盆栽、桌子和椅子下面的好东西。

开始喝酒是为了玩玩。

继续喝酒是因为已经戒不掉。

有时喝着喝着，我也迷茫不已。

宝宝束缚了我。你想要婚姻、家庭和动物园家庭旅行。我想要以前的生活。我想念伦敦；想念酒吧里喧嚣的夜，随便找人一夜情，不在乎醒来后冰冷的床；想念拿着薪水支票回家不用担心店里生意负担不起。我想念我的自由。

这让我苦恼，不满，愤怒。我能操控的只有一样东西——清醒。

酒精是我的触发器。

酒精让我失控，让我对行为后果都不管不顾。酒精让我挥舞起拳头。

我对功能性醉酒一清二楚。现在我对愤怒也很熟悉。

曾经，关于酒我很了解。

除了怎么戒酒。

33
安　娜

妈从口袋里掏出一张纸，打开。是卡片内面的黑白影印。

自杀？再想想。

就是我收到的那张卡片。

我想到那天是多么煎熬；睁开眼只感觉钻心的痛，每一秒都度日如年。我记得取出卡片后看到“纪念日快乐”的字样时胃里的翻腾，读到里面留言的恶心反感。

在妈的那份影印版上，那排打印字的下面，还有一行红色马克笔的潦草字迹。

我会告诉她真相……

“爸送来的?”

她缓缓地点点头，带着些无奈。

“可为什么?”

“来警告我没这么容易逃脱？他即使是进了坟墓，也仍然可以控制我?”眼泪顺着她的脸颊滚下，“我还以为我很聪明。我去了我们从没一起去过的地方，我好多年都没去过的地方。我租了一间糟糕的公寓，唯一一个房东不要身份证明的地方。我靠双手刷厕所赚现金工资，我没有上过网。虽然我很想联系你们，但我任何人都没联系过——安娜，我那么想联系你们！可他还是找到我了。”

我一时难以接受。

“你从头开始说。我不明白爸怎么做到的，有证人……她看见他跳下去的。”

她没有说话，但她的眼睛说明了一切。

我头开始打转。“你打的999报警。黛安·布伦特－泰勒，是你。”我可能是家里第一个大学生，但这并未让我比爸妈更聪明。我一直都知道妈很聪明——在约翰逊车行做接待是大材小用，但这样的心思……让人难以接受。

“他计划了好几周，一直在想这件事。他逼我练习，一遍又一遍。我每次搞砸，他就打我。他给了我一个手机用来打电话，告诉我说话的时候把它举在风中，这样我的声音就会扭曲变形。他计划好了一切。”

“你应该报警。”

她凄苦地笑笑。“现在说得容易，有人像那样控制着你的时候，很……很难。”

我想到我的工作，想到每个人都竭尽全力去保护的世界各地的孩子们。他们许多都被虐待、恐吓和压迫。很多人都可以向老师或朋友倾诉，但真正这么做的人寥寥无几。

“我一直觉得他不会真的这么做。一切都是他的假想。但那一天，他醒来告诉我：‘就是今天。等安娜不在，就实施计划。’”

我记得那天早上。“过得愉快。”他对我说。我快迟到了，一只手在包里翻我的钥匙，另一只手拿着一片吐司。爸坐在厨房的中岛台，一边喝浓郁的黑咖啡一边看《每日电讯报》。他要两杯下肚才起床，三杯以后才开口说话，到了工作地点还要再来一杯，才能开足马力工作。

“尽情工作，也要尽情玩耍。”他朝我眨眨眼。就这样，他没有拥抱我，没有说爱我或者给我任何忠告让我日后珍惜回味。只是“尽情工作，尽情玩耍”。

他死之后的几个月里我觉得我很庆幸他没做什么告别举动。我坚信这说明他并未打算自杀。如果他知道那是见我的最后一面，一定会是不同的感觉。

但他确实知道。他只是不在乎。

“那一天太可怕了，”妈说，“他找每个人的碴儿，比利、销售代表、我。我当时以为这些都是故意的，让自杀显得更可信一些，我还想这是不是紧张的表现。我劝说他改变主意还来得及，我们总会找到还钱的办法的，但你知道你爸，总是那么固执。”

我现在还了解我爸吗？我觉得我不再了解他了。

“下班后我们分开走的。他从店里开了一辆奥迪走，跟比利说想试驾。那是我最后一次见他。”

我再也坐不住，走到窗前望向花园，看着盆里栽着的大月桂，还有妈精心培育的长在罗伯特家和我家花园之间的篱笆下的玫瑰花。我抬眼望向罗伯特的房子，想到他的扩修计划，想到我无理地指责他和扔在我家前门的死兔子有干系。

我拉上窗帘。“之后发生了什么？”

“计划是第二天十点前我不会收到任何消息。他会搜索潮汐时间，他知道海潮最高的时候，如果人沉下去会被海浪沿着海床卷走，可能永远都不会找到，”她有些发抖，“但九点三十分的时候他发了条短信对我说对不起。”她皱起脸，我看到她在强忍着不哭出来。“我不知道他是指他逼我做的事，还是他一直以来的伤害，还是这只是他计划的一部分。”

我又走过厨房，把水壶放到炉子上，接着改变主意把水壶放了回去。我拿出两个玻璃杯和一瓶备用来调热托迪酒的威士忌。我给自己倒了一指高的琥珀色的浓稠液体。我对着妈举起瓶子，她摇摇头。我自己抿了一口，含在嘴里直到感觉到酒的灼热。

“十点的时候发来了第二条短信：我坚持不下去了。我开始怀疑他真的想自杀。我还是决定照计划走，那样就没人能证明我和他的计划有任何关系。我按照他告诉我的做，回复他的短信，然后报警。最后打给你。”

一阵怒气突如其来。“你知不知道那通电话有多么让人害怕？”我不记得是怎么开车回家的，我只记得再也找不到爸的莫名恐惧，做什么都太迟了。“你应该早点告诉我！”

“我们是在犯罪！”妈站起来。

她朝我走来的时候，我不禁后退了一步。我不是有意的，我的脚不由自主地移动。这一举动让她停下了脚步，眼里闪过一抹受伤的神色。

“我们可能要坐牢——我们现在都还可能被关进去！我不想毁了你的生活，也不想毁了我的。”

我们突然陷入了沉默。我又抿了一口威士忌。已经过了午夜，马克和琼很快就要回来了。

“我们为你举行了追悼会，”我小声地说，“劳拉一个人安排的，比利发表悼词。”我想起验尸时那个痛哭流涕的年轻牧师，他后来找到我，握住我的手，告诉我他很遗憾自己的行动没能阻止我妈自杀。

我突然想起另一件事。“昨晚有人用砖头打破了婴儿室的窗户。”

“砖头？”她惊恐地看着艾拉。

“她没事，当时她和马克在楼下。砖头上还附了一张纸条，威胁我们不许找警察，在有人受伤前停止调查你们的死因。”

我看着妈，她双手捂着嘴，手指覆在眼上。“不！不，不，不！”

一阵恐惧闪过全身。“是爸干的？”

沉默。

我站起来。“你该走了。”

“安娜，求你……”

“马克就要回来了。”

“我们要谈的太多了。”她随我走到门厅，想继续跟我说话，我没听，不能再听下去了。我打开门，确定街上没人后，把她推到冰冷的门外，再一次朝我妈砰地关上了门。

我背靠着彩色玻璃窗，不知道她会不会像早上一样敲门、按门铃。她站了一会儿，然后传来她落在门阶上、沙砾上的脚步声，最终归于安静。

我内心似有千军万马奔腾。我爸是一个暴力的人，那么残忍地对待妈，她为了摆脱他甚至不惜假死。

而现在，我成了他的目标。

34

默　里

圣诞节早晨，默里醒来的时候，萨拉那半的床已经冰冷到没有温度。他满屋子找她，再次被熟悉的惊慌感扼住。他咒骂自己怎么没把钥匙收起来。等他摔开门冲进花园时，却发现萨拉正安静地坐在长椅上。

萨拉光着脚，长椅上的露水浸入了睡裙外的棉袍。瘦削的手臂环抱着蜷在胸前的膝盖，双手握着一杯茶暖手，手上还沾着黑色的泥土。

默里不顾长凳上的水珠，在萨拉旁边坐下。狭窄的花园里，尽头是一方精心打理的菜地，还有一个温室，一块整齐的长方形草地，草地两旁各有一个枕木垫起来的花床。离屋子更近点，也就是默里和莎拉坐的地方，是一块正方形的院子，两旁排列着花盆。只有在英国难得一见的不落雨的日子里，默里才给它们浇浇水，但是不知道该修剪掉什么、留下什么，而渐渐地，远方小院也没有什么生气可言了。

“看!”

默里顺着萨拉的目光望向最大的那个花盆，里面插着一个柳条方尖碑。默里记得里面种了一种什么植物来着，开淡粉色的花，花瓣像纸巾一样薄。在它干枯凋落前，只有一簇枯瘦的枝条攀附着柳条。那些枝条现在躺在地上，泥土已经除去了杂草，刚刚才翻过。

“看上去整齐多了。”

“是呀，不过你再看看。”

默里看见方尖碑旁边的角落里，柳枝插进泥土的地方，冒出了极小的嫩绿的芽。萨拉把手滑进他手里的时候，默里心中燃起了一丝希望。

“圣诞快乐。”

晚餐是烤火鸡和传统的配菜。

“你坐那儿，”萨拉边说边把默里推向沙发，“休息。”

默里听到几样东西同时沸腾时萨拉的骂声，然后又听见清楚的一句“妈的，这么烫”，他很难放松下来。不一会儿他就朝厨房门探过头去了。

“要帮忙吗?”

“一切尽在掌握之中。”

厨房到处都是锅，地上也有几口，还有一口悬在窗台。

“只有我们两个人，对吧?”

“我们明天得吃剩菜。”

还有接下来的三周，默里心想。

“糟了，面包酱汁煳了。”

“我不喜欢面包酱汁。”默里解开萨拉的围裙，温柔地把她朝椅子推去。“坐在这儿，休息。”

搅拌肉汁的时候，默里察觉到萨拉在看他。他转身望去。

她正在咬指甲旁边的一块死皮。“告诉我实话，我住在海菲尔德，你是不是更好过些?”

“好过？是。快乐？却一点儿都不。”默里脱口而出。

萨拉琢磨着默里的答案。“我在想他是不是为了她的钱。”

默里好一会儿才明白过来:“马克·海明斯?”

“安娜以为马克从来没见过她的父母，可我们知道卡罗琳预约过马克的心理咨询。我们还知道卡罗琳和汤姆可是身价不菲。”萨拉给自己倒了一小杯酒，站起来碰了碰默里的杯口。“卡罗琳因为丈夫的离去悲痛欲绝的时候，去见了马克。她透露自己在这个地方有百万身家。马克就把她推下悬崖，然后和她女儿同居。轰——”

默里面露疑色。“我想比起你之前推断卡罗琳因为反对邻居的扩修计划遭到谋杀，这个要稍微可信一些。”

“我还没有完全排除前一个推论。但我觉得更有可能是因为钱。”

“马克和安娜没有结婚，他没有自动继承权。”

“目前没有，”萨拉阴沉地说，“但他肯定正在努力。一旦他得到安娜的钱和房子……”萨拉伸出一根手指在脖子前比画了一下，还配上夸张的像是漱口时的咯咯声。

默里一边为萨拉的谋杀哑剧发笑，一边开始上菜，用肉汁盖住烧焦的土豆块。但他一想到安娜·约翰逊可能处于危险之中，一股战栗就从脊椎蔓延下去。“公休日[1]一结束，我就去看看高科技犯罪中心有没有办法查出黛安·布伦特一泰勒报警用的电话号码。我打赌，扔砖头砸破安娜家窗户的人打了那通电话，这个打电话的人知道汤姆·约翰逊的死亡真相。”默里把一个食物高高垒起的盘子放到萨拉面前，然后

① Bank holiday，公休日。在英国，除了新年、复活节、圣诞节等几个能叫出名字的大型节日，其他的都统一叫公休日。

在她对面坐下。

“但记住我的话，这个人是和这个家很亲密的人。”萨拉拿起刀叉说道，“事情总是这样。”

默里觉得她可能说得对，这已经不是第一次。

但究竟是何人呢？

35

安　娜

我整晚都没有抱过艾拉。她像个包裹一样被传来传去，似乎很享受大家的关注，对友好陌生人的怀抱毫不抗拒。罗伯特的圣诞酒会是我现在最不想待的地方，但至少能让我暂时从马克和他妈的“监视”中喘口气。他们俩对我的怜悯同情今天午餐后终于淡去一些。我尽力支撑着，打开几个小时前我亲手为艾拉塞满的圣诞袜，早餐时抿了几口淡淡的贝利尼[1]，但说的每句话都让我很费劲，每个字都像是在说谎。

“她应该用点心思的，毕竟这是艾拉过的第一个圣诞节。”

大概三点的样子，午饭后马克和琼在厨房收拾。我在楼梯上停下脚步，隔着袜子用脚趾戳了戳地毯。我不是故意偷听，只是……碰巧听见了。

“她很伤心，妈。”

“你爸走的时候我也很悲痛，但是我并没有放弃，不是吗？我强颜欢笑，戴上围裙，继续照顾你们。”

马克又说了什么我没听见，我继续下楼梯走进门厅，有意踩在平

① 发源于意大利的一种发泡性葡萄酒。

时都会避开的松开的木地板上。厨房的声音戛然而止，我进去的时候他们都正埋头安静地洗东西。

“来了！艾拉的妈咪来了！”琼的欢快太刻意，“睡得好吗，亲爱的？”

我没有睡，我怎么可能睡得着？但我还是按他们的提议做了，可以避开马克深深的关切，避开琼对我没有主导聚会的不满。我一直躺在床上，盯着天花板，心中思绪万千。

我的思绪现在还没平复。妈在哪里？她在希望旅馆过圣诞节吗？她安不安全？我为什么还在乎这些？一想到要是砖头打破婴儿室玻璃的时候，艾拉万一在里面，我就后怕得不行。这都是我妈造成的，这和她亲手扔砖块没有什么两样。

我怎么能原谅她？

可为什么明知道爸的所作所为，我还有些想见他？

过去一天里，知道自己爸不再是我认识的那个人，我不断回想童年，过滤回忆。建立在谎言上的过去种种，正在一点点分崩离析。

假死不是能轻易做下的决定。妈一定绝望至极。

她需要我。

我不能原谅她。

但我需要她。

思绪一圈一圈绕着，又回到原点。

罗伯特的客厅站满了我们的邻居。虽然附近的人大都比我和马克年长，但他们的孩子都长大成人，带来了自己的家人，所以还有几个孩子。我认识屋子里的每一个人，除了壁炉旁的那对夫妇。上周我看见搬家车停在西卡莫门口，他们一定是刚搬进去的。

隔着两扇门，马克正在和安、安德鲁火热地讨论可替代心理疗法，忘乎所以。琼在沙发上找了个舒服的位子坐下就再也没起来过。我慢慢地从这个房间走到另一个房间。厨房、门厅和客厅都三三两两站着人，我从他们跟前一一经过。我一手托着装满食物的盘子，一手举着酒杯，像是在找座位的样子。没人叫住我。我不想站在角落里让人家觉得他们必须过来看看我是不是没事。我不想说话。

虽然大家在爸妈的追悼会上都表达了他们的哀悼，今晚大家又无一例外地再来了一遍。想起那些掉落的眼泪，那些悼词，附近不认识的人专门在工作日抽出时间写悼念卡，送来做的炖菜，送来花，这种种的善意让我越来越燥热。

如果他们知道了真相，会说些什么呢？

每一个善意真诚的悼念都让我愧疚不已，所以我一直穿梭在不同的房间里，避开眼神交流，不敢停下脚步。经过罗伯特时，他正向一对住在街道拐角上的年迈姐妹献殷勤。她们并不属于我们这条街，但她们做的香肠卷堪称一绝，所以不管哪个社区活动都会邀请她们。

“……设计兼顾各方，我很乐意给你们展示扩修计划。”罗伯特正一个一个地向邻居寻求对扩修计划的支持。马克还没同意，但是无疑他最终会答应的。

“当然，我愿意对造成的不便做出补偿。”罗伯特来向我们展示计划的时候曾经这么说过。施工计划要拆除我们两家房子之间的隔栏，把弃用的化粪池和污水系统挖出来。“确保施工时候破坏的绿化都恢复原状，彻底完工后还会铺上全新的草皮。”

“我只是有些担心采光。”马克再次提到。

马克应该能和妈相处得非常好。他可以参加妈的抵制后花园扩修的活动，听她关于环境影响和历史建筑保护的长篇大论。有那么一瞬间，我仿佛看到他们在厨房桌子上筹划着什么，我不得不大口喘着气，免得哭出来。马克会喜欢妈的，我知道他会。妈也会喜欢马克，任何像马克这样照顾我的人她都会喜欢。

猛然想到默里·麦肯齐一手拿着马克生意传单，一手拿着妈的手写笔迹的画面，我摇摇头不去想。

他们从没见过。马克说过没有，他没必要撒谎。我相信他。

我相信他，可我不能告诉他关于妈的事。一旦告诉他，他就会逼我报警。马克眼里没有灰色地带，他是非分明。我过去欣赏他的这个品质，现在也是，只是……只是眼下事情有点儿复杂。我漫步走回厨房。对面一个住在几户外的邻居迎上了我的目光，我下意识地笑了笑，想别开眼却太晚了。他径直向我走来，他妻子紧随其后。

“我跟玛格丽特说今晚走之前一定要找到你。是不是，玛格丽特?”

“嗨，唐。你好，玛格丽特。”

走到我身边之后，唐故意后退了一步方便上下打量我，像一个好久不见的叔叔。我猜他是不是要感叹我胖了不少，他反倒叹了口气。

“和她一个模子刻出来的，是不是，玛格丽特?”

“是啊。一模一样。”

我挤了一个笑容。我不想像我妈。

“你好吗?”

“挺好的，谢谢。”

唐明显有些失望。“可一定很不容易。”

“在圣诞节。”玛格丽特补充道，像是怕我忘了今天什么日子。

尽管过去19个月我都在悲痛之中，我突然迷茫地僵住了。我应该哭吗？他们希望我做什么？

“我很好。”我重复道。

“我现在都不相信，”唐说，“我的意思是，他们俩都——太可惜了。”

“非常可惜，”玛格丽特附和道。他们自己说起话来，我变得无关紧要。我觉得不舒服，感觉像被找来增加他们的娱乐消遣，增添他们残忍地八卦不幸之人的愉悦感。我环视厨房，搜寻抱着艾拉的人，这样能借口喂奶离开。

“我觉得昨天在公园看到她了。”

我僵住了。

“大脑就是这样会骗人。”玛格丽特发出一阵咯咯的笑声。她已经说到兴头上了，眼睛四处观望着，我们的目光相碰之后，她的笑声便戛然而止，脸上立刻换上一副悲悯的神色。“其实吧，仔细看呢，那人一点都不像卡罗琳，那个人要老一些，黑头发，长得很不一样。那样的衣服卡罗琳就是死也不会穿的……”她意识到口误，但太迟了。

“我可以先走吗？宝宝……”我话都没说完就转身离开。从邻居那里抱回艾拉，找到马克，他正在书房和罗伯特研究扩修计划。

“我打算先带艾拉回家，她很累。今晚太热闹了！”我对罗伯特笑了笑，“谢谢你，派对很棒。”

“我和你一起走。妈肯定也想睡觉了，我们讨论得差不多了，对吧？”

不知道他们一直在讨论什么。趁他们俩握手告别，我先去找琼。离开总是要花很长时间，因为不管怎样，我们要向在街上和公园里常碰面的这些人告别，祝圣诞快乐。

“星期天见!”我们走的时候有人大喊了一声。

等到没人能听见我们说话的时候，我问道:“星期天?”

“我邀请了邻居来跨年。”

“派对?”

马克注意到我的脸色。“不！不算是个派对。就是新年大家一起喝点酒。”

“就是派对。”

“可能是有点儿像派对。哎，好啦！跨年夜我们可请不到保姆。办个派对我们既可以待在家又很开心。双赢。给劳拉发个短信，问问她有没有什么安排，当然还有比利。”

只有几天时间了，我心里盘算着，我还有更紧要的事情要操心呢。

“我已经告诉罗伯特我们会支持他的计划申请。”艾拉躺在睡篮里，我们准备睡觉的时候，马克开口道。

“怎么改变主意了?”

马克咧嘴笑笑，嘴里满是牙膏:“三万美元。”

“三万美元？换草皮，还原绿化可花不了那么多。”

马克吐完泡沫，漱了口，继续说道:“如果他觉得值这么多，我不反对。”接着擦了擦嘴，擦手巾上留下了白色的痕迹。“现在就不用担心我的公寓暂时租不出去了。”

“我跟你说过，你不用担心的。”

他给我一个带着薄荷味道的吻，然后朝床上走去。

我盯着镜子里，皮肤仍然没有皱纹，但骨相无疑和妈一模一样。

玛格丽特以为她昨天在公园里看到了妈。她现在不相信，但她当时可能以为是真的。早晚会有人认出妈，然后报警。

我现在就可以说出真相，阻止这一切。

可我怎么还无动于衷？距离我知道爸妈还活着，我爸假死逃债，我妈假死来摆脱我爸，已经过去了 24 小时。妈背叛了我，骗了我，我为什么还不报警？

镜子里的人回望着我，眼底的答案一览无余。

因为她是我妈，她现在有危险。

36

“孩子?”我震惊地问道,“可我们做好措施了!”

“那些药片只有98%的有效性。”

我可不相信。我这么说了。

“那你自己看。”

那条细细的蓝线一动不动。我也僵住了。

我不想要孩子。

当然有解决办法，但有这样的想法让我觉得自己无比残忍。

“你怎么能这么说?”

“它只是一团细胞。”

“这是一个孩子，我们的孩子。”

我们的父母都很欣喜。双方找了个下午茶时间见面，本来有些尴尬，最后却发现彼此很聊得来。我们各自的爸妈都很担心我们的“野路子”，对我们在伦敦的生活方式很不放心，都觉得我们该安定下来了。我们能遇见彼此简直是太棒了，这个孩子真是个奇迹!

我什么都做不了主。

奉子成婚。一座新房子(“比可怕的公寓更适合家庭生活”)，一份新工作(“不像大城市里那么竞争激烈”)，搬到该死的海边(“空气要清新很多”）……

我感到前所未有的束缚。

但安娜出生后，我实在克制不了对她的爱。她白皙可爱，对这个世界充满好奇，但我也做不到不恨她。外面有那么精彩的生活等着我，我却只能抱着孩子在一旁艳羡。我幻想一走了之，告诉自己劝告自己说与其心不甘情不愿地履行做家长的职责，倒不如彻底消失好。可是我没有走，我回归到日子不好过时的一贯做法。

酗酒。

37

默 里

到了节礼日[①]，氛围总是一落千丈。默里没退休前，这一天意味着不断从一个家庭赶到另一个家庭。因为宿醉过后需要更多的豪饮来缓解，为圣诞节压抑了二十四小时后的家庭矛盾也最终爆发。

对萨拉这种对周围事物过于敏感的人来说，情绪会更加低落。她中午才下楼，捧了杯默里给她泡的茶，又回到床上。默里打扫了厨房，做了自己的午饭，不知道还能做什么。萨拉这样的状态，默里不想把她单独留在家，但屋子让他感觉逼仄压抑。

他拿出约翰逊的档案，铺在厨房桌子上。汤姆·约翰逊在谷歌上搜索了自杀、比奇角和潮汐时间，都是在5月17日和第二天早上九点之间进行，都是一个人意图自杀的确凿证据，查案的警官或许也是据此结案的。但按照默里的推理，这些搜索过于详细，过于方便。明显是谋杀约翰逊夫妇的凶手所为，以伪造成自杀。

谁能拿到汤姆的电话？如果不知道他死之前的那个早上他去了哪里，这无法确定。刑事调查局已经尝试追踪汤姆的路线，但查到比奇

---

① Boxing day，又叫节礼日，一般是圣诞节后的第二天。一般是英国民众的购物日。

角附近的专业道路监控摄像机捕捉到奥迪的图像后，就再也查不出什么。已经没必要再查下去。

汤姆那一整晚在哪里？那天早上又和谁在一起？默里在笔记本上记下这些需要调查的问题，最后竟写了三页之多。可惜现在正值假期，没人上班，他找不到人商讨。

黄昏时分，默里抚着凌乱的蓬松羽绒被，建议萨拉去洗个澡，换身衣服，这样也许会感觉好些。卧室里的空气有些闷，他硬塞给萨拉的那杯茶根本没动过，表面凝结了一层薄膜。

“我只想回海菲尔德。”

“你周五就能见到乔杜里先生了。”

萨拉在哭，因为埋在羽绒被下面，传出来的声音很微弱。“我不想待在这里，我想回海菲尔德。”

“我把被子拿到楼下好不好？我们可以瘫在沙发上看看黑白电影。”

“走开！”

要是萨拉此刻抬头，默里会用一个丈夫包容理解的微笑来掩盖他受伤的神情。他隔着被子搭上似乎是萨拉肩膀的地方，想着该说什么话来鼓励萨拉，也鼓励自己。只是一股蚀骨的疲倦排山倒海地袭来，什么都没用。无论他说什么，他做什么，都帮不了萨拉。他已经束手无策。

他站起来，走出房间，关上了身后卧室的门。他站在楼梯中间的平台上眺望街对面，那些房子都装饰着圣诞节彩灯，人们在屋子里玩着棋类游戏，争抢着遥控器。

“打起精神来，麦肯齐。”他喃喃自语。

他走下楼，把两片奶酪吐司放到烤盘下。他打算给安娜·约翰逊打电话。去他的公休日。这个女人还在哀悼她的父母，砖头砸破了她的窗户，这根本不是什么正常的日子。她迫切希望着自己能重新调查她父母的案子。考虑到利奥·格里菲斯的斥责，默里知道刑事调查局很快就会接手。是时候告诉安娜·约翰逊手上掌握的信息了。

他调低烤盘温度，拿起电话。

“哪位?”

“你好，我是默里·麦肯齐，”安娜没说话，他又补充一句，“是警察。”

“哦，其实，现在不方便……”

“很抱歉节礼日打扰你。我只想告诉你我觉得你是对的，你父母的死另有隐情。”默里一口气说完，不止为了安娜，也为了自己。他内心的紧张得到了些许缓解。他想象安娜现在肯定手扶在喉咙上，可能还留下了欣慰的眼泪，觉得终于有人相信自己的话。默里等她开口。电话那头传来一阵细微的声响，然后一片寂静。

默里又打回去。

“可能断线了，如果你有空的话，或许我们明天可以见一面？我会告诉你我查到的线索，我们可以讨论……”

“不!”

这下换默里哑然。他不确定这突然的高声命令是跟他说的还是跟安娜家里的其他人，她的伴侣？狗？还是孩子？

“我改变主意了。”安娜的声音夹杂着一丝颤抖，但她强压着，虽然每个字都很艰难，但声音越来越大。“我要向前看。接受已经发生的事，接受案件判定结果。”

“我就是想说判定结果来着，安娜。我认为你猜得没错，你爸妈就是被谋杀的。”

安娜发出了一声无奈的叹息。“你没听懂。这样，我很抱歉浪费了你的时间，但我不想查下去了，不想你再挖过去的事，我不想你再做任何事了。”安娜的声音变了，默里意识到她在哭。“麻烦放手吧！”

这一次电话那头传来清晰的挂断声。安娜挂了电话。

紧张感又再次袭来，默里抑制住一股莫名想哭的冲动。他拿着电话站着一动不动，直到烟雾报警划破了凝滞的空气，他才反应过来晚餐烤煳了。

38

安　娜

星期三，节礼日第二天，琼准备回家。我们给她打包了一些没吃完的食物，并保证说要去看她，不断地表示一家人在一起的时光很愉快。她终于坐上了车，我们站在车道上，向她挥手告别。

圣诞节和新年之间的这几天就是一段奇特的日子，你不得不留意着日历看日子，每一天都像是公休日似的。马克出门扔可回收垃圾，我和艾拉躺在客厅的地板上。我们送给艾拉一本黑白书作为圣诞礼物，她完全被那些波浪形的书页迷住了。我一页页地翻给她看，把每页上的动物名读给她听，狗，猫，羊。

妈回来已经有三天了。我早决定等过完圣诞节，等琼离开，就告诉马克，然后一起去报警。

现在圣诞节结束了。

我不知道隐瞒真相是不是一种犯罪行为，这种罪行是不是随着时间推移而加重。二十四小时是不是可容许的范围？但七十二小时是不是就要被送上法庭？不管我现在犯了什么罪，都能减轻责罚吗？我在心里默默地核实我隐瞒真相的原因。

我很害怕，害怕报纸头条，害怕记者穷追上门，害怕邻居的眼光。

互联网的出现意味着再也没有会被人抛诸脑后的消息，艾拉永远都摆脱不了这件事的余波。

眼下更紧急，更让人担心的，还是我爸。从妈口中我已经了解爸能干出什么事，我也亲眼看到了一些，不敢掉以轻心。如果我向警察全盘托出，就需要他们立即行动：逮捕爸并确保他不能伤害我们。可要是他们没抓到他怎么办？他会对我们做出什么事？

我担心马克会怎么说，怎么做。他爱我，但我们的关系才新建立，还很脆弱。如果这件事冲击太大怎么办？我开始换位思考，不过要想象理性而率直的琼会假死，这确实太过于荒唐。但我会留下来的，不是吗？我永远不会因为他父母做的事而离开他。但我还是担心，我和马克在一起的所有时光里，我的悲痛像个大活人一样实实在在地存在于我们的生活中。马克一直在忙着缓解我的悲痛，体谅我。如果没有它的存在……我终于明白我害怕的是什么。我害怕没有这样的痛苦把我们连在一起，我和马克也许会渐行渐远。

我帮艾拉翻着书。她紧紧握起的小拳头攥着书的一角往嘴巴送。我没有报警还有一个原因——

妈。

我不能原谅妈的所作所为，但我理解她为什么离开。我真心希望她选择其他的方式，可报警已经于事无补。我现在的决定要么会把她送入监狱，要么让她逃脱牢狱之灾。

我不能让我妈被关起来。

过去几天里，我看着琼和艾拉一起，看到这种隔代关系带来的快乐。我们一起给艾拉洗澡，逛公园，轮流推婴儿车。我也想和我自己的母亲做这些事，希望艾拉能认识她的两个祖母。

妈现在回来了，我多么希望让她融入我的生活。

我需要清理下脑袋。我找到马克。

“我想带艾拉出去走走。”

“好主意。能等五分钟吗，我和你们一起去?”

我犹豫了。“介意我们单独出去吗? 琼一直在这里，还有罗伯特的派对。我觉得一直没有自己独处的时间。”

马克的脸色告诉我他在权衡。我想单独出去是需要安静平和，还是我已经濒临崩溃?

不管我心里怎么想，很明显我看上去不会伤害自己，或者艾拉，因为他笑着说:“好，待会儿见。”

我步行到镇上。在内陆微不可察的风在这里渐渐变大，在海岸呼啸。我停下脚步，把婴儿车前面的胶帽给夹起来。经过一夜的雨，海滩颜色深暗，闪闪发光。街上许多商店因为假期都没有营业，但沙滩和海滨大道上都有人散步。每个人看上去都喜气洋洋，带着节日的喜庆和额外一天假期的愉悦，但也可能是因为我脑子里一片混乱才有这样的感觉。我告诉自己，每个人都有烦心事，虽然我觉得不大可能还有其他人现在要艰难应对“死而复生”的父母。

我没有到希望旅馆的打算，但潜意识觉得这一刻总会到来。我的双脚不自觉地走到这里，我也并不想抵抗。

这是座灰色的瓦砾房，不高，很宽，其貌不扬。我按下门铃。

应门的女人温和平静。她像芭蕾舞演员一样站着一位脚，两手交握，放在腰间。

“我想见卡罗琳……”我犹豫了一下，决定不要说她的姓氏。“她和你们同住在这里。”

“请等一下。”她笑着回答，然后轻柔而结实地把门关上。

我思忖着有没有坏人到这里来，比如暴力的丈夫，想把妻子带回家，不知这个女人那时候还能不能露出这样的笑容。爸有没有来找过妈？我环视四周，他现在会不会正在监视我？他一定来过，知道我已经找过警察。我开始有些发抖，牢牢地抓住艾拉的婴儿车扶手。

“恐怕这里没有叫这个名字的人。”她很快就回来，我不禁怀疑她是否离开过，或者只是在门后站了一下。也许这是个既定答案，不管有没有这个人，都是这个答案。

门关上后我才反应过来我犯傻了。妈应该是“过世”的状态，妈不会用她的真名，不管是姓还是名都不会。我往回走着，想着要不要再回去描述一下妈的长相，转念又想在这种情况下，没有找到妈也许是好事。

“安娜！”我顺着喊声回过头去。妈正往门外走，身上还是平安夜穿的那件衣服。她拉起外套的兜帽罩在头上。“玛丽修女说有人来找叫卡罗琳的人。”

“她是位修女？”

“她很了不起，很保护我们，不管找谁，她都会说没有。”

“我猜到了。对不起，我没有想到……”

“没关系。”我们一起迈开步子，朝海边走去。“安吉拉。”

我望着她，一时有些困惑。

“我现在的名字是安吉拉。”

“哦。”

我们默默地走着。我并没有想好要说什么话或者有什么打算才来希望旅馆的。我觉得有些尴尬，舌头打结。我松开婴儿车的扶手，让到一边。无须言语，妈把扶手接过来，整个过程那么流畅自然，让我有些哽咽。

我不能让她进监狱。我想要，也需要她留在我的生活里，留在艾拉的生活里。

码头的人越来越多。孩子们上上下下地追逐奔跑，发泄着连日来积聚的精力。我看到妈扯了扯兜帽，把头埋得更低。我们应该去一个更僻静的地方——要是遇到认识的人怎么办?

螺旋滑梯被层层盖住，球击椰子的摊位也被木板牢牢封住。我们走到码头一端，眺望大海。灰色的浪涛拍打着码头的低处。

我们都想着说点儿什么。

妈先开口,“圣诞节过得怎么样?”

这可真是个无聊的傻问题，我心里的笑意越发兜不住。我和妈的目光对视，她也笑起来，一时间我们又是哭又是笑，她双手紧紧地搂住我。她的身上是那熟悉无比的味道。妈抱过我多少次？还不够，永远不会够。

停止啜泣后，我们坐到一张长凳上，将艾拉的婴儿车拉到身边。

“打算报警吗?”妈平静地问道。

“我不知道。”

她沉默了一会儿。接着她便直言不讳地说,“给我几天时间，等到新年再说。让我和艾拉一起相处一段时间，让我了解她一些。到那时再做决定，求你了。”

答应妈的要求不难。我们沉默地坐着，看海。

妈挽过我的手臂，说道:“跟我说说你怀孕的时候。”

我笑了笑。像是恍如隔世。“我晨吐很严重。”

“恐怕是家族遗传。我和你一样吐得厉害，还胃痛。”

“真是可怕！我到了孕后期离不开嘉胃斯康[①]。”

“有什么特别想吃的吗？”

“胡萝卜棒蘸巧克力。”她的表情让我笑起来。“你别奇怪，要试过才知道。”尽管码头的风呼啸而过，我的心里却有一股暖流涌动。NTC[②]小组的女同胞抱怨她们妈妈唠叨太多，我多么渴望我的母亲也能给我一些人生箴言。她干涉再多，我都不会介意，我会好好珍惜她每次的到来，每个电话，每一次帮助。

“我怀你的时候就想吃橄榄，怎么都吃不够。你爸说你以后会长得像颗橄榄。”

我的笑到了嘴边就消失了，妈很快转换了话题。

“嗯，马克对你好吗？”

“他是个好爸爸。”

妈好奇地看着我。我没有直面她的问题。我不知道能不能回答她的问题。他对我好吗？他心地善良，体贴周到。他善于倾听，家里里里外外的事都是他出力。是，他对我好。

“我很幸运。”我对妈说。马克也没必要对怀孕的我不离不弃。很多男人都没做到这一步。

“我想见见他。”

我正想说如果她能见到他就太好了，但我看到她的脸，她可是一本正经的。“你不会是想……不可能的。”

---

① 一种胃药。

② NTC，Nike Training Club。耐克内部的训练大师结合世界运动员专业训练，经过多年研究出来的实用而充满趣味性的训练课程。旨在帮助那些想通过运动达到减肥、塑形、健身的人们。

“是吗？我们可以告诉他我是个远房表亲。之前断了联系，或者闹翻了……”她的声音越来越小，没再说下去。

我看到波涛涌动的码头下有什么东西在动，一只手臂，还有一颗头。有人在水里。我几乎都要站起来了，这时才反应过来他们在游泳，并不是溺水。我不禁为他们打了个冷战，身子又靠回长椅。

按我自己定下的期限，我还能和妈相处四天，然后决定是报警还是让妈逃到一个没人认得出来的地方，彻底消失。不管如何抉择，和妈再次说再见之前，我还有四天时间。

这四天可以完成艾拉出生后我一直期待的事情。家庭。马克、艾拉、妈和我。

我犹豫了。

妈现在看上去一点儿都不像马克看过的照片那样。她瘦了，苍老了一些，头发乌黑，发型把脸型修饰得也不一样了。

我们要试试吗？

“你确定你之前从没见过他？”

面对突然的质疑，她扬眉道，“你知道的，我们没见过。”

“警察在你的日记里找到了一张马克心理咨询的传单。”我尽量让自己的语气不掺杂感情，但听起来还是像指责，“你预约过他的心理咨询。”

我看到她皱起双眉，还忧虑地咬下唇，下巴微微动着。她盯着我们脚下的木板，一会儿又望向那些波涛中身手矫健的人。

“噢！”妈转过身来，像解决了一个谜题般，脸上如释重负，“咨询服务，布莱顿。”

“是，你跟他预约过。”

“那就是马克？你的马克？天哪，真是太巧了。”她掐起指甲旁边一根倒刺，“传单是你爸死后从门缝塞进来的。你知道我当时的状态，已经崩溃了。睡不着觉，一点小事就能让我暴跳如雷，我找不到能帮我的人。我必须要向人倾诉一下，说说心里话。所以我预约了心理咨询。”

“但你没去。”

妈摇摇头。“我以为我说的所有话都会被保密，就像告解一样。但我看到传单上的小字写着如果客户的生命有危险，或者客户披露了犯罪行为，就不能保证内容保密性。”

“是的。”我思索马克有没有不顾客户隐私报警，如果有这样的事，他会不会告诉我。

“所以我没去。”

“他不记得了。”

“他要和很多人打交道。”妈握住我的双手，用大拇指摩挲着，“让我再成为这个家的一分子，安娜，求你了。”

我无力拒绝。

“他会发现你的真实身份。”

“不会的，人们只会相信他们愿意相信的事情。他们相信别人告诉他们的事。相信我。”

我相信。

39

实情：圣诞节死亡率比全年任何其他时段都要高。

严寒的天气颓人心智，医院服务跟不上，孤单驱使人们拿起药片、刀子、一节绳子。

或者举起拳头。

1996 年 12 月 25 日，我第一次挥拳动手。

圣诞快乐。

安娜那时五岁。她坐在圣诞树旁礼物包装纸的纸堆里，笑容灿烂地握着一个“巴斯光年”玩偶。

“你知道吗，到处都卖光了。”比尔语气中带着一丝得意，“你不会相信我为了买到这个费了多大劲。”

安娜的旁边，丢在地上的，是一个芭比娃娃。娃娃的头发能扯长，眼影能变色。脚踝还他妈的是活动的。那可是我努力工作，千挑万选，花了大价钱买下的芭比。她只看了一眼，只是想知道怎么用后面的那个小轮子让娃娃的头发变长，然后就扔到了地上。我觉得圣诞节接下来的日子她就再也没有捡起它。

然后我给自己倒了第一杯酒。一饮而尽的时候，我感受到了那些批判的目光，所以我又倒了一杯，就是想而已。我坐下，并且憋着火。

你搞砸了圣诞午餐。火鸡烤过头，球芽甘蓝却没熟。你自斟自饮。觉得很有乐趣。我不觉得。

你试着让比尔留下来，不想和我单独待在一起。他坚持要走，你就送他到门口，给了他一个拥抱，那样的拥抱你再也没有给过我。我喝得越来越多，更加窝火。

“下个圣诞节我们把艾丽西亚也叫来怎么样？”你问，“想到她和劳拉待在那个糟糕的公寓就让人难受。”

我嘴上应了，但心里并不确定。坦白说，我不能想象艾丽西亚出现在这里，在我们的房子里。她和我们不一样。说话不一样，衣着不一样。她属于她的世界，不属于我们的。

我们等到最后才互赠礼物。安娜已经上床，火鸡已经用锡箔纸包好(虽然它已经没什么水分可蒸发)。你让我们像两个五岁的孩子般坐在地上。

“你先拆。”我递给你礼物。我专门花钱包装了一下，你却看都不看一眼就扯掉了丝带，下次别自找麻烦，我心想。

“我喜欢。”

我知道你会喜欢。这部相机曾经捕获到秋千上荡到最高的安娜。她正哈哈大笑，伸展着双腿，头发飞扬。相机外壳是银色的。很贵。这是一份不错的礼物。

“该你了。”你把礼物放到我手上。你有些紧张，“给你挑礼物真难!”

小心翼翼地，我撕掉胶带，把包装盒从红白的包装纸里取出来。珠宝？手套？

是一张CD。

《轻松听音乐：世界最流行热门歌曲。放轻松……》

外壳上的一角还有一块黏糊糊的地方，是你刮去标签留下的。

仿佛有人偷去了我二十年的岁月，把我押进了 C&A[①]，把我塞进一条米黄色裤子，配一条弹性腰带。我想起没有遇到你之前，没有安娜的那段时光；想到无数派对，可乐，炮友，无尽的欢乐。

可现在呢，我的生活成什么样了？

一张轻松听音乐的 CD。

你以为一切会很快过去，对我来说却恰好相反。时间仿佛变慢。我感觉自己的手指握成拳头，指甲陷进手掌的嫩肉里。紧张引发的颤抖从手腕传到肩膀，在顶部停留片刻，然后逆冲而下。酝酿，升腾，翻滚，蔓延。

瘀青从你的太阳穴蔓延到喉咙。

“对不起。”我说。我真的，我真的愧疚。虽然一直嘴上没说，但对自己做出的事我也有些震惊。

“忘了吧。”

我没忘，当然你也没有，但我们都假装忘记。

直到事情重演。

我确实吓得够呛，以至于戒了一段时间的酒。可我不是酒鬼，记得吗？我这么跟自己说。所以，没必要突然戒酒。这里一瓶冰啤酒，那里一杯红酒……不久后，不到晚上六点，我就开始犯酒瘾。

你永远不会知道紧闭的门后正上演着什么。你每十个朋友中，就有两个人处于暴力关系。两个。我们有多少个朋友？我们肯定不是唯

---

① 服饰品牌，中文名“西雅衣家”。

一有这个问题的人。

当然，我们都缄口不言。如果我们不这么做，这种关系可能不会持续这么久。但没人会为失败的婚姻自豪，没人乐意成为受害者。

你没有吐露半个字，我也守口如瓶。

我总是说我当时失控了。毕竟，我只有喝醉的时候才打你，这必定能减轻我的一些罪责吧?

你从来没有在喝酒这件事上指责过我，但是你明白——我也明白——我势必还有一点自控力。只要安娜在房间里，在家里，即使她长到足以理解成年人关系中的微妙之处的年纪，我都从未失控过。她的存在仿佛有镇定的作用，提醒我一个理智的人该如何行事。

我太羞愧，不想让她看到那样的我。

每次事情重演，我都向你道歉。每一次我都说事情“就这么发生了”，我都没有预料到，也没能让自己停手。我现在厌恶我自己，厌恶我当时撒的那些谎。我当时清清楚楚地知道自己在做什么。第一次动手后，无论我醉得多么厉害，无论我火气多大，我都没有再打在你伤痕会暴露的部位。

40

默　里

国家高科技犯罪中心位于一个工业园区中央，离最近的警局仅一英里。警车和穿着制服的警员是严格禁止的，从 12 号楼外完全看不出在这个混凝土大灰盒子里面，有几十位专家在拆卸手提电脑，分析硬盘并从加密文档中提取最低劣的色情内容。

今天的停车场空空如也，只停了一辆车。默里按下门铃，抬头望向摄像机。

“哟，没戴圣诞帽吗?”一个空灵的声音传来，接着是一阵刺耳的嗡嗡声和门锁弹开的一声尖响。

肖恩·道林一向是不见其人先闻其声。他肩膀宽阔，身材厚实。虽然年近六十，但每周六坚持打橄榄球。今天他鼻梁上挂着一道运动留下的深紫色瘀伤。肖恩大力地握了握默里的手。

“前几周应该用你来处理南安普郡公园楼。”

默里大笑道:“早就退休啦，伙计。真不知道你怎么能干这么久。”

“干着能保持年轻。”肖恩咧嘴笑笑。他把门拉住没关。“圣诞节过得好吧?”

“很平淡。放假还把你叫出来，抱歉。”

"开玩笑吧？翠西的妈妈和我们一起呢，你电话还没挂我半只脚就迈出门了。"

两人边走边聊近况，约好一起去喝杯啤酒，不禁大声地感叹真是太久没一起喝一杯了。默里暗忖，办案的时候要容易多了。很容易和人打交道，结交新朋友，联络老朋友。退休后去做文职，默里就是希望他钟爱的这点爱好保持不变，可老同事一个接一个退休，下班后的啤酒聚会也越来越少。默里甚至怀疑下米兹警局里，没有一个警员知道他们的这位前台便衣曾经也是苏塞克斯最受人敬重的警探之一。

肖恩带着默里走进一间开放式大房间的角落。房间两端的空调机组嘎嘎作响，这些都是为大量的电脑，而非其使用者安装的。落地窗也用百叶窗遮挡住，防止好奇的路人往里打望。

只有肖恩的工作台在使用，椅子上搭了一件深绿色风雪大衣。桌子上有三个储物箱，每一个都塞满了透明展示袋，袋子的红色塑胶封条从箱子里横七竖八地伸出来。桌子下面还有两个装满袋子的箱子。每个袋子里都有一部手机。

"我们积了好多活儿要干呢。"

"看出来了。"

肖恩又拉来一把椅子，打开一本很大的黑色文件夹。页面顶部是报警人的电话号码，登记的名字是戴安·布伦特一泰勒。

"电话卡是预付费的，所以你可能得调查报警的人用的手机。手机在案件发生后六个月之内都是开机状态，只是没有拨出过电话。"肖恩像是转警棍一样在指间转着笔。

"能查出那部电话现在的位置吗?"

"除非你的证人——或者不管手机在谁手里——开机。"肖恩一下用力过猛，笔飞过房间，弹到一个文件柜底下去了。他漫不经心地又拿出一支笔，重复那个熟练的动作。默里好奇那柜子下面该有多少支笔了。“现在我们能做的就是提取通话信息，找到 IMEI[①]——”

“说简单点儿?”

肖恩咧嘴笑笑:“每部通信设备都有一个独一无二的十五位条码，就像是手机的指纹。如果我们能够追踪到证人报警用的手机，我们就可以据此找到手机购买处。”

如此一来，默里沉思，他就有机会找到报警的人，如果手机购买用的银行卡交易就更好办了。“多久能出结果?”

“你知道的，我一直都乐意帮忙，可……”肖恩盯着他们前面扎实的储物箱，搓了搓脸，一时忘记了鼻子上的伤，痛得龇牙咧嘴。“问一句，这事很严重?”

“不是什么大事，”默里假装随意地说道，“就是那家的女儿跑到警局，说她对案件的判定结果有些疑虑，我就帮她查查。”

“利用你的下班时间？希望她能感恩。”

默里盯着桌子。他尽量不去回想打给安娜的那通电话。他只是电话打得不是时候，就是这样。她父母的案子本来就让人难受，她有疑虑也是理所当然。一旦他有了确凿的证据证明她父母案子的可疑之处，她一定会感激他不顾一切的坚持。然而，安娜挂断电话那声尖锐的咔嚓声却仍在耳边回响。

肖恩叹了口气，以为默里的表情是对他表示失望。“好吧，我看看有什么办法。”

---

① 手机串号，即 International Mobile Equipment Identity 的简称。

“多谢。”

“还有更重要的，你把你的记事本拿出来，我们先找时间喝啤酒。不然就没机会了。”肖恩打开笔记本电脑上的日历，想选个日子，才发现全都排满了。默里耐心地打开国民托管组织[1]得来的小记事本，等肖恩找到一个空档，再借笔在崭新的一页纸上记下日期。

从工业中心开车出来，默里跟着收音机哼了一路，冬日的太阳在他眼前低沉。顺利的话，肖恩今天稍晚就能给他回复。放假让默里顺理成章地可以推迟向CID上报案情，要是能在交报告前查出电话的事，就可以在报告里提交嫌疑人的名字。

除了正调查的电话这条线索，在戴安·布伦特一泰勒家的调查也让他心存疑惑。那通电话不是戴安本人打的——默里对自己看人的眼光还是很有自信，而且，如果这个穿两件套毛衣、戴珍珠项链、领养老金的女人是凶手的话，他就把自己的软毡帽吃下去。

但一定有什么不对劲的地方。

前门布告牌上他注意到什么东西。一份宣传单？一张卡片？回想不起来真是让人泄气，默里去的那天，戴安正好打包要离开，默里这下没有法子唤起记忆。

回到家门口，默里把钥匙插进锁里，停住了动作，熟悉的紧张感填满胸膛。这停顿的几秒钟是对生活有掌控感、对生活的走向尚有把握的最后几秒。门那一边等待他的可能是任何场景。过去这么多年里，默里已经练就出一套平和、不惊不乍的打招呼方式，在他即将见到萨拉的状态——知道萨拉需要他作何反应——的时候，但他始终需要这

---

① National Trust，一个负责管理并保护英格兰、威尔士及北爱尔兰的历史遗迹和自然景观的组织。

三秒钟来适应两种不同生活间的转换。

“我回来了。”

萨拉就在楼下，这是个进步。窗帘仍旧紧闭，默里去拉开的时候，萨拉皱了皱眉，抬手遮住眼睛。

“感觉怎么样?”

“很累。”

萨拉已经睡了12个小时，可看上去像是整晚没睡。眼下挂着两个大黑眼圈，脸色暗淡。

“我给你做点儿吃的。”

“我不饿。”

“喝杯茶?”

“我不想喝。”

默里轻手轻脚地想把被子拿走抖一抖，萨拉却紧抓着不放，把自己往沙发里埋得更深。电视开着静音，正放着动画片，画面是一群动物园里的动物。

默里站了一会儿。他不然还是做点吃的?有时候，等饭菜真的摆在面前，萨拉就会改变主意。不过她多数情况还是不愿意吃的。所以默里要么自己吃下去，要么倒掉，要么罩上保鲜膜，希望她过一会儿会有胃口。默里无奈地盯着那耸起的被子，看着自己的妻子正挤在沙发的一角，在不离开沙发的前提下尽可能地远离自己。

“那我就在这边上，如果你需要什么可以随时叫我。”

萨拉没有任何反应。

默里从花园里拿进来一个空的回收箱。他有条不紊地打开厨房的一个个抽屉，扔掉锋利的刀子和剪刀，拆除食物加工机的刀片。再把橱柜的厨用锡箔纸拿出来，小心翼翼地把纸板外壳上锯齿状的金属条抽出。最后把水槽下面腐蚀性的清洁剂，梳妆台抽屉的非处方药都收起来。默里早打算这么做，并且他不想深究为什么此刻觉得不能再等。他反而在脑中回想起戴安·布伦特－泰勒家的场景，希望能回想起她家布告牌上引起他注意的东西。

白色的UPVC[1]前门，最外面的门垫是椰皮纤维和橡胶的混合材质。屋里，门厅是层压板地板，深红色墙面让本就采光不好的楼下更加灰暗。布告牌在左手边，下方的架子上的东西杂七杂八。有什么呢？一把头梳，一张明信片，几把钥匙。默里想象着架子的每个部分，直到上面摆的东西清晰浮现，像是小时候玩的记忆游戏的成人版。

默里把所有东西放进回收箱，搬到花园最远的一端。他打开储物室，动手把回收箱掩在布满灰尘的装饰床罩下。

这时，默里又想到布告牌。上面有什么？更多的明信片——至少有三张。有一张印着桌山[2]（之所以记得，是因为开普敦是他的梦想旅行地之一）。一份美容院传单，一份电话号码单。认识上面的任何名字吗？那是不是他一直想不通的地方？

“你在干什么？”

默里没注意到萨拉进了花园，背后突然冒出来的声音让他吓了一跳。他稍微镇定了一些才转过身去。萨拉正瑟瑟发抖，从温暖的室内出来不过一会儿，她的嘴唇已经发青。她光着脚，双臂环抱自己，两只手交叉插在衣服袖子里。萨拉的手指有节奏地动着，默里知道，她

① UPVC又叫PVCU，通常称为硬PVC，常用于制造建材。
② 桌山位于南非首都开普敦，是开普敦的地标，山顶如桌般平坦，当地人称为“上帝的餐桌”。

正在挠的那片皮肤因这个不停重复的动作已经破皮发红了。

默里双手握住萨拉的上臂，萨拉才停止了手上的动作。

“我饿了。”

“我去给你做点吃的。”

默里把她原路带出花园，找到她的拖鞋，又让她在厨房坐下。默里用一把钝刀连拉带扯地切面包做三明治，萨拉一言不发。但她吃得狼吞虎咽，默里觉得三明治做得很成功。

“我一直在调查约翰逊夫妇的案子。”默里在萨拉眼里搜寻兴趣的火花，但一无所获。默里的心沉了下去。这是对萨拉最后的试探，结果印证了默里的料想：萨拉的病情又进入一段艰难时期。默里觉得自己仿佛在深水中扑腾挣扎，处在海峡中央，身边没有一艘补给船。“只是现在没什么意义了。”默里补充道，说不清到底是指安娜的态度的骤变，还是这个调查已经不再是维系他和萨拉关系的生命线。

萨拉停下来。她看着默里，额头爬满深深的皱纹。

“安娜·约翰逊不想再继续调查，”默里慢条斯理地说，假装没有看到萨拉的反应，假装在自言自语。目光锁定在萨拉盘子右边的一点，“所以我不知道为什么还要花空闲时间来……”

“她为什么不想调查？”

“不知道，她叫我别管了。当时很生气，然后挂了电话。”

“生气？还是害怕？”

默里望向萨拉。

“因为如果她害怕的话声音听起来就像是生气，像是不想要你继续调查。”

“她一定非常确定，”默里说，想起安娜挂断电话的情景。“她不想我帮忙。”

萨拉若有所思。“她也许不想要你的帮助。”接着吃了几口三明治，然后推到一边，看着默里，“但她可能需要你的帮助。”

41
安　娜

门厅里电话铃声在回荡。电话很少响，因为我们都用手机，有电话通常也都是陌生的推销电话和支付保护保险①的网络钓鱼。马克正要起身，我抢先站起来。挂掉默里·麦肯齐的电话已经过去两天，我一直焦躁不安，等他再打过来。

“我去接。”我还没和马克说调查的事。我能说什么呢？之前马克只把周年卡片当作病态的恶作剧，但砸破窗户的砖头成了他无法忽视的威胁。每天他都要打电话询问调查的警官。

“显然他们正在‘竭尽所能’。”他上次打完电话后说道，“但似乎收效颇微。”

“他们能采集到指纹吗？”警察有我爸妈的DNA和指纹。他们从爸妈办公室和家里的私人物品上采集的，希望一旦尸体出现，就能够确认他们的身份。我不知道爸是否知道这一点，有没有一不小心留下来指纹。要是警察发现了爸的指纹会有什么后果？他们就会知道爸没死，然后意识到妈也还活着。爸妈已经是一条船上的蚂蚱，一个人进了监

① Payment Protection Insurance，缩写为PPI。20世纪90年代末，英国银行开始对借贷者销售此类保险，可以在客户生病或失业等无力还贷的情况下由保险公司来承担负债，通常和信用卡一起销售。

狱，另一个也逃不掉。

这是我所期望的吗?

“纸条上什么也没有，显然砖头表面也难以留下指纹。”

我竟然松了一口气，连我自己都感到诧异。

“他们还在等橡皮圈上的DNA鉴定结果。”马克耸耸肩，他已经不指望能得出任何结论了。与此同时，婴儿室的窗户已经修好，房屋前后的安保照明灯也下了订单。

“喂?”我问道。

电话里一片安静。

“哪位?”恐惧涌上心头。

寂静。不，不是完全的寂静。有一阵沙沙声。呼吸声。

爸?

我没有叫出口。我不能。不仅因为马克正在听，更因为我怕我的声音会出卖我自己，怕我满腔的愤怒——因为他对妈和我的所作所为而燃烧的怒火——会在我开口的瞬间熄灭。怕过去一周积聚的恐惧与憎恨终究敌不过二十六年的父女情。

二十六年的谎言哪，我提醒自己，同时硬下心肠不去想脑海中涌上来的回忆：爸曾经打过那么多电话给我，说他要晚点儿回来；他和比利在外出差，祝我生日快乐；提醒我复习功课；问我们需不需要什么东西；要我录下《地球脉动》。

我在脑子里将这些画面刷新，看到的是我现在所知道的真相：他一怒之下把我自制的镇纸朝墙砸去；抱着酒瓶度日；在房间到处藏酒瓶；动手打妈。

我却放不下电话。我呆若木鸡，双脚像是钉在了地上，耳朵紧贴着听筒。无比希望他先开口，又害怕他将说出口的话。

他什么都没说。

轻轻的一声响，电话被挂断。

“没人说话。”我走回客厅，回应马克询问的目光。

“我有点儿不放心。我们应该告诉警察。他们也许能追踪这通电话。”

他们能吗？我希望他们这么做吗？我理不清头绪。如果警察逮捕爸，我们就安全了。妈也能安全。但他假死的事就会败露，他会被关起来。妈到时候也有麻烦，但家暴足以脱罪了吧？类似的案件中，女性犯下更大的过错而被宣判无罪的情况都是有的。

可是……

也许爸用的公用电话。也许那里有监控摄像头。警察也许能追踪电话；看到监控录像。他们会知道爸还活着，可爸不会就这么轻易地被关起来。也许他永远都不会被抓住。妈假死的事败露，而爸仍然逍遥法外，仍然大摇大摆，仍然是个威胁。

“是呼叫中心打来的，”我说，“都能听见背景里其他接线员的声音。”

撒谎这件事似乎是你一旦开始了，就很容易继续撒下去。

八点的时候，我收到一条短信。电视上正重播理查德·布赖尔斯[1]的经典作品，我和马克都没在看。我们都盯着手机，翻看那些无须动

---

① Richard Briers，英国演员，于1934年1月14日出生在英国萨里默顿，代表作品有《那一年我们有约》《科学怪人》等。

脑的脸书[1]更新，隔一个动态点个赞。我的手机处在静音模式，屏幕上出现一条短信，来自我存为“安吉拉”的号码。

现在？

我心怦怦直跳。我扫了马克一眼，他没注意。我敲下了回复。

我还没想好。

求你，安娜。我不知道还能冒险在这里待多久。

我敲下一条回复信息。删掉，再敲，又删掉。

我怎么能心存要把妈领进家门、介绍给马克这样的妄想呢？她应该是个“死人”。行，就算她的头发不一样了，瘦了，看上去也比以前苍老一些，可她仍然是我妈。

马克会发现的。

对不起，我不能这么做。

打出这条信息，正想按下“发送”键，门铃响起来，清晰有力。我抬头望去，惊恐地睁大眼睛。马克已经站起来，我急忙跟着他走到门厅，彩色玻璃窗上的剪影无疑就是妈的。

马克打开门。

如果妈感到紧张，那她一定掩饰得相当完美。

她双眼直视马克，伸出手，“你一定就是马克吧？”

马克迟疑了一下。虽然深知马克可能听到我怦怦的心跳声，我还是挪到他身旁。他伸手握住妈的手，礼貌地等一个解释的时候，我知道我不得不把这场戏演下去。

“安吉拉！马克，这是妈的二表姐。我们昨天碰巧遇到，她说想要

---

① Facebook，美国的一个社交服务网站，由马克·扎克伯格于2004年创立。

见见你和艾拉，所以……”我音量越来越小。我和妈在海边散步想出来的说辞现在显得很是可笑，对马克说出的这些谎言让我恶心。

但我这是为了保护他，不能把马克搅进我父母的罪行里来。我不会的。

马克后退一步，脸上挂着男人对不请自来的客人常用的灿烂笑容。不知道妈是不是跟我一样察觉到马克愉快外表下的忧心。因为我从没提起过这个表亲？或者马克觉得他情绪不稳定的伴侣又一次忘了告诉他自己邀请了客人？这一次我希望是后者。

我打量着马克的脸，想找到几分怀疑，一下子认出来的表情。

但什么都没有。

这一刻我才意识到我对马克传单上有妈的手写是多么在意。虽然他们都否认曾经见过面，我仍然需要一颗定心丸。

“你好，我是马克，”他伸出手，然后摇摇头，笑自己太拘谨了，便径直上前给了妈一个热情的拥抱。“见到你真是太好了。”

我长出一口气。

“我和卡罗琳发生了一次可笑的争吵，”等我们到客厅坐定，手上拿着红酒杯时，妈说道，“我现在甚至想不起来为什么吵架，但之后很多年都没说过话……”话语戛然而止，我以为她一时语塞，可她重重地咽了口气。“现在都太晚了。”

马克一只手肘靠着沙发扶手。大拇指抵在下巴尖上，食指轻轻地沿着上嘴唇摩挲。聆听。思索。他是否觉得妈过世一年后这个“安吉拉”突然出现在伊斯特本有些古怪？我的眼神在马克和妈之间游移。妈只匆匆地瞥我一眼，然后移开目光。找纸巾去了。

“我们无法改变过去，”马克柔声安慰，“我们只能改变我们对过去的看法，以及过去对我们未来的影响。”

“你说得对。”她擤了擤鼻子，然后把纸巾塞进袖子，这熟悉的动作让我一时呼吸停滞。丽塔严丝密缝地贴着妈坐着，紧紧地靠着她，仿佛妈的腿一动，它就会翻倒在地。

“你真荣幸，”马克说，“它通常对陌生人都很警惕。”

我已经不敢看妈的眼睛。

“能见到安娜的亲人真是太好了。当然，我认识比尔，还有卡罗琳的教女，近乎家人的劳拉。”马克斜视我一下，眨眼示意我不要介意他接下来要说的话，“又有了一位坐首席的长辈。”

“你们准备结婚了？”

“没有，”我应道，笑了，因为这是马克在打算的。我换了个坐姿。

“安吉拉，也许你能说动她。我运气不太好。”马克随口说道，带着玩笑的意味。

“你还这么年轻，安娜！”

“我二十六了。”仿佛她不知道我的年纪，仿佛她不曾在比我现在还小的年纪孕育我九个月。

“任何事你都不该冲动。”

大家陷入一阵令人尴尬的沉默。马克咳了一声。

“你结婚了吗，安吉拉？”

“分居了。”妈扫了我一眼，“失败的婚姻。”

又是一阵尴尬的沉默。我和妈思索着所谓的分居的前因后果，马克……在想什么呢？这位优秀的心理咨询师不露声色。

“打算在伊斯特本待多久？”我问道。

“不长。到新年就够了。有足够时间去见见重要的人，避开那些不想见到的。”妈笑着说道。

马克也咧嘴一笑。“你住在哪里？”

妈涨红了脸。“在希望旅馆。”马克没什么表情，但妈却愈加尴尬。“手头有点紧，而且……只在那里住几晚。还过得去。”

“不然和我们一起住？”发出邀请之后，马克才看着我，寻求肯定。“我们这里地方大，艾拉和你相处一段时间也不错。”

“噢，我不能……”

“我们坚持要她留下来，对吧，安娜？”

我不敢直视妈的眼睛，不知她满是警觉的眼里是否也倒映出我的警觉。她曾经感觉自己安全了，以为爸永远不会找到她。要是爸知道她在这里……

“当然。”我听到自己回答。因为要是说“不”的话，我该如何解释呢？

“其实，你这是在帮我的忙。我有几个心理咨询无法取消。知道有人陪着家里的女孩们我能放心。”

马克指的是我。他担心我有些崩溃。他猜得也十有八九。

“嗯，如果你们真的……”

“我们是真心的。”马克帮我们都回了话。

“那我愿意。谢谢你们。”

马克朝我转过身来。“劳拉也可以过来。你认识劳拉吗，安吉拉？卡罗琳的教女。”

妈虽然挂着笑容，却脸色煞白。“我……我们没见过。”

我勉强挤出和他们一样的笑容。安慰自己一切都没问题的。马克要忙工作。我可以告诉他劳拉找了一份新工作，或者她和朋友出门了。只要让妈一直待在家里，避开外人，就不会有人疑心。

爸怎么办？

我脉搏加快。

我试图说服自己他不会想到回这儿来，大家能认出他。妈躲到了北边，爸是在那里找到她的。他会继续留在那里找妈。

除非……

自杀？再想想。

卡片是他送的。砖头是他扔的。他知道妈做了什么。他早就知道我去找过警察。不知怎么，他对这座房子发生的事了如指掌。如果他还不知道妈在奥克维尤，我想他很快就会发现。

脉搏加快。爸是不是猜到妈在这里才打来电话？他希望妈接到这通电话？证实他的猜测？

如果爸最初提出他的荒唐计划时，妈就报了警，那么这一切都可以避免。她不至于落到非要伪造自杀才能逃脱的地步，我也不至于走到今天这一步——窝藏罪犯。她压根儿不该这么做。

她压根儿不该协助爸消失。

42

如果可能的话，我会自己独立完成，不需要任何协助。

但实际并不可能。

光是那些复杂的操作就让一个人难以应付了。将一辆车抛弃在比奇角，开另一辆车载我们回程。还要编造证词，掩盖行踪，销毁证据。尽管我们有两个人，都只能勉强应付。

我们本来可以叫安娜帮忙。我们本来可以告诉她一切，向她保证，如果替我们保密她想怎么样都行。但我不想把她牵扯进来，不想像毁了自己的生活一样毁了她的生活。

可现在，她已经搅入了这摊浑水。

她惊慌失措。我不愿意这样，但没有其他办法。我的谎言快要被拆穿，除非警察不再追查，否则我们做的所有事都会被掀出来。如果我被抓住，就要进监狱。

我当时以为自己别无选择，只有找别人帮忙。

我现在后悔自己没有再想想办法。

要是我自己独立完成了，就不用假手他人。我就不会夜不能寐，担心秘密泄露。

如果我一个人搞定，就能留住那些钱。

43

默　里

默里被收音机吵醒。他睁开眼，翻身平躺，对着天花板眨了几下眼睛，直到眼神清明，完全清醒。萨拉昨晚在沙发上睡着了，虽然知道她不会到楼上来，但看到她那半没动过的床铺，他还是有些失望。

收音机声音很大。有人在洗车或是打理花园，根本不去管这条街上还有哪位邻居想听克里斯·埃文斯[①]。默里伸腿下床。

客房也是空的，羽绒被还放在楼下沙发上。萨拉今天在海菲尔德有预约。默里打算找机会和乔杜里先生单独聊聊。和他说说萨拉过去一两天的状态。

正下楼梯，默里发现收音机的声音是从屋里传来的。客厅里，窗帘紧闭，萨拉盖过的被子整齐地叠放在沙发上。厨房里，克里斯·埃文斯被自己的笑话逗得哈哈大笑。

“废物。快放点音乐吧。”

默里如释重负。如果萨拉在咒骂电台的主持人，说明她在听他们的播放内容。这就意味着她不再像昨天和之前那样，只封闭在自己的

① 克里斯·埃文斯（Chris Evans），英国广播公司（BBC）大伦敦电台的主持人。

世界里。

“第四电台可没有废物。”默里走到厨房。萨拉还是昨天那身衣服，散发着淡淡的汗味。她花白的头发泛着油光，脸色仍然暗淡疲倦。但她总算清醒了。站得笔直，在做炒蛋。

“尼克·罗宾逊怎么样?”

“我喜欢尼克·罗宾逊[①]。”

“虽然他也是个废物。”

“他是托利党。不一样的。”默里站在炉盘旁，把萨拉转过来，面对着他。“嗯，不总是一样的。今天感觉怎么样?”

她迟疑了一下，虽然不想表态，但还是缓缓点了头。“今天感觉还不错。”她踟蹰地对默里笑笑，默里倾身吻了吻她。

“要不我来做，你去洗个澡?”

“我身上有味道?”

“你有点香。”萨拉正想张嘴反驳，默里赶紧咧嘴一笑，萨拉只好嗔怪地翻了个白眼，朝浴室走去。

萨拉出来的时候，默里刚好挂电话。默里把手机放进口袋，拿出放在烤箱里保温的两个盘子。

“我猜你应该不想去购物，是吗?”

萨拉的脸苍白消瘦，即使她在试图表示赞同，也仍然嘴唇紧抿。“一定有很多人。”

默里一般都会避开在圣诞节和新年中间这几天去购物，而且从电

---

① 尼克·罗宾逊（Nick Robinson），英国记者，目前是英国广播公司“今日节目”的节目主持人。在此之前，他曾担任政治编辑十年，并在广播公司担任过许多其他角色。

视广告来看，商品销售已经如火如荼。“是的。”

“不介意我留在家里吧？”她看着默里的脸，抬起下巴问道，“我不需要看护，你不用担心这个。我不会自杀的。”

萨拉不经意的话让所有萨拉试图自杀的过去都浮现出来，默里强装淡定。“我不是这个意思。”其实那就是他担心的。他当然要担心。“我下次再去买东西。”

“你要买些什么？”

“高科技犯罪中心的肖恩刚刚发来邮件。汤姆·约翰逊自杀案报警用的电话是在布莱顿的 Fones4All 买的。”

“你觉得他们会有购买人记录吗？”

“希望如此。”

“快去！”萨拉挥舞着满是食物的叉子，“你可以在 CID 得到消息前把这件事调查清楚。”

默里笑了，尽管他也这么想过。不是说他能实施逮捕，这是肯定不行的，但他可以把案情梳理清楚，然后呢……然后怎么办？又去调查另一桩悬案，插手别人的调查？

默里三十年的工作年限满的时候，他还没做好退休的准备，还没准备好离开家一样的警局，撇开一份意义重大的工作带来的满足感。但他不可能一直干下去。某种意义上来说，他不得不让位，难道他真的要年老体弱、无力安享晚年才下台？

默里看着萨拉，那一瞬间，他明白了约翰逊的案子结束后要做的事。他要退休，这一次彻彻底底地退下来。

萨拉的病情时好时坏。他再也不想错过任何她清醒的时光。

“你确定自己没问题？”

“我没事的。”

“我每半个小时给你打个电话。”

“去吧。”

于是默里出门了。

手机店里，一块最新款蓝牙音箱的巨幅广告牌从天花板垂下。购物的人在各个展柜前埋头钻研，想搞清楚各个手机型号之间的不同，满脸困惑。默里径直朝商店中央走去，停在一排最新款、价格也最高的苹果手机前面，这是招呼店员最快的办法。果不其然，一位像是刚毕业的小伙子立马出现在了身旁。那人的浅蓝色西装肩部太宽，裤脚被运动鞋顶出了几个浅浅的褶皱，闪亮的名牌上写着“迪伦”。

“这些手机不错吧?”年轻人朝 iPhone 手机展柜点点头，“5.5 寸大屏，无线充电，OLED 显示，整机防水。”

自己那部便宜得多却必不可少的手机已经两次从后面的口袋掉进厕所，这个防水性能倒让默里一时被吸引。他回回神，向迪伦亮出警官证。

“请问能和经理说几句话吗?”

“我就是。”

默里硬生生地把那声“噢”的语气从惊讶换成了激动。“太好了！是这样，我在调查大概 2016 年 5 月前在这家店里买的一部手机，”默里抬头望向对着顾客队伍的两台显眼的摄像机，商店入口还有两台。“你们的监控录像保留多久?”

“三个月。两周前你们几个同事带了一大袋被偷走的手机过来。我们可以证明手机是从这里被偷走的，但都是六个月前被偷的，所以没有监控录像。”

“可惜。你能从收银台找到这一笔交易的记录吗，看看嫌疑犯的付款方式?”

迪伦毫不掩饰他的漠然。“店里很忙。”他直盯着收银台。“现在正是圣诞假期。”他又补充道，生怕默里不知道似的。

默里往前一靠，竭力装出电视里警察的样子。“这事关一桩谋杀调查，你要是找出交易记录，迪伦，我们就能破解整个案子。”

迪伦睁大了眼睛，捋了捋紧系的领带，环顾四周，像是杀人犯可能就站在他们身后似的。“你最好还是来我办公室。”

迪伦的办公室更像是一间壁橱，被硬塞进一张宜家办公桌和一张坏椅子，椅背歪歪扭扭地斜向一边。电脑上方的布告牌上挂着几张“本月最佳雇员”证书。

迪伦大义凛然地把椅子让给默里，自己坐在只有椅子一半高的储物箱边沿上，伸手在脏兮兮的键盘上敲入密码。默里礼貌地别过头去。墙上挂着一张照片，六个男人和两个女人，都衣着光鲜，对镜头露出灿烂的笑容。迪伦在左起第二个，穿着和今天一样的浅蓝西装。纸板相框上写着“2017 年度 Fones4All 经理培训课程”。

“代码是多少?”

默里念出肖恩给他的 15 位代码。

“现金购买。”迪伦这一句话让默里的调查陷入了僵局。迪伦焦虑地看着默里，“这样是不是抓不到老鼠了?”

默里被小伙子嘴里冒出来的行话逗出一丝苦笑，这是从美国警察真人秀里学来的。他耸耸肩，说道:“这个线索恐怕是查不出来了。”

迪伦看上去仿佛自己遭受重创。他叹了一口气，然后盯着默里，嘴巴微张，好像想起了什么。“除非……”迪伦朝屏幕转过身去，熟练地敲击键盘，然后拿起鼠标滚动屏幕。默里看着他，心里却惦记着肖恩以及技术小组能不能用别的办法追踪交易记录。没有报警者的身份信息，他无从下手。

“对了！”迪伦下意识地在空中击了一拳，然后展开手掌朝默里挥舞，喊道，“来一个！”默里也举起了手和这个 Fones4All 最热情的经理击了击掌。

“会员卡，”迪伦开始解释，嘴角咧得很大，默里都能看见他的牙齿被补过。“每个经理都是根据每月店里的会员卡记录来评估业绩的，第一名就能得到一部三星 Galaxy S8。我都赢了三次了，因为我每次都把奖品给销售队伍里签下最多会员卡的人。”

“你很大方。”

“三星就是烂手机。不管怎么样，这说明我的队伍竞争力很强，对吧？我们从来不会让顾客不办会员卡就走。而你的老鼠，”他戳戳屏幕，“也不例外。”

“找到名字了？”

“还有地址。”迪伦展示电脑上的信息，骄傲得像一位等待掌声的魔术师。

“那么是谁呢？”默里前倾身子，去看屏幕。迪伦抢先开口。

“安娜·约翰逊。”

默里觉得他一定听错了。怎么会是安娜·约翰逊？

默里找到详细信息：伊斯特本镇，克利夫兰大道，奥克维尤，安娜·约翰逊。

“这就是我们找的杀人犯？”

默里想开口说不，这不是他们找的人，这是受害者的女儿。但无论迪伦提供了多大的帮助，他仍属于公众人群，所以暂时还不能有所透露。

“你能帮我把这打印出来吗？你帮了大忙。”默里思忖，等案件了结，要给迪伦的老板写一份感谢信，也许他们会给迪伦一份有别于三星 Galaxy S8 的大奖。

回去的路上，默里觉得那张打印纸似乎在口袋里燃烧，他加快步伐穿过购物中心，朝古巷区走去。

安娜·约翰逊？

安娜·约翰逊自己买的手机报警做证，坐实他爸爸的自杀？

默里越来越困惑，这个案子太不合情理。

是汤姆·约翰逊有事借用他女儿的手机？肖恩的发现证实以戴安·布伦特－泰勒之名打来的伪证电话是那部手机首次使用。有没有可能是安娜由于别的原因买了这部手机，而汤姆在同一天，他死之前几个小时拿了那部手机？

默里走回车里，全然不顾周围的人群。

如果汤姆·约翰逊去比奇角不为自杀，那他为什么去那里？要见某人？就是这个人密谋杀害汤姆的？

开车回家的路上，默里在脑子里上演各种情节：婚外情被善妒的丈夫撞破，汤姆一番心理斗争后走到了悬崖边。是谋杀犯用汤姆在女儿那儿借来的电话报警做了伪证？谋杀犯就是妻子的情人？为什么要化名为戴安·布伦特－泰勒？

默里不耐烦地摇摇头。杀汤姆的人不可能随身带有备用卡，除非这都是预谋好的。如果真是预谋好的，谋杀者应该会准备好一次性手机，不会在他的作案目标的口袋里去掏手机用。这都说不通。这一切都太……默里绞尽脑汁想找一个合适的形容词。

戏剧性。就是这个词。

感觉不真实。

如果不考虑那通证人电话，还有什么线索？一个失踪的人。汤姆手机发来的自杀遗言，任何人都可以发送那条短信，算不上是谋杀证据。

算不上是谋杀证据……

还有卡罗琳的死：线索是不是多一些？所有线索都指向自杀，但没人在自杀现场看到过她。那个牧师，可怜的人，还陪她回到了安全地带。有人能证实她离开了吗？一个遛狗的人在悬崖边发现了她的手提包和手机，巧的是牧师也在那里遇见了悲痛的卡罗琳。都是间接的证据，肯定的，但都算不上决定性的。就像她丈夫的消失一样，太具戏剧性。真正的死亡案件都是一团混乱。细枝末节，难以厘清。约翰逊夫妇的自杀都太井井有条了。

等他把车停到自家的车道上时，默里坚定了心中的想法。

没有人能证实汤姆的死。不是谋杀，也不是自杀。

汤姆和卡罗琳·约翰逊还活着。

安娜·约翰逊早就知道。

44

安　娜

在奥克维尤看到妈总觉得有些奇怪。奇怪但又美妙。她很紧张，是因为害怕被马克发现还是被爸找到，我不得而知。不管是哪一种，外面一点极其轻微的响动都会让她跳起来，除非是问她话，否则她很少主动说话。丽塔和妈形影不离，等妈再次离开的时候，不知道它会遭受多大打击。

这是我们的约定。像一家人一样再过三天的时光——尽管这个家充满了种种秘密——然后就画上句号。

“你不用离开。”我们在花园，话一出口就笼上了一层水汽。今天有些干燥，但是却冷得脸颊刺痛。艾拉坐在厨房的弹力椅里，椅子面对着窗户，方便我们留意着她。

“我必须得走。”妈恳求我到她心爱的花园里来。花园只有一面外部能看得到，其他两面都有高高的篱笆来阻绝外界好奇的目光，但即使这样，我的心还是悬在嗓子眼儿上。妈正在修剪她的玫瑰，不是春天做的那种专业修剪，而是剪去三分之一，这样花枝就不会被冬天的风折断。我一直没有打理花园，玫瑰花枝冒得很高，很不规则。而花园是妈的骄傲和快乐。“如果我留下来，总有人会看见我。太冒险了。”

妈还时不时地瞥一眼罗伯特的房子，那是唯一能看见我们的地方，但今天早上我们都看见罗伯特载着带给北边亲戚的一大堆圣诞礼物开车出了门。妈穿着马克的园艺服，戴着的羊毛帽拉到了耳畔。

“上个月你就该锄掉这些醉鱼草。月桂树也该修剪了。”妈无奈地摇摇头，看着我们和罗伯特房子之间的篱笆，那些野蔷薇，还有那一大丛的铁线莲——开花后我就该给它剪枝的。

虽然我听到妈不时发出惊叹的啧啧声，怀疑我的疏忽已经让这些植物没得救了，但它们看上去已经好了很多。

“厨房里有一本书，它告诉你每个月该做什么。”

“我会照办的，我保证。”我如鲠在喉。她要离开，再也不回来，没有开玩笑。

我曾在某处读到过丧亲后的第一年是最难熬的。第一个圣诞节，第一个纪念日。一个人忍受四季流逝，期待新的一年带来新的希望。确实如此，我想告诉爸妈艾拉的存在，和妈分享孕期故事，让马克和爸去酒吧庆祝艾拉的到来。妈一边叠着小巧的婴儿连身衣，一边告诉我每个人都会经历产后忧郁症，我莫名地想掉眼泪。

第一年不容易，可我知道以后的日子同样难熬。生命的终结自是无能为力，但我爸妈并没有死。我该如何接受这一切？我妈自己选择离开我，因为害怕爸会找到她，害怕在这里被人认出来，以致罪行暴露。我不再是孤儿，可是我依然没有父母在身边，我感受到的痛苦和丧亲之痛不差一丝一毫。

“罗伯特的修建工作一完成，他就会出资重整花园。篱笆上的植物如果移栽了还能活下去吗？”我意识到不应该提起扩建工程，但为时已晚。

“你提出反对了吗？你必须这么做。不然厨房会变得尤其幽暗，我们的院子会一览无余。”妈开始列出种种理由证实罗伯特的扩修工程就是一场灾难，声音也高了八度。我本想问她既已表明不会再回来，为什么还在意这些，但却转念想到她精心照料玫瑰，却没机会见到花开。我们总是在失去后才学会珍惜。

我敷衍地说了几句赞同的话，没有提及修建工程造成不便，以及马克据此谈成的补偿费用。

“搭把手，搬到阴凉一点的地方。”月桂树修剪完成。它种在探井盖上的一个大陶瓷花盆里。妈拉了拉花盆，花盆却纹丝不动。我走过去帮忙。罗伯特的工人来挖下水管打地基的时候，他们会把它搬走，但我不想让妈再说扩修的事。我们合力把花盆拖过院子，搬到花园对面。

“好了。这一早上干了很多。”

我挽上妈的手臂，她收紧手臂，让我不能动弹。

“别走。”我一直忍着不哭，但声音嘶哑，我知道我扭转不了妈的心意。

“我必须走。”

“我们能去看你吗？就艾拉和我？要是你不能来这儿，我们不能去看看你吗？”

妈一时哑然，我知道答案是我不想听到的。

“那样不安全。”

“我一定会守口如瓶。”

“你会说漏嘴。”

“不会的！”我抽出手臂，伤心的热泪让眼睛刺痛不已。

妈看着我叹了口气。“如果警察发现我和汤姆安然地活着，而你知道真相——你掩盖我们的罪行，窝藏我——你会被捕的，可能会进监狱。”

“我不在乎！”

妈注视着我的眼睛，声音沉缓。“汤姆不会就这么放手的，安娜。他认为我背叛了他、欺骗了他。不找到我，他不会善罢甘休的，而你就是他利用的对象。”她没有继续说下去，而是让我慢慢理解她的话。

眼泪又奔涌而来，无声地滑下因冰冷而麻木的脸颊。自从知道妈的藏身之处，我就置身危险中，马克和艾拉也不例外。我回望屋子，艾拉正在她的弹力椅里熟睡。我不能让她受伤。

“这是唯一的办法。”

我强迫自己点点头。这是唯一的办法。但太过残酷，对所有人都是。

45
默　里

“你觉得她会不会一开始就牵涉其中?”尼什摩挲着膝盖处牛仔裤上的一点斑渍。她坐在默里家厨房的餐桌旁，桌上放了一杯茶，旁边是默里堆积的文件。

“她在证词里说汤姆失踪的那个晚上，她正在开会。”默里在空气中打引号，“会议组织方证实她当时负责接待登记，但不知道她是否离开过或者什么时候离开过。”

“所以她的不在场证明并不完全成立。”

“她没有参与她爸妈的假死。”

尼什和默里望向萨拉，她此前都没开口，只是听互为同事的两人讨论案情。

“为什么这么肯定?”尼什问道。

“因为她来要求你们重新调查案件。这说不通。”

尼什端起她那杯茶，想到什么又放下了杯子。“除非有人寄那张卡片给她，告诉她被盯上了。她的丈夫也看到了卡片，所以她带着卡片来报警，因为无辜的人就会这么做。”

“她丈夫当时在上班，后来才看见那张卡片。”

尼什一只手拍默里，仿佛默里说的无关紧要。“也许是邮差，邻居。总之，报警一举两得。”

默里摇摇头，“我不相信，这么做风险太大了。”

“她什么时候叫你停止调查?”萨拉问道。

“节礼日。”默里看着尼什，她还不知道这件事。“她挂了我的电话，两次。”

“那她就是21日和26日之间发现的。”萨拉耸耸肩，“显而易见。”

默里咧嘴笑笑。“谢谢啦，哥伦布!”

“所以，现在该怎么做?”尼什问。

“我需要确凿的证据。只有电话购买记录还不够，尤其是目前看来，案件发生的时候，安娜·约翰逊远在伊斯特本几英里外的地方。没有约翰逊夫妇活着且安娜知情的证据，我不能就声称这两人活着或者冲到克利夫兰大道逮捕安娜。”

“我们需要按逻辑理一理，”莎拉开口道，“人会由于什么原因假死?”

尼什笑道，“你的意思是效仿雷吉·佩林[1]？你说得这种事司空见惯似的。”

“以前有过一个皮划艇运动员，”默里解释道，“那是一件保险案子。还有一个70多岁的政治家——叫什么名字来着？斯通什么的。”

“斯通豪斯。把衣服留在迈阿密的海滩上，和情妇私奔了。”萨拉看了这么多年的日间智力竞赛，知道很多这类小道新闻。

“那就是性和钱。”尼什耸耸肩，“和大部分犯罪行为的动机一样。”

---

① Reggie Perrin，20世纪70年代BBC情景剧 *The Fall and Rise of Reginald Perrin* 的男主角。剧中，佩吉遭遇中年危机，假死后乔装归来，企图以新身份回归原来的生活。

如果约翰逊夫妇只有一方消失，默里可能会更倾向于前者，但卡罗琳也效仿汤姆，那么汤姆就不大可能是和情人私奔。

“汤姆·约翰逊可值不少钱。”默里提醒尼什。

“所以，卡罗琳留下来领了保险金，然后去摩纳哥或者里约和汤姆会合?”尼什的眼神在默里和萨拉之间来回流转。

“她是领取保险金没有问题，但她把很大部分都留给了安娜。要是她真的在某个地方逍遥快活，那一定是花着别人的钱。”

“要么他们遁走消失另有原因，”萨拉说，“那笔钱就是安娜的回报，要么他们三个同意瓜分保险金，安娜只用坐等风声过去。”

默里站起来。这些推断都是徒劳的，他们只是在原地兜圈子。“是时候再去拜访一下安娜·约翰逊了，你们觉得呢?”

46

安　娜

我们站着扫视花园：为篝火准备的落叶堆；修剪整齐的月桂树；整枝修剪后的玫瑰。

“现在还看不出什么，等春天来了，你就知道修剪的好处了。”

“希望你能待在这里亲眼看看。”

妈伸出手臂搂住我。“你去烧壶水好不好？做了这么多事，我们得喝杯茶。”

我留她站在花园里。踢掉雨靴，关上门，茶壶在阿格炉上呼呼作响后，我才向外望去，发现她正在哭。妈的嘴唇在蠕动。她正对着她的植物说话，向她的花园告别。

我会照料花园的。我在心里向她保证。

我让茶一直泡着，想留给妈一些她现在迫切需要的独处的时间。我不知道她是打算再回到北边，还是找个新的去处。希望她能再有一个花园，总有一天。

我取出茶包扔进洗涤槽，用一只手艰难地拿起所有杯子，留出另一只手来开门。

我刚走到厨房中间，门铃就突然响了。

我停住脚步。透过玻璃门望向妈，她完全没听到门铃的样子。我只好放下杯子，茶水溅到了桌上。松木上留下深色的水渍。

门铃又响起来，这次响得更久，那人按门铃的力道很大。

走开。

没事的，我安慰自己。不管是谁在外面，都不知道门内有人，都得绕到屋子另一边才能看到花园。我留意着妈，确保外面的人看不到她。她弯腰从两块铺路石中间拔出一根杂草。

门铃声再次传来。接着我听到踩在碎石上咯吱咯吱的脚步声。

不管是谁，他们正准备绕着屋子走。

我急忙跑向门厅，因为步伐太急还绊了一跤。我拉开门，叫道，“是谁?”又提高音量,“是谁?”我正准备穿着袜子往外跑，外面的脚步声开始往回走，朝我靠近，一个男人出现在房屋一侧。

是警察。

我心中一紧，双手不知如何安放。我握紧双手，指甲陷进另一只手掌中，又松开塞进口袋里。我立即意识到自己该调整面部表情，尽量看起来比较自然，但是却想不起该怎么做。

默里·麦肯齐面带微笑。“啊，你在家呢。我刚才还不确定。”

“我刚才在花园。”

我的牛仔裤和搭配靴子的及膝羊毛袜上溅满泥点，把他糊弄了过去。“我能进来吗?”

“现在不太方便。”

“我不会待太久。”

“艾拉要上床小睡一会儿。”

“就一会儿。”

几句话的间隙，默里一步步向我走来，眨眼工夫已经到了门阶下，中间台阶，最上面……

“谢谢你。”

不是因为默里自顾自地走进屋子，更是因为我找不到将他拒之门外的理由。耳朵里充斥着血液蹿动的嗡嗡声，心中的紧张让呼吸又快又浅。我觉得自己快要溺水窒息。

丽塔从我脚边挤过，跑到车道上，蹲下小便，然后去嗅不知名的猫留下的味道。我喊了她一声，但猫的诱惑力太大，她假装没有听到。

“丽塔——马上回来！”

“去这边？”默里不管不顾地走进厨房，我来不及阻止他。他不可能看不到妈。厨房的后墙几乎就是一块玻璃。

“丽塔！”路上到处都是车——不能留她在那里。“丽塔！”她终于抬起头望向我。接着，她愣了好一会儿，显示是她自愿决定进来的。我重重地拉门，不等门砰地合上，便转身朝默里·麦肯齐跑去。然后我听见一个尖利的声音——一声惊叹。

不是现在，不要像这样。不知道默里是要亲自逮捕妈，还是要等便衣警察过来；他会给我时间向妈道别，还是连我一起抓走。

“你很忙呀。”

我走到他身边站定。花园里整齐的落叶堆和修剪的痕迹证明之前花园里有人。一只雀鸟掠过花园飞上篱笆，篱笆上的喂鸟器已经被妈装满。那只鸟倒挂着去啄花生酱和种子。除了它，花园里再无活物。

默里离开窗边。他斜靠在早餐桌旁，我的视线一直锁定在他身上，不敢再望向花园。这个人能洞隐烛微，很是精明。

“你之前想问我什么事？”

"我想知道你有多少部手机。"

这个问题让我猝不及防。"嗯……只有一个。"我把我的 iPhone 手机从后面的口袋拿出来举起，以证明我的话。

"没有其他手机了?"

"没有。我之前有一部工作电话，但产假期间就上交了。"

"你还记得是什么品牌吗?"

"诺基亚，应该是。问这做什么?"

他礼貌的微笑中透露出戒备。"只是为了厘清你父母案件调查中的一些疑点。"

我走到水槽边开始洗手，搓指甲缝里的泥土。"我告诉过你我改变主意了。我觉得他们不是被谋杀的。我说了你不用调查了。"

"可你当初态度那么坚决。"

水越来越热，灼烧着手指，我再也忍不住，把手缩了回来。"我当时头脑发热。"我搓得更加用力，"我才刚有了孩子。"以女儿为借口，心里的愧疚清单上又多了一笔。

外面传来一声响。什么东西倒了。耙子、铲子还是手推车? 我转过身，顾不上关水龙头。默里没有看外面。他盯着我。

"你男友在家?"

"他在上班。家里只有我。"

"我想知道……"默里停住。脸色柔和下来，褪去了让我不自在的尖锐。"我想知道你有没有什么想说的。"

不知沉默了多久。

我几乎是在耳语。"不，没有。"

他快速地点了点头。如果我不知道他是名警官，可能会以为他对我同情之至。也有可能是失望，因为没有找到他想要的答案。

“我会再联系你的。”

我送他到门口，抓着丽塔的项圈，站在门口目送他穿过马路坐进一辆锃亮的沃尔沃。看着他驾车离开。

丽塔挣开我，抱怨似的嘟囔着。我意识到自己在发抖，把它抓得太紧，让她不舒服了。我膝盖着地，安慰了她一下。

妈已经等在厨房，面如土色。“那人是谁?”

“警察。”说出来这两个字让人更心惊，更觉得真实。

“他想干什么?”妈的声音和我一样高了一个调，面色疲惫。

“他知道了。”

47

默　里

默里到家的时候，尼什还在和萨拉聊天。

“这么快。”

“她不怎么欢迎我。”默里试着弄明白奥克维尤不对劲的地方。安娜一直都有些一惊一乍，但还有什么其他原因。

“你直接问她了吗?”

默里摇摇头。“目前我们还不能确定她是最近才知道她父母活着，还是一开始就知情。如果她真犯有同谋罪，应该在被告知法律权利的情况下，由一位授权警官进行询问，而不是在厨房被一个退休警察盘问。”

尼什站起来。“虽然还想再待一会儿，但是我再不回去，吉尔怕是要派出一支搜寻队了——我们可能得晚点出勤了。要是有什么线索通知我好吗?”

默里把尼什送到门口，尼什站在外面。趁她在包底翻找车钥匙的时候，默里又走到了她身边。

“萨拉的状态似乎还不错。”

“你知道的：前进两步，后退一步。有时还正好反过来。不过是的，今天还不错。”

默里看着尼什远去，车转角的时候朝她挥了挥手。

回到屋里，萨拉摆出了卡罗琳·约翰逊的银行账单。卡罗琳自杀后，这些账单已经被检查过一遍，文档中一份总结陈述说这些账单没有任何有价值的线索。卡罗琳死前的那段时间没有大笔的支出和转账，没有暗示卡罗琳可能提前计划好藏身之所的境外活动。萨拉的手指在一排排数字中游移，默里拿着卡罗琳的日记坐到沙发上。

默里用便利贴在日记中标记出汤姆失踪和卡罗琳失踪之间的那个时间段。这对夫妇是否见过面？筹划了一切？默里仔细地翻看每一页，想找有没有暗语，但是只有一些预约、待办事项，还有草草的几笔是提醒买牛奶和给律师打电话。

“从取款机里取一百英镑是个大数目，你觉得呢？”

默里抬起头。萨拉正用一支霓虹粉色荧光笔在一张账单上画着什么。她举起笔，往下移了几英寸，小心地又画了一笔。

“对有些人来说不是。”

“但每一周都有。”

这就有意思了。“家用开支？”虽然这种做法有些过时，但有的人还是用这种办法做家务开支预算，默里猜想。

“她的开支没规律的多。看，在英佰瑞超市，合作商店和加油站，都是刷卡。现金使用没什么规律。这里 20 英镑，那里 30 英镑。但是总的来看，八月份每七天，她都会取出一百英镑。”

默里脉搏加快。这可能没什么，但这也可能就是线索……

“后一个月呢？”

萨拉找到九月的账单。也是如此，一些不规律的现金提款和银行卡支付记录中，每周都有固定的一笔现金提款，变成每周 150 英镑。

“十月份呢?”

“又是每周 150 磅……不，等等——月中的时候数目增加了。200 英镑。”萨拉迅速地翻看面前的账单。“然后是 300 英镑。从 11 月中旬开始，一直持续到她消失。”萨拉用荧光笔画过最后几行，然后把那叠账单递给默里。“她在给别人钱。”

“或者是在收买别人。”

“安娜?”

默里摇摇头。他回想奥克维尤打来的 999 报警电话，根据警员的随身笔记本记录，卡罗琳·约翰逊有些“情绪化”，紧跟在卡罗琳的隔壁邻居罗伯特·德雷克上报的一起家庭纠纷后面。

约翰逊夫妇间是狂风暴雨式的婚姻。甚至可能涉及暴力。

自从默里意识到约翰逊夫妇假死后，就一直认定卡罗琳为嫌疑人。但她是否也是受害者呢?

“我觉得卡罗琳当时可能被人勒索。”

“被汤姆？因为她领了他的人寿保险?”

默里没有回应。他试着设想各种可能性。如果汤姆一直在勒索卡罗琳，卡罗琳一直在给钱，那她一定总是担惊受怕的。

害怕到想要通过假死来摆脱这一切?

默里拿起卡罗琳的日记。他已经翻看了好几遍，之前是为了找到卡罗琳为什么去比奇角的线索，而不是她之后的去处。默里翻遍了日记本后夹着的所有宣传单和纸张，希望能找到一张收据，一份火车时刻表，一张有地址的潦草便条，但什么都没有。

“想消失的话，你会去哪里?”

萨拉想了想。“一个我熟悉但是没人认识我的地方。一个觉得安全的地方。也许是一个我早就知道的地方。”

默里的手机响起来。

“嗨，肖恩。有什么能帮你的吗?”

“是我来帮你了。我已经拿到你那部手机的反向 IMEI 搜索结果。”

“结果怎么样，说具体点儿。”

肖恩笑道，“你找我帮忙的时候，我当时查了网络看看那张卡是插在什么手机里用的，对不对?”

“是。你当时追踪到了布莱顿的 Fones4All 手机店。”

“对，所以可以反向操作，只是花的时间更长点。我查了电话网络，想看看自从那通比奇角打来的证人报警电话后，那部手机还有没有在系统中出现过。”肖恩顿了一下，“确实有。”

默里感到一阵兴奋。

“什么事?”萨拉做出询问的口型，但默里在听肖恩的话，没法回答。

“罪犯在手机里插了一张新的预付费卡，春天的时候在沃达丰的网络上出现了。”

“我并不觉得——”

“不觉得我知道手机上打出了什么电话? 得了，默里，你可是知道我的本事的。有笔吗? 几部手机和一部座机，可以找到你要找的男人的位置了……”

也有可能是女人，默里想。他写下号码，尽量不被萨拉分心，萨拉现在正朝他挥着双臂，迫切要知道他激动不已的原因。“谢谢，肖恩。欠你一个人情。”

“你欠我的可不止一个，老兄。”

结束通话，默里朝萨拉咧嘴一笑，告诉她这位高科技犯罪中心的警官带来的消息。他把笔记本一转，让那几个电话号码对着萨拉，在唯一的座机号码旁标上一个星号。

“想要大展身手吗?”

这下换默里静静等待，萨拉正对着电话交谈，另一端的声音听不见。等她说完，默里举起双手。

“怎么样?”

萨拉换上正式的口吻:“女子预备学校。”

“私立学校?”预备学校跟汤姆和卡罗琳·约翰逊能扯上什么关系呢？默里怀疑他们是不是进了死胡同。自称是戴安·布伦特一泰勒打来的伪证电话，是去年五月打的，十个月后电话才插上新卡再次使用。电话在这期间可能经过无数人的手。“学校在哪儿?”

“德比郡。”

默里思忖了一会儿，开始翻看手中的笔记本。她想起安娜·约翰逊把日记交给他的时候从中掉落的照片：年轻的卡罗琳，正和学校认识的老朋友度假。

妈说她们度过了最美好的时光。

她们去了露台花园酒吧，她们上方的招牌上有一辆马车和几匹马。

几乎是离大海最远的地方。

默里打开手机浏览器，搜索“马车和马酒吧英国。”天，搜索结果有好几页。默里只好改变搜索条件，搜索“英国离大海最远的地方”。

德比郡，库顿埃尔姆斯镇。

默里没听说过这个地方。但最后搜索“马车和马德比郡”找到了他想要的答案。和照片不一样，那家酒吧焕然一新，换上了新的招牌并挂了篮子，但毫无疑问就是卡罗琳和她朋友多年前去过的那家。

豪华民宿……皮克区最顶级早餐……免费无线……

默里看着萨拉,“想度假吗?”

48

我的成长始终伴随着袜子里的沙和粘在皮肤上的盐粒，此外还有一个信念，等我长大自己选择定居地时，一定要远离大海。

这是我们少有的共同点之一。

“我不理解为什么人们这么痴迷住在海边，”当我告诉你我的家乡时，你这么说，“我是一个彻头彻尾的城市居民。”

我也是。一有机会我就逃离了海边。我喜欢伦敦。繁忙，喧嚣，可以隐匿其中。这里有无数的酒吧，所以被一所酒吧赶出来也不要紧。有无数的工作，丢掉一个可以第二天就找到一份新工作。有无数的床，从一张滚下也不会觉得孤单。

如果没有遇到你，我会一直待在那里。也许你也一样。

我们就不会在一起。

几周后我们就会分道扬镳，搜寻新的对象。投入不同的怀抱，混迹于不同的酒吧。

我记得在奥克维尤的第一个早晨。你还在沉睡，头发乱糟糟，嘴巴微张。我仰躺着，拼命抑制想要离开的冲动。一股想要提上鞋，蹑手蹑脚地走下楼梯，逃出这栋房子的冲动。

然后我想到我们还没出世的孩子。想到手指曾经拂过，现在却不敢再去触碰的肚子。紧如鼓，大如球。将我固定在这张床上，这样的生活，和你拴在一起。

25 年的婚姻生活。不能说我一直都不幸福，同样也不能说幸福。我们彼此赖以生存，都困在这桩因世俗而无法解脱的婚姻中。

我们应该更加勇敢，对彼此更加坦诚。只要有一方离开，我们双方都可以过上我们想要的生活。

如果我们中有人离开，就没有人的双手会沾上鲜血。

49

默　里

“如果找到她你会怎么做?”萨拉在引路，她手机上的卫星导航指引他们驶上 M40 公路，穿过牛津。她点点屏幕。“在第三个路口开出这条道。”

“逮捕她。”默里答道，又意识到自己已经不是授权警员。他需要打电话寻求增援。

“即使你觉得她是迫不得已这么做的?”

“这可能会减轻罪行，但不能让她脱罪。她仍犯了欺诈罪，更不用说浪费警力了。”

“你觉得他们是不是一伙的?”

“你和我一样清楚。”

和萨拉出发前，默里打电话给“马车和骏马”酒吧打听了汤姆和卡罗琳·约翰逊。但他的话没能让老板娘想起什么，所以亲自跑一趟似乎是唯一的选择。如果他还是一名警探，还会这样做吗?也许乐意——用探长的预算游玩总是一件乐事——但要确定约翰逊夫妇是否在库顿埃尔姆斯，有更高效的办法。默里可以向德比郡监察局申请；让警官去问询；查看他们的情报系统。只要你是一名授权警官，这些都是可行之策，但对一个已经被警长卸下肩章的退休警探来说，没有一个能轻易可行的。

“能出来走走真好。”萨拉感叹。去伯明翰的路上，她目不转睛地望着车窗外的景象，仿佛看到了滚滚群山和广阔大海，而不是路旁的加油站。莎拉朝默里咧嘴笑着，“就像《末路狂花》的场景，只是少了些头发。”

默里抬手摸了摸头顶。“你是想说我秃了吗?”

“才不是，你只是遇到了毛囊危机。这里你得在左车道行驶。”

“也许我们可以多像这样出来走走。”

“追查其实并未真正死去的‘死人’?”

默里龇牙笑道，“是开车旅行。”萨拉害怕坐飞机，他们在一起的 40 年里，只去过一次国外，就是法国。那一次，萨拉在渡轮上惊慌失措，又被困在车堆里排队等待离开。“这个国家有太多美丽的地方。”

“我喜欢这个提议。”

又有一个彻底退休的理由，默里心想。如果他一直在家，只要他们想，只要萨拉愿意，随时都可以踏上旅途。也许他们还可以买一辆房车，萨拉就不用担心遇到其他人。把车停在一个绝佳的露营地，就两个人待着。他还是要把这件案子办完——他从没有半途而废过，这次也不会例外——然后他就递交辞呈。他已经准备好了，这是这么久以来默里第一次对未来不再忧虑。

库顿埃尔姆斯是位于特伦特河畔伯顿镇以南几英里的一座美丽村庄。他们住在“马车和骏马”一楼，房间装修精致。从房间里那一摞宣传册来看，开一小段路就能找到许多消遣，但这座村庄里面却没有。虽然默里认为对住在伦敦市中心平民区的人来说，新鲜空气和美丽的乡村景色带来的强烈差异宛如度假，但两个年轻女人把这当作最有趣的旅游地，默里无法理解。照片里，卡罗琳和艾丽西亚看上去无忧无虑。

酒吧才装修不久，女老板正在挂各类装饰，为接下来的跨年派对做准备。

“你们只需要住一晚，真是幸运。我们明天的房都订满了。乖乖，麻烦把宝贴万用胶递给我行吗？”

萨拉照做。“镇上有很多出租房吗？”

“你是说度假小屋？”

“可以租更久一点的。公寓，或者是。只交现金，不问问题——这之类的。”

老板娘拉低眼镜，眯眼看向萨拉。

“不是我们租。”默里咧嘴笑笑。默里曾经和一些不善问询的侦探合作过，但萨拉绝对把他们都比下去了。

“噢！不，可不是我们租。我们在找人。”

“你们在电话里提到的那对夫妇？”

默里点点头。“他们可能就在这周边。要在的话，他们肯定不想抛头露面。”

女老板大笑了几声，梯子跟着摇晃起来。“在库顿？这里大家都知根知底。如果你们说的那对夫妇在这里，我肯定知道。”说着又从萨拉手上取过一张宝贴万用胶，把一束银色气球粘在仿造的房梁上。“今晚问问贼精什福提，他也许能帮到你。”

“谁？”

“西蒙·什福沃兹。但贼精什福提更适合他。你到时候就明白了。

找不到政府出租房的就在他那里租。他大概九点来，雷打不动。”

萨拉看着默里。“要见见。”

他们在村上另一家酒吧“黑马”吃了饭，想问问那里的老板是否知道村里新来的人。老板也说没有。默里惊讶地发现，虽然调查毫无进展，自己却一点儿都不烦恼。事实上，就算这次来一无所获，他也并不介意。萨拉比他过去几个月见到的都要开心。她很快吃完了牛排和薯条，又吃了一个糖浆馅饼，还喝了两杯红酒。他们俩开怀大笑，默里觉得自从他们在一起之后还没有如此大笑过。改变即是休息，有人这么说，默里能感觉到自己的精神大为提振，就像在温泉疗养池泡了一周一样。

“如果什福提不在酒吧，我们就直接睡觉。”他们回“马车和骏马”的路上，萨拉说道。

“还很早，我还不……”默里看到萨拉眨了眨眼。“哦，好提议。”默里开始希望什福提决定在家度过一个安静的夜晚。但等他们走到吧台拿睡帽上楼的时候，女老板朝包间猛摆着头。

“在里面，你们一定找得到。”

默里和萨拉交换了一个眼神。

“我们得去会会他。”

“可……”默里已经很久没有睡过一个早觉了。

默里的失落显而易见，萨拉憋着笑。“我们大老远过来。”

确实。幸运的话，他们可以快点儿结束和什福提的谈话。还有时间睡个早觉。

老板娘说得对，什福提一眼就可以认出。

他60多岁的样子。染着黄头发，油腻腻地贴在秃秃的头顶上，厚框眼镜满是油污，他能用它看清东西真是个奇迹。嘴角有一颗疱疹，流着脓。身穿淡蓝色牛仔裤，黑色运动鞋搭配白袜子和皮夹克，夹克两侧的手肘折痕处已经开裂。

“他看上去像是一则恋童癖的公益广告。”萨拉小声说道。

默里警觉地看她一眼，但什福提似乎什么都没听到。默里他们靠近的时候，他才抬起头来。

“卡茨说你在找一个人。”

“是两个人。汤姆·约翰逊和卡罗琳·约翰逊。”

“没听说过。”什福提说，他语速太快，别人听不出其中意味。他上下打量了默里一番，说道，“不是警察吧，你？”

“不是。”默里坦然回答，毫无愧色。

什福提喝干品脱玻璃杯的酒，故意倒扣在面前。

默里明白他的意思。“能请你喝一杯吗？”

“我还以为你不会问呢。我要一品脱黑洞。”

默里对上老板娘的眼神。“一品脱黑……”

“还要一杯威士忌续酒[①]。”什福提又说道。

“行。”

“再点两杯备着。我现在渴。”

“这么办吧。”默里打开钱包，“我给你这个怎么样？”默里拿出两张20英镑的纸币放在吧台上。接着从口袋里拿出汤姆和卡罗琳的照片，都是上报失踪后交给警察的照片。“现在你告诉我你有没有租房子给这

① Chaser，也可称作追饮酒，即饮淡酒后喝的烈性酒或饮烈性酒后喝的淡酒。

对夫妇。”

什福提把现金装进口袋。“为什么要问这个?”

因为他们假死。

要是什福提有半点儿像他表面那样有常识，他会缄口不言，然后打电话给《每日邮报》。

“他们欠我们钱。”萨拉说道。

天才。默里只想鼓掌。什福提点头，无疑是想起了自己找不到欠债人的经历。

“从没见过这个家伙。”他戳戳照片上的汤姆，说道，“这妞倒是见过。”又指指卡罗琳，“她租了我斯沃德的一间小套房。头发不一样，但肯定是她。叫安吉拉·格兰奇。”

默里真想亲他一口。他就知道！伪装自杀。这是个重大发现。他真想抱起萨拉转圈，买香槟酒庆祝，大声告诉整个酒吧他们的新发现。

“很好。”默里说道。

“至少，她之前……”

快了——

“她人已经跑了，还欠我一个月的房租。”

“从她押金里面扣。”萨拉热心地提出建议。

默里本想一直板着脸，但没绷住。

什福提盯着萨拉，仿佛萨拉刚刚提了个让他洗头发的建议。“什么押金？人们从我这里租房是因为我不要押金，不签合同，不问问题。”

“还不给地毯。”卡茨站在吧台后面补充道。

“滚蛋。”什福提语气温柔。

“我们能看看房子吗?”这不过分，默里暗忖。正常的老板会指个路。但什福提不好说……

“没问题。明早到那儿见吧。”他盯着面前的品脱杯和一杯威士忌说道，“午饭后更好。”

什福提写给他们的地址在斯沃德林科特，离库顿埃尔姆斯五英里远，却远没有后者的风景宜人。主街上只有一排慈善商店和钉上门板的商户，索默菲德超市外混杂的年轻人说明当地就业机会有限。

默里和萨拉找到波特路，在默里描述的那栋公寓楼外停了车。这是一栋红砖建筑。几扇窗户外装着金属护栏，窗户布满涂鸦。前门上赫然喷绘着一个巨大的男性生殖器。

“好地方。”萨拉说道，“我们应该搬到这里来。”

“想法不错。”默里表示同意。楼前灌木丛生的花园里有一堆床垫。床垫堆中间有一个圆形的烧焦痕迹，有人想要烧了它们。

萨拉朝一辆驶来的轿车点点头——荒无人迹的大街上唯一的一辆车。“那是他吗？”

什福提的车可一点儿都不低调：白色的雷克萨斯，调低的汽车悬架，不成比例的车轮。银色的格栅后亮着蓝色的 LED 灯，车尾还坠着一个巨大的气流偏导器。

“很复古。”

默里走出车外。“也许你应该在车里等。”

“才不。”萨拉飞快跳下车，等着什福提的脸从那辆雷克萨斯的有色玻璃窗后出现。这个人简直就是活生生的老迂腐；默里好奇他衣服扣子之间怎么不见闪闪发光的大奖章。

大好的早上就别浪费时间了。什福提草草地向他们点头示意，然后大步迈向喷涂着生殖器的门口。

小套房很是压抑，安吉拉·格兰奇，也就是卡罗琳·约翰逊在这里度过了 12 个月。房子干净。从公用楼梯来看，默里猜想这里比卡罗琳搬进来之前干净许多，但墙上的漆已经脱落，所有窗户紧闭，每面墙上都闪烁着凝结的水珠。默里朝前门内里加装的插销侧了侧头。

“这里的标准装置，是吗？”

“她自己装的。有人威胁她。”

“她亲口说的？”

“哪用说。她动不动就怕得要死。反正也不关我的事。”什福提在屋里走来走去，检查是否有损坏的地方。他打开抽屉，拿起一个黑色文胸，转身朝默里色眯眯地说：“36C，想知道的话。”

默里根本不想知道。但要是什福提打算四处看看，他也要。

有人在威胁她……

汤姆，一定是。如果卡罗琳从镇上逃走，是不是说明他已经发现了这座公寓？默里感觉案件越来越难推进。调查案件从一件夫妇自杀演变成夫妇遭谋杀，又变成假死，而现在，又会变成什么？

卡罗琳在逃跑中，还是已经被汤姆抓住？

默里现在在调查一桩绑架案？

这绝对是一件完美犯罪案。毕竟，谁会寻找一个死去的女人呢？

公寓里没有太多东西。一些衣服，橱柜里有一罐汤，冰箱里的牛奶默里不敢贸然打开。垃圾箱里食物已经腐烂，发出恶臭，默里还是掀开了盖子。眼前浮现一堆蓝色瓶子。默里从沥水板上拿起一只木勺在垃圾里翻来翻去。默里的大脑已经工作太久。要是卡罗琳假死不是为了钱而是因为恐惧？汤姆一直在勒索她，胃口越来越大，直到卡罗琳认为她唯一的出路就是消失。毕竟，这招在他丈夫身上奏效了。

一堆泡过的茶包下一张纸吸引了默里的注意力。这样的设计，这个标志，很是眼熟，默里把它拉出来，一眼就认出来是什么。问题是，卡罗琳怎么会有这个东西?

默里读着文件，疑云渐渐散开。他还没有完全弄清答案，目前没有，但许多事开始明朗起来。没错，人假死是因为钱。还有性。但一个人意图消失还有其他原因，默里似乎刚刚发现了这个原因。

50

安　娜

妈忙着打包。她没有太多行李——只有一个她带去希望旅馆的小包，和一些我劝她从家里衣柜里拿出的一些衣服。我坐在她的床上，想开口求她留下，但明白不过是徒劳。她不会留下来。她也不能留下来。警察还会再回来，这一次就不会那么轻易放过我。既要不去管妈是否藏好，还要让他们相信我对父母的罪行毫不知情，这很费工夫。

“不能等到派对结束吗?”妈在吃早餐的时候宣布今天就要离开，马克问道,“和我们一起迎新年?”

“我实在不喜欢派对。”她随口说道。

她其实喜欢派对。至少以前的她喜欢派对，现在的她我已经不确定。我的母亲已经变了，不只是体重减了，染了头发。她焦虑，郁郁寡欢，总是充满防备。她已经被摧毁，而此时的我有了双重的悲哀。我不仅要悼念一位母亲，还要悼念那个曾经的她。

我最后一次挣扎，想留下她。

“要是我们告诉警察一切——”

“安娜，不行!”

“他们也许会理解你这么做的原因。”

“他们也可能不会。”

我哑然。

“我要进监狱，你也可能会。你可以告诉他们圣诞夜你才知道我活着，但你觉得他们会相信吗？在汤姆和我完全像是合谋的情况下？房子现在正在你名下的情况下？”

“那是我的事。”

“等你被捕，就成了马克和艾拉的事。你希望这个小女孩没有妈妈陪伴长大吗？”

我不想，当然不想。但我也不想自己没有妈妈。

妈拉上拉链。“好了。整理好了。”她挤出一丝笑容，但我们谁也无法得到安慰。我想拿起她的包。她摇摇头。“我提得动。其实……”她突然没了声音。

“什么？”

“你会觉得我很可笑。”

“说来听听。”

“我能跟这座房子道个别吗？就几分钟……”

我把她拥进怀里，紧紧地抱着，几乎能感觉到她身上的骨头。“当然可以。妈，这是你的房子。”

她慢慢地转过身，苦笑道，“现在是你们的房子。你，马克和艾拉的房子。我希望你把它填满快乐的回忆，明白吗？”

我拼命地眨眼睛。“马克和我带着艾拉去公园，给你一些时间和房子告别。”

我根本不觉得她可笑，家不仅仅是一座房子，远不只是一堆砖块和砂浆。这也是为什么我不赞同马克的建议把房子卖掉，不想挑战罗伯特的“宏伟设计”扩张。这是我生活的地方。我在这里很开心。我不想因为任何事改变这一点。

走在公园，马克推着艾拉的婴儿车，我把手揽上他的臂弯。

“你还没接到警方的电话吧?”

我猛地看向他。“什么意思？我为什么会接到警察的电话?”

马克哈哈笑起来。“放轻松。我觉得 FBI 肯定还没有通知你。CID 的人说今天会打电话通知他们在橡胶圈带上是否找到 DNA，我以为他们可能打家里座机了。”

“哦，不，没有电话。”婴儿车轮子在路上留下一道泥泞的痕迹。“其实，我一直在想这件事，也许……也许我们应该放手。”

“放手?”马克突然停下，我接过婴儿车扶手。“安娜，我们不能算了。这是件严重的事。”

“纸条上说了不能报警。如果我们放手，他们也会收手的。”

“你怎么知道?”

我知道。我把手从他的臂弯里抽出来，继续往前走，推着婴儿车把他甩在后面。他跑步跟了上来。

“求你了，马克。我只想忘了这一切。乐观地开始新的一年。”新起点、新篇章、崭新的一页，马克很吃这一套。也许所有的心理咨询师都是这样。

“坦率地说，我觉得我们不该——”

“我只想从爸妈的死里走出来。为了艾拉。”我低头看着她，既为掩盖自己的表情，也为印证我的说法，同时为把艾拉当挡箭牌而愧疚。

他点点头。“我会告诉警察我们不想查了。”

“谢谢。”至少我的如释重负是发自内心的。我又停下脚步，这一次是为了吻他。

“你在哭。”

我擦擦眼睛。“可能是最近发生太多事。圣诞，新年，警察……”还有妈。我大胆地向真相靠近。“我会很想念安吉拉的。”

“你小时候经常和她相处吗？你之前从没提过她，我还不知道你这么了解她。”

我如鲠在喉，我尽全力地让自己停止啜泣，下巴也跟着开始抽动。“这就是亲人。”我扯出几句话，“即使你们之前素未谋面，也觉得你们仿佛从未远离。”

马克一手揽过我，我们漫步走回奥克维尤，那里门廊上闪烁的灯光标志着跨年夜的到来，标志着这可怕、精彩和不同寻常的一年的尾声。

妈在花园里。我拉开玻璃门，她吓了一跳，看清是我后满脸的惊恐才退去。她没穿外套，嘴唇已经泛青。

“你会冻死的。”我为这个“死”字露出一丝苦笑，她并没有回应我。

“我在和玫瑰说再见。”

“我会照顾它们的，我发誓。”

“还要保证反对——”

“妈。”

她话说到一半，肩膀无力地下垂。

“该走了。”

走回屋里，马克开了一瓶香槟。

“提前过新年。”

我们碰了碰杯，我拼命忍住眼泪。妈抱着艾拉，她们俩像极了，我试着将这一幕保留在记忆里，可是却心痛得很。如果这就是一点点失去一个人的感觉，我一定会祈求每一次能有一个痛快。给心头猛然一击，而不是现在这样感受心一点点地被撕裂，像是冰封的湖面一点点蔓延开的裂缝。

马克说了一席话。关于家庭，重新取得联系；关于新年和新的开始，还向我眨了眨眼。我想对上妈的眼神，但她听得很专注。

“希望新的一年，大家都能健康、富有和幸福。”马克举起杯子，“新年快乐，安吉拉、我可爱的艾拉；还有安娜。希望今年能给我一个‘愿意’。”

我笑得很灿烂。他今晚会向我求婚。可能在午夜，那时候妈已经坐上一趟天知道去哪儿的火车，我正在独自悲伤。他会向我求婚，我会答应他。

接着一股味道传来，是一股刺鼻的烧焦味，像是熔化的塑料，直冲进鼻孔，蹿进喉咙。

“烤箱里有东西吗?”

马克一时没回过神，但很快反应过来。他迅速冲向门口，到了门厅。

“天!”

妈和我跟了上去。门厅里的味道更重，天花板下升起了一朵黑色的蘑菇云。马克站在门垫上，脚下布满飞溅的烧焦的碎纸片。

“我的天！马克!”我惊叫一声，虽然不管是哪里着了火，明显都已被扑灭，烟雾也在消散。

“没事了，没事了。”马克尽力保持镇定，但音调比平时高了一截，他仍站在门垫上。我才意识到这气味是橡胶的味道。不管从投信口里滚进来的是什么东西，此时已化为灰烬，不用马克插手也会燃尽。点燃的纸是为了警告我们。

我指指前门。汗珠沿着后背一直滚到后腰。

有人在门外上方的彩色玻璃上留了字。能看出来是大写字母，因为玻璃厚度不均有些扭曲。

马克打开门。是用浓黑的马克笔写的。

找到你了。

51

默　里

默里他们驶上高速公路的时候，夜幕已经降临。默里离开小套房后已经打了一个又一个电话，他显然马上就没时间开车了，便把钥匙递给了萨拉。

“我不太会。”

“我在旁边教你。”默里在心里画了个十字，希望自己没做错。

“都不记得上次开车是什么时候了。”

“就像骑自行车一样。”

驶上M42公路的时候，默里闭上了眼睛，萨拉则在一阵刺耳的喇叭声里开到了一辆十吨重的卡车前面。她以七十公里每小时的速度匀速行驶在中间车道，完全不管车后打着闪光、示意她让开的车辆，她紧握在方向盘上的指节开始泛白。

默里联系不上伊斯特本规划办公室的人，也没有权限召集警员。在找到有权限的人之前，他必须查清真相。默里抚平在出租屋的垃圾桶里找到的文件。那是罗伯特·德雷克的申请计划的打印件，皱巴巴，布满污渍，但文字可辨。

默里三十年的职业生涯里，有很多次，直觉都为一筹莫展的案件提供了破案关键。他可能不了解这几年的司法和办案流程，但直觉永不退休。德雷克和他邻居的消失脱不了干系，默里确信。

默里直接跳过反对意见，他感兴趣的不是投诉内容而是投诉人的详情。接着，他又查阅证明文件。他浏览了扩修计划的立面图，比较了规划的占地面积和现有的占地面积。这是一次大规模的扩修；有如此众多的反对意见，默里一点儿也不意外。

他挪到下一页，把长篇的建筑材料、技术和建议扩修方法都看了一遍。他说不清自己在找什么，只确信案件的关键在罗伯特·德雷克身上。

在最后一页的中间的一句话里，默里发现了关键线索。

默里抬头，竟有些奇怪自己还在车里。他在想象中已经身处CID办公室，众人为了十几桩案件紧张忙碌，同事善意的取笑回荡，办公室争斗的余波未平。

默里没有时间思考生活是怎么改变了的。他必须马上把安娜·约翰逊的案子上报，自从她首次踏进下米兹警局，他就一直在调查的案子。

“你好?”詹姆斯·肯尼迪听上去不像是在值班的警探。事实上，他听起来像是待命了一个圣诞后，幸运地能有几天假期，惬意地喝着啤酒，和妻儿一起等待过一个宁静的跨年夜。而默里将打破这一切。

“詹姆斯，我是默里·麦肯齐。”

短暂沉默后，詹姆斯强装出几丝热情。默里想象詹姆斯盯着他的妻子，摇头表示没什么，不要紧。

“我上周来的时候提到过的约翰逊夫妇自杀案件，还记得吗?”不管詹姆斯记不记得，默里都不等他回答。“事实证明他们不是自杀。”默里感觉那股熟悉的工作热情正在膨胀，听到他的声音带着年轻时的力量。

“什么?”

默里现在引起了他的注意。“汤姆和卡罗琳没有自杀，是伪装的自杀。”

“你怎么——?”

默里又要从利奥·格里菲斯那里招来一顿臭骂，但不重要。他还在意什么呢? 反正他打算辞职。默里瞥了一眼萨拉，她紧握方向盘的指节仍泛着白，默里决定以后还是自己来开新买的房车比较好。

“12 月 21 日，卡罗琳·约翰逊的忌日，她的女儿安娜收到了一份暗指其父母自杀为假的匿名信条。我一直在调查。”没有给詹姆斯说话的机会，默里继续道，“我应该移交案件，但我想等案件有些眉目再交给你们继续调查。”我当时也觉得你们不会认真调查，默里想补上这一句，但没有。更没有说这个案子让他生活有了焦点，让他和萨拉能从他们的生活中暂时抽离。

“那你查到了什么?”默里听见关门声，背景里詹姆斯孩子们的声音慢慢消失。

“九点九分，目击电话打来说汤姆·约翰逊跳崖，是不实的。那通电话是据称汤姆死的那天从约翰逊家的人购买的手机上打出来的。”

“等等，我在做笔记。”詹姆斯的声音里此时没有任何犹豫，不夹杂一丝对默里说法真实性的怀疑。也没有摆架子，没有坚持要默里走合法程序。

“没有人看到卡罗琳跳下去。牧师是一个可靠的证人，因为他确实看到卡罗琳站在悬崖边，像是准备跳下去的样子。”

默里记得那位年轻牧师的证词，还有他没能拯救卡罗琳的悲痛。等这一切结束，默里要找到那个可怜的牧师，告诉他事情真相，让他心安。

“伊斯特本自治市镇议会收到一份规划申请。”默里继续。詹姆斯若是对话题突变感到惊讶，也实在是没有丝毫的表现。“我联系不上办公室的人。我们需要权限登入规划门户网站的后端，找到所有对约翰逊夫妇邻居家的扩修计划提出反对的人的 IP 地址。”

“我们要找什么?”

“证据。其中一条反对意见的地址在德比郡斯沃德林科特或者附近的地方，是一个叫作安吉拉·格兰奇的女人发布的。”默里很确定。罗伯特·德雷克用多大劲推进计划，卡罗琳·约翰逊就有多大决心阻止其实施。如果卡罗琳还没对她这一行为懊悔，她很快就会的。

“我来打电话。”

“安娜收到的匿名信件是想揭发卡罗琳，很是奏效。她 12 月 21 日离开了德比郡。是个人都能猜出来她去了哪里。”

“回家?”

“答对了。如果我们不尽快到那里，就会有人受伤。”

“为什么?”詹姆斯欲言又止。等他再开口，语气更加急促、严肃，仿佛已经找到问题的答案。“默里，汤姆·约翰逊在哪里?”

默里尽管已经十分笃定，但他仍然迟疑了。放下电话后几秒，詹姆斯就会再拿起电话。请求支援，把休假在家的警员召集起来；CSI，警探，搜查令，一支先遣队——重大案件的必备。

要是默里弄错了怎么办?

“汤姆·约翰逊也在那里。”

52

安　娜

妈和我望着彼此，脸上带着同样因恐惧而僵住的表情。

“他知道你在这里。”我脱口而出。

马克望着我们。“谁知道？发生了什么事？”

我们都没开口。我觉得我们都不知道该怎么开口。

“我去报警。”

“不行！”我和妈异口同声。

我盯着窗外。他在这里吗？观察我们的反应？我关上前门，搭上栓链，手指太抖，掉了两次。也给自己争取一些时间。

马克拿起电话。

“千万不要。”

我不该在纪念日匿名卡片寄来的时候去警局，这么做只让事情更糟。

“到底为什么不报警？安娜，有人要朝这房子放火。”

因为我妈会进监狱。因为我会因包庇她被逮捕。

“之前是砸破窗户的砖头，现在是这样……”马克手指一直摸着钥匙。他盯着我，观察我的表情，眼神在我和妈之间游移。“你们有事瞒着我，是不是?”

我爸没死。那张匿名的忌日卡片是他寄来的，因为他知道我妈也没死。他发现我报警后，想要阻止我。他在门阶上扔了一只死兔子。他朝我们女儿的卧室窗户扔砖头。他危险莫测。监视着这座房子。

“因为……”我看着妈。我必须要告诉马克。我从没想过要把他搅进这摊浑水，但我不能再骗他——对他不公平。我向妈传达这层意味，妈向前迈出一步，一只手放在身前，仿佛这样能堵住我将要说的话。

“关于我为什么来伊斯特本，我没对你们说实话。”她急忙开口，趁我还没想好怎么去解释早该向马克解释的事。妈紧盯着我。求你了。

我已经承受了太多，帮妈打包行李，做好再次失去她的准备，默里・麦肯齐就差没有以阴谋罪起诉我了。

现在还有这么一出。

我感觉自己的神经末梢伸出了体外，每一次的暴露都要受到一连串的电击。

“那你最好解释一下。现在。”马克将电话从一只手移到另一只手，又移回去，打给警察是几秒钟的事。他冷酷的眼神让我不寒而栗，虽然我知道他只是因为担心才会如此冷酷。我把艾拉从妈手里抱过来，想从女儿这份重量中找到一丝心安，想感受她贴着我的温暖的小身体。

妈盯着我。她摇着头，意味不言而喻。不要说话。

我一言不发。

“我在逃跑。”她说，“去年我婚姻破裂，之后我就一直躲着我丈夫。”

我一直紧盯着马克。他没有露出不相信妈的迹象，他为什么会不相信？这就是事实。

"就在圣诞节前，他发现了我的住处。我不知道能去哪里。我以为我只要躲上一段时间……"

"你早该告诉我们，安吉拉。"虽然是告诫的话，但却语气温柔。马克的许多病人都经历过，甚至还处在暴力关系中。有些人可能自己就是施暴者；我从未问过，马克也没有提过。"如果他可能跟踪你到这里来，你会让我们也处于危险之中。你应该早点儿告诉我们。"

"我知道。对不起。"

"我猜是他用砖头砸破窗户的?"

"我在网上买的火车票。他一定看过我的邮件，这是唯一他能找到我去哪里的方法。卡罗琳是我的联系人中唯一住在伊斯特本的。"

马克盯着手里的电话，然后把视线移回到前门，上面是反写的字母。"我们需要告诉警察。"

"不!"妈和我，不约而同。

"要。"

"你不知道他是什么样的人。你在对付什么样的人。"

马克看着我。"你见过他?"

我点头。"他……他是个危险的人。如果我们向警察告发他，我们就不能再待在这里，不能在他知道我们在这里的时候。他什么事都做得出来。"我还在发抖。我把艾拉左右摇晃着，比起安抚她，我更多是为了释放我的肾上腺素到血管中。马克在门厅踱来踱去，他一边走一边用电话敲击着自己的大腿。

"我去找他。"妈手上拿着她的包。"他想要的是我。我根本不该来这里——把你们牵扯进来不公平。"她抬脚朝门走去，我抓住她的手臂。

"你不能走!"

"我总归都要走。你知道的。"她把我的手从她手臂上拿下来，轻轻地握了握。

"现在情况不一样了。他知道你在哪儿，他会伤害你的。"

"可我要是留下来，他会伤到你们。"

大家沉默了一会儿，马克开口，"你们都得走。"他很坚决，从橱柜抽屉翻出一串钥匙交给我，"去我的公寓。我在这里等着，然后报警。"

"什么公寓？不行，我不能把你们俩都搅进来。我必须走。"妈想要打开门，但马克抢先一步，用手掌抵住门。

"你已经牵连到我们了，安吉拉。虽然我同情你的处境，但我要先保证安娜和我们女儿的安全，也就是说让她们俩彻底远离这座房子，直到你前夫牢牢地被关起来。"

"马克说得对，"我说，"马克的公寓在伦敦——没人知道我们去了那里。"艾拉在我的臂弯里扭来扭去，是睡醒了想找吃的。

妈脸色苍白。她在想该如何反驳，但想不出理由。这是最好的办法。一旦我们安全离开伊斯特本，马克就会报警，我也会说服妈一起和盘托出。没有其他办法。

"我不想安娜和宝宝同我一起。"妈说，"不安全。"

"你的前夫已经试图朝这栋房子放火，她们在这里也无安全可言。"马克举着钥匙，"快走。"

"听他的。"我一只手搭上妈的手臂，"带上我们。"我想的全都是远离伊斯特本。远离爸，远离默里·麦肯齐和所有围绕真相的问题。

妈叹了口气，态度缓和下来。"我来开车。你和艾拉一起坐——我们都不想被拦下来。"她看着马克，"小心点儿，好吗？他很危险。"

“到了公寓打给我。除了我别让任何人过去。明白吗?”

妈紧握着方向盘，目不转睛地盯着路。我坐在后座，艾拉坐在安全座椅上系着安全带，把我的大拇指节当作乳头用力地吮吸。过不了多久，她就会哭着要吃奶了。也许我们可以在路边停一会儿，只要我们安全地离开了伊斯特本。

“爸根本不知道马克公寓的存在。”我再次强调，因为妈自从我们出发后已经无数次地查看后视镜了，“没事的。”

“不会没事。”妈几乎快哭了，“总有事要发生。”

我觉得眼睛刺痛。我需要妈坚强。她坚强我才能坚强。我们总是这样的。

我还记得小时候摔倒，膝盖擦破皮的灼痛。

“加油，没事。”妈会哼唱着拉我站起来。我会观察她的脸，看着她的笑容，不再想疼痛的多少，只觉得膝盖破皮的疼痛一点点消失。

“警察注定会查出来，妈。”

镜子里，她面如土色。

“他们要抓的人是爸。他们会对你宽容一些——他们会明白你是被迫的。可能你甚至不用去监狱；你会获得缓刑的……”

她没有在听。她忙着扫视街道，在找什么东西——找爸爸?突然妈猛踩刹车，我猛地向前倒去，中间座位上的安全带没能固定住我。

“下车。”

“什么?”我们可在伊斯特本郊区。

“那有一个公交站。或者你打电话叫马克过来接你。”她的脚一直踩在离合器上，手握着刹车。妈开始哭喊起来。“事情不该是这样，安娜。我从来不想任何人受伤。我不想你被牵连。”

我没有动。“我不会抛下你。”

“求你了，安娜——这是为你好。”

“我们一起面对。”

她等了足足十秒。接着在不知是哭泣声还是悲叹声中，她松开了刹车，继续前进。

“对不起。”

“我知道。”过去这么多年里我自己擦掉眼泪，在膝盖贴膏药，现在我成了坚强的那一个。是妈需要我。我不知道这种蜕变的发生仅仅是因为我们所处的非比寻常的环境，还是一个女人从女孩变成妈妈的自然变化。

车里没人发出声音，除了艾拉，她不耐烦的哭声已经变成了号啕大哭。

“我们能再停一下吗？”

“不行。”妈检查了一遍后视镜。又检查一遍。

“就五分钟。要是不喂她，她还要继续哭。”

妈的目光从后视镜闪到路上和车后。她看到了什么东西。

“有什么？”

“我们后面有一辆黑色的三菱。”她猛踩油门，突然的加速让我向后撞上椅背。“它在跟踪我们。”

53

当你用生命来卖车，你就学会了如何操控它们。

一脚狠踩油门。60、65、70、75……

一个急转弯。一个，又来一个。我们都拐得角度太大了。我看到对面司机惊恐的表情，还有他避让我们时手上猛地动作。

进入下一个弯道，点踩刹车，但换挡。挡位降低、降低、降低。车轮旋转，将油门踩到底，直到感觉车尾速度比车头还要快。

速度差越来越小。

我的脉搏狂跳，引擎的咆哮声中我都能听到脉搏声。我身子前倾，仿佛这样的动作能减缓脉搏频率。

猫鼠游戏。

谁会是赢家?

车速快意味着思维也要敏捷，反应迅速。酗酒者不具备这种技能——即使是功能性酗酒者，这也是我庆幸自己戒酒的众多原因之一。

到最后，戒酒变得容易。不需要互助会，不需要心理咨询，不需要热心朋友的帮助。

只需要你。

你倒在地板的那一晚你的眼神。当时没觉得有什么大不了，只是又打了一场架。又一拳，又一脚。只是之后，我想起你的脸——脸上的失望、痛苦和恐惧——我才意识到酒精让我对你做了些什么。

不，是我曾经对你做了什么。

我感到抱歉。这不够，也太迟了，但我真的抱歉。

我降低速度。我需要专注。我紧握方向盘，再次用力踩下去。

事情怎么发展到这一步的？

我想要时光倒转，弥补我的错误。我的生活一团糟。整个婚姻历程中，我都在考虑自己，现在来看看我们都成什么样了。

我在做什么？

我不能停手。我已经陷得太深。

安娜。

她就在车上——坐在后座。猫着腰，想藏起来。我瞥见她朝后车窗看。想看一眼又不被发现。

完了。

我从未想过伤害她。

现在为时已晚。

54

安　娜

我在座位上扭转身子。我们后面是一辆全新的三菱将军[①]越野车，它离我们有足足一百码距离，但正全速追赶上来。车窗是有色的——我看不清司机。

“是他吗？是爸吗？”

我从来没见过妈这样。因恐惧而无法抑制地颤抖。“你应该下车。我刚才叫你下车来着。”她又望了一眼后视镜，车轮向右一转，避开路上躺着的一截保险杠。我的胃翻腾搅动。

“专心开车。”

“低一点——他可能还没有发现你。我不想让他知道你和我在一起。”

我下意识地听从妈的指令，一如既往；我解开安全带，把腿放到一边，斜靠着艾拉的安全座椅。妈猛地左转弯，我从艾拉的座椅上方滑过，撞上了车门。艾拉发出一声惊恐的哭叫，我试着安抚她，但我的心脏仿佛要停止一样，我发出的“嘘！嘘”声比艾拉的哭号更歇斯底

① Shogun，三菱汽车在欧洲销售的一个车型。

里。我的膝窝汗淋淋，手掌湿热黏糊。

“那辆车还在后面!”渐渐地，妈也不再那么沉稳自信，开始变得跟我一样惊慌失措起来。“还越来越近!”

艾拉哭得更厉害了，每一声音量都更大，音调更高，呼应着她外祖母的歇斯底里。我一只手一直抓着车门，另一只手扶着驾驶座后背。艾拉就在我手臂围成的半圆里，尖叫声离我的耳朵几英寸远。声音钻入左耳膜，在她换气的间隙回荡，没有让人喘息的余地。我从口袋掏出手机，滑动解锁。现在别无他法，只有报警。

“开快些!”

车向左一倾，接着一个右转弯，瓦解了我在艾拉座椅周围形成的保护圈，把我重重地摔到另一侧的地板上。手机也飞到副驾座椅底下，伸手够不着。妈把油门踩到底，我挣扎着爬起来，再用手臂围住艾拉。我伸出头，不想见到我的父亲，但不由自主地张望。

妈对我尖叫。“低下头!”

艾拉停止哭泣，突然安静下来，接着吸口气又开始大哭。

我从后视镜里看到妈泪流满面，于是我像个孩子似的，看到妈哭，自己也跟着哭起来。完蛋了。我们快死了。不知道爸会不会撞我们的车，或者把我们逼出马路。他想杀了我们，还是留我们一条命。我准备好接受后果。

“安娜。”妈的声音很焦急。“我的包里……我知道我被发现后，我太害怕，所以我……”

又一个急转弯。一阵刺耳的刹车声。

“我从来没打算用它——只是以防万一。万一……”她结结巴巴，“万一他抓住我们。”

我仍半躺在后座上，腿抵着副驾椅背，我打开脚边的包，翻找大概一个小时前我亲眼看见她打包的衣服。感觉像是上辈子的事。

我猛地缩回手。

我妈有枪。

她像是开碰碰车一样转动方向盘。我的头撞上车门。艾拉哭叫着。我吞咽了一下，尝到了喉咙口的反胃物。

“一把枪?”我没有碰它。

“我从租给我房子的那个男人那里得来的。”她费劲地保持车子行驶在马路上，吐出的每个字都像跟了一个句号。“子弹上膛了。你拿着。保护你自己。保护艾拉。”

她转弯太快，刹车发出刺耳的声音。车重心不稳，向左打滑，又向右打滑，然后她才重新控制住车。我闭上眼睛，听到换挡声、踏板声、引擎声。

一个急左转。我头顶撞上车门，艾拉的座椅扶手抵上胸口。

车突然停下。

一片沉寂。

我听到妈的呼吸声，急促，深浅不一。我移动我的脸，嘴唇碰到我女儿的嘴唇，悄声地告诉她除非我死，否则绝不让她受到伤害。

我会死的。

我要用枪吗?慢慢地，我摸到了枪。拿在手里感受它的重量，但没有举起它。

保护你自己。保护艾拉。

我宁可杀了自己的父亲，也要救我的女儿?救我自己吗?

是的，我宁可。

我紧紧闭上眼睛，等待听到车门的声音。听到爸的声音。

我们都等待着。

“我们甩掉他了。”

我听到妈的话，但并没起作用。我的身体依然僵硬，神经末梢依然震颤不已。

“上一个转弯。”妈上气不接下气，“他还没有到拐角我们就拐弯了。他没有看见。”妈突然大声哭起来，“他没看见我们转弯。”

我慢慢地坐起来环顾四周。我们在农道上，大概半英里外篱笆断开，说明那是道路所在。没有其他的车。

我解开艾拉座椅的固定带，把她抱过来，吻了吻她的头顶，我抱得太紧，以至于她扭动着想要挣开。我掀开 T 恤，解开胸衣，她大口地吮吸起来。我们彼此都放松下来，我发现我的身体和艾拉同样渴望这一刻的到来。

“一把枪？”感觉像是做梦。“一把该死的枪？”我捡起包扔到她旁边座椅上。那把枪与艾拉的头相距三英尺不到。我不敢想象要是枪走火会怎么样。要是我捡包的方式不对，要是我踩在上面……

妈一言不发。她的手仍紧紧地握着方向盘。如果她也有些崩溃，我需要让她坐到副驾上。我不知道我们是不是该放弃原计划，开到警察局去。不管我们如何打算，都要尽快离开；在这开阔的乡间，我们就是活靶子。爸很快会发现我们拐了弯，他会再追过来。

“我说过了。那只是为了保险。我甚至不知道那个鬼东西怎么用。”

我轻轻地把艾拉从胸口移开，摸索着座椅下我的手机。有一条马克的短信。

目前没有安吉拉前夫的踪影。已经短信告诉大家派对取消。警察正在赶来。他们需要安吉拉的出生日期和地址。回电话给我！

我没有回答问题。

黑车尾随我们，但我们想办法甩掉了。到公寓后打给你。爱你。x

一个深呼吸抑制住了眼泪。“我们走。我们走小路，直到走回高速公路为止。”我重新绑好艾拉的安全带，再系好自己的安全带。我们一直沿着离 A23 公路很近的蜿蜒的 B 级路行驶。虽然我们的心情同样迫切，但我们开得更小心。一路上弯弯绕绕，我还要不停地察看后方车辆，这让我有些作呕。这条路仿佛走不到头。

我们没有说话。我两次试图开口，但妈的状态不适合制订计划。我只需要她安全地把我们带到马克的小屋。

一驶上 M23 公路，我就觉得好多了。车道很拥挤；我们处于数千辆前往伦敦的车流中。爸不大可能发现我们在这儿，即使他发现了，有这么多目击者在场，这么多摄像头，他又能做什么呢？我注视妈的眼睛，给她一个淡淡的微笑。她没有回应我，我瞬间觉得自己的焦虑感又上来了。我在周围搜索那辆三菱车的影子。

我们开上 M25 公路。我看了看两边的车辆。大部分都是一家人过完圣诞后回家，或者去朋友那里共度新年，座位上礼物和备用羽绒高高地垒起。一辆破旧的雅特车里，一对夫妇正热情洋溢地唱着歌，我想象着汽车音响流淌出的经典音乐。

我的手机响起来；屏幕上是一个不熟悉的号码。

“约翰逊小姐吗？”

是默里·麦肯齐。我在心里骂自己不该接电话，盘算着把电话挂断，假装信号不好。

“我有些事要告诉你。一些……出乎意料的事。你旁边有别人吗？”

我盯着妈。“是的。我在车里。我的……一个朋友在开车，不碍事。”后视镜里妈露出疑惑的表情，我摇头示意她不用担心。她开上快车道，再次加速，我们就要安全了。

默里·麦肯齐似乎在纠结怎么开口。他说了几句，都不太听得懂。

“到底什么事?”我最后开口问道。妈通过后视镜望着我，看看我又看看路。替我紧张。

“很抱歉在电话里跟你说这些。”默里说，“但我想让你早点知道。警察现在在你家。恐怕他们找到了一具尸体。”

我用手捂住嘴巴，掩住哭声。马克。

我们不该离开。我们不该撇下他对付爸。

默里·麦肯齐还在说话。他提到指纹、尸体的腐烂程度、DNA、怀疑的死者身份，还有——

我打断他，没明白我所听到的。“对不起，你说什么?”

“我们无法确定，但初步显示尸体是你父亲。很抱歉。”

获得安全的宽慰稍纵即逝，我转而意识到我们离开时，奥克维尤只有马克一个人。

我在这里等着，然后报警。

要是爸是在警察来之前出现怎么办?马克很强壮；他能保护自己。他攻击了爸?为了保护自己?

“他怎么死的?”

我努力回忆甩掉那辆车有多久了。为什么爸明知道我们不在奥克维尤，还要回去?即使他直接加速开回去，他怎么可能这么快到达?后视镜里，妈眉头紧皱。只听到对话的一半，妈比我更疑惑。

“我们要等验尸结果出来才能确认，但恐怕他被谋杀是无疑的。很遗憾。”

我感觉头脑发热，那股恶心感又回来了。马克杀了爸？

自卫。可能是自卫。他不会因此坐牢，对吧？

有什么东西在我心里拉扯，像一个孩子拉着我的手，叫我看……不知道妈是否也猜得十有八九了；她是否会由衷地悲伤，为了那个她理应曾经爱过的男人的死而痛心。然而后视镜里，她的眼神是冰冷的。不管我父母之间有过什么样的爱恨纠葛，都早已烟消云散了。

默里继续说着，我在思索，妈从后视镜里盯着我，她的眼神中夹杂着一丝异样……

“……在化粪池里至少有十二个月了，可能更久。”默里正说道。

化粪池里。

这与马克无关。

我想到奥克维尤花园里狭窄得像井一样的洞；月桂树栽在沉重的花盆里。我想起妈坚持要把花盆挪走；想到她执意反对罗伯特·德雷克的扩建计划。计划需要挖开废弃的化粪池。

她早知道了。她早知道爸在那里面。

我胸中一紧。每一口呼吸都更加微弱。我锁定妈的眼神，虽然电话就在耳边，我却听不到默里在说什么。我说不出话。因为我意识到妈知道爸在化粪池的唯一原因。

因为是她把爸扔进去的。

55

妈的眼神在我和公路之间流转。我一动不动，电话贴着耳朵。默里·麦肯齐还在说话，但我什么都听不进去。妈再次驶入快车道，我们超过了破雅特车里的那对夫妇。他们仍然高兴不已，仍然唱着歌。

“约翰逊小姐？安娜？”

我太过惊愕，说不出话。不知道妈是否可能没有听到默里的话——没有从我的表情里猜出我听到了什么——但妈的表情告诉我全完了。

“手机给我。”她声音颤抖。

我没有动。告诉他，内心的一个声音叫嚣着。告诉他你在M25高速路上一辆大众Polo里。他们有监控器，高速路巡逻，应急警员。他们会找到你的。

但妈加快车速。毫无预兆地突然切入车道，后面的车猛按喇叭。先前让人舒适的车流量现在只让人觉得恐怖，每一辆车都是潜在的碰撞对象。艾拉的座椅，之前很结实，现在显得脆弱而不安全。我收紧她的安全带，又拉紧自己的。默里没有再说话。要么是断线，要么是他挂断了电话；以为我又一次挂了他电话。

“那辆三菱汽车里是谁？”

没有回答。

“谁在追我们?”我尖叫道。她深呼吸，无视我的问题。

“把手机给我，安娜。”

她和我一样害怕。她的指节泛白，因为恐惧而非愤怒；她的声音颤抖，因为惊慌而非暴怒。这点应该能让我觉得更安全——更坚强——但实际并非如此。

因为坐在驾驶座上的是她。

我把电话递给她。

56

那是一场意外。你应该明白这一点。我从未料想过它会发生。

我不爱你，但我也不恨你，我觉得你也不恨我。在我看来，我们年纪轻轻时我怀了孕，我们按照父母的期望处理，然后我们彼此绑在一起，像许多恋爱的人那样。

我花了一段时间来消化这件事。

我们的婚姻中，我要么在酗酒，要么在醒酒，或者犯酒瘾。很少醉得不省人事，也很少完全清醒。久而久之，这么多年，没人见过我清醒的样子，也无从知晓我不清醒。

我怪你剥夺了我的自由，没有意识到我在伦敦拥有的根本不是自由。像婚姻一样，那一样是个牢笼，不一样的牢笼。工作、酗酒、泡吧、找一夜情、一大早开溜，循环往复。

我当时认为你束缚了我。我从没意识到你实际上是在拯救我。

我反抗。我不停反抗了 25 年。

你死的那晚，我喝了半瓶红酒，还有三杯杜松子苏打水。安娜不在，我不必做任何伪装——我很早以前就停止在你面前装模作样了。

我也一直没有承认我有酗酒问题。他们说承认是第一步。我没有采取——当时没有。后来也没有。

“你觉得喝得还不够吗?”你也喝了点儿酒。否则你绝不敢这样说。我们在厨房，丽塔蜷缩在她的床上。安娜不在屋子里感觉空荡荡的，我知道自己因此越喝越多。不仅是因为我能喝，还因为有种奇怪的感觉。不平衡。就像她上大学那段时间。当时，我体会到了她彻底搬出去后生活会怎么样，我不喜欢。我们的婚姻围绕着我们的女儿，没有她我们会变成什么样的人？这个想法让我心烦意乱。

“其实，我觉得我还要再喝一瓶。”我根本没这个想法。我把剩下的酒倒入注定要空的玻璃杯里。我倒举着玻璃瓶颈。嘲笑你。“干杯。”一滴红酒顺着衣袖流下。

你看我的眼神仿佛第一次看到我。摇着头，像是我问了你什么问题。“我再也受不了了，卡罗琳。”

我知道这不是你提前计划的。这只是你常说的那些话。但我问你什么意思，你开始思索，我看到你暗下决心。那笃定的点头，坚毅的嘴唇。是的，你在思索，这就是我想要的。这就是将要发生的事。

“我不想再和你继续这段婚姻。”

像我说的那样：我的触发器是酒精。

第一次打你的时候我喝醉了，最后一次打你的时候我也喝醉了。这不是借口——这是原因。我后来觉得很抱歉，你会在意吗？你知不知道我的话是真心的，每次暗自发誓这是最后一次都是真心的？有时候迟一些道歉；但有时当释放压抑许久的愤怒后，像睡醒一样，猛然清醒，会马上道歉。

警察来的时候，你和我一起撒谎。没有什么可调查的。报警后，我们都说打错了。小孩，玩电话。

你不再说你原谅我。你根本不再说任何话；只是假装一切没有发生。我把安娜的陶制镇纸砸向你，镇纸从你身上反弹，撞到墙上碎裂，你捡起碎片粘回原样。你让安娜以为是你打碎的。

“她爱你。”你说，“我不能忍受她知道事情真相。”

这应该能让我停手。但没有。

如果前一晚我没有喝酒，我可能会觉得心烦而不是愤怒。我甚至可能会点头赞同，觉得：你说得对——这样没用。我可能会意识到我们都不幸福，也许是时候结束婚姻了。

我没有那么做。

你还没来得及说话，我的手臂先动了。凶狠。有力。不假思索。瓶子砸向你的脑袋。

我站在厨房，还握着瓶颈，脚下是一地的绿色碎玻璃。还有你。侧躺着。脑袋下是一摊发光的血，从你倒下地面时撞到大理石操作台的部位溢出。

没有呼吸。

57

默　里

默里按下重拨键，但安娜·约翰逊的电话直接转到了语音信箱。

“我想等确切鉴定结果出来后再通知这家人的女儿。”肯尼迪警长打电话说默里调查的没错时这么吩咐过。化粪池里有一具尸体，初步显示死者为汤姆·约翰逊。

默里一直在想该怎么办。警长说的当然没错。化粪池里除了汤姆·约翰逊外不可能是其他人，但在尸体打捞出来并确认身份前，消息应该严密封锁。

但安娜当然需要知情，而且要最早知道。是安娜一直要求警方重新调查她母亲的自杀案。她的父母几个月之内相继消失，抛下她。她理应知道她父亲很可能是被谋杀，而他的尸体被藏在了他家的化粪池里。

默里翻电话簿寻找安娜的号码，不管脑海里的那个声音：他打的电话，既为了安娜也为了自己。她告诉你停手后你还继续调查，那个声音叫着。现在你想向她证明你做得没错。

只是安娜又一次挂了他的电话。现在她的电话还关机了。当然，她很震惊。危急时刻人们做出奇怪的举动。但虽然如此，默里有种可怕的感觉，他不该打电话给安娜。

萨拉停在车道上。默里觉得很泄气，不仅是因为安娜的反应，也是因为在这个他付出这么多心血的案子上，突然无事可做。他记得作为身着警衣的应急警员时也有过这样的感觉，当时刚拿到一件有意思的案子立即就移交给了 CID，激动的心情一下跌入谷底。一直不知道嫌疑人在审讯中说了什么；有时甚至不知道被起诉者是谁或者获得什么刑罚。看着别人得到赞赏，而你成了在粗野抢截[①]中被撕破裤子的人，从酒驾事故现场抱出孩子的人。

“你应该去。”萨拉一只手轻轻地放在变速杆上，只望着方向盘后的房子。默里已经很久没有坐别人开的车。电池没电不能再打电话后，他头靠着座椅，看着她的妻子越开越有自信。他忽然觉得过去这么多年他捍卫萨拉舒适区的精力若用来帮她走出舒适区可能会更好。

默里走下车。“詹姆斯在那里。现在是他的事了。”

“也是你的事。”

曾经是？如果默里进屋穿上拖鞋，看看电视上的消息，警界照样运转。詹姆斯已经控制住事态；警察正四处寻找卡罗琳·约翰逊。默里能做什么呢？

但还有些案情困扰着默里。卡罗琳是怎么杀死汤姆并抛尸化粪池的？案件资料显示汤姆绝不是一个瘦小的男人。有人帮她？那份暗示卡罗琳·约翰逊没有跳下悬崖的忌日卡片是谁送的？

“去吧。”萨拉把车钥匙塞进默里手里。

“我们要一起过新年。”

---

① 橄榄球比赛中擒抱对方球员。

“还有下个新年。快去!”

默里离去。

克利夫兰大道上，警察封锁了奥克维尤。隔壁房屋在放音乐，还有微醺的参加派对的人，拿着饮料站在大门紧闭的公园外，直盯着来来往往的人员。默里猫腰躲在蓝白色的警戒线下。

“打扰一下，能告诉我发生什么事了吗?”隔开奥克维尤车道和隔壁屋的栅栏后，一个男人朝默里喊道。那人穿着一件褪色的斜纹棉布裤，奶油色运动衫搭配一件开领衬衫。拿着一杯香槟。

“你是?”

“罗伯特·德雷克。我住在隔壁。嗯，其实就是这里。”

“准备迎新年，明白。”默里指指香槟。

“本来应该由马克和安娜办派对。我相当于……”他在找一个合适的词，“继承!”他哈哈大笑，逗笑了自己，然后止住笑，突然严肃起来。“他们在哪里?马克给每个人都发了短信。说他和安娜必须要回伦敦，派对取消了。接着全街都被围起来。”他的眼里满是警觉，“老天，马克杀了安娜，是不是?”

“据我所知不是的。现在，原谅我……”默里走开。所以那就是罗伯特·德雷克。默里应该感谢他，真的，要不是他这个奢侈的扩建计划，汤姆·约翰逊的尸体可能永远都不会被发现。

卡罗琳知道修建工作意味着挖开化粪池后，她作何感想?假设她在汤姆被认定自杀的那一天杀了汤姆，立刻处理了汤姆的尸体，那德雷克宣布他的计划前汤姆就已经在池里一个月了。卡罗琳的书面反对意见很长，根据镇上其他地方如出一辙的反对意见的数量判断——默里注意到并非来自克利夫兰大道的居民——卡罗琳为一些反对计划的人提供剪贴的信件，这些人总是喜欢凑热闹。

德雷克修改申请书再次提出申请后，卡罗琳已经消失，让她的家人、警察和验尸官以为她已经自杀。她是否密切注意着规划现场的情况，以防万一？她以安吉拉·格兰奇的名义提出反对意见的登入地址在克利夫兰大道西卡莫。没人注意，没人审查。有什么必要呢？

所以，根据罗伯特·德雷克所说，马克和安娜都在伦敦。两辆车都不在车道，所以这对夫妇一定是分开走的。默里试图回想安娜是否透露过她的计划。没有——只说她的朋友在开车。有人同行就好，默里心想。没有什么比发现一具尸体更能打乱跨年夜计划。

花园中央，露台和草地交汇的地方有一个白色帐篷。警长詹姆斯·肯尼迪站在入口，往里看去是两个罪案现场调查员幽灵似的身影。

“是他。”默里走到身边的时候，詹姆斯说，“戴的图章戒指和原始人口失踪报告相符。”

“低级错误。”默里挖苦道。

“尸体保存完好——箱体干燥而且在地下，入口密封，是完美的临时藏尸地——他还遭受头部重创。也许是头部受到击打？家庭事故导致？”

“过去几年这家人让我们出了好几次警。”默里说，“警察的电话无人接听，邻居罗伯特·德雷克听见这家人传出喊叫声，担心出什么安全问题。”

“我们派人处理了吗？”

默里点点头。“约翰逊夫妇否认发生家庭暴力，但出勤警员形容卡罗琳·约翰逊‘情绪不稳’。”

“你认为这可能是自卫?”詹姆斯问。罪案现场帐篷里，化粪池盖已经装袋并贴上标签，化粪池狭窄的颈口清晰可见。汤姆·约翰逊的尸体已经由专家搜索组移出并转运到太平间，准备进行尸检，希望能发现确切死因。

“可能。也可能她就是施暴者。”默里回答。假设又不费钱。当初正是因为只看表象才导致卡罗琳逍遥法外。“谁在找卡罗琳?”默里想知道卡罗琳是否已经回到德比郡，没有意识到什福提已经出卖了她。

“谁没有?她的照片已经下发各处。所有港口都接到寻找卡罗琳·约翰逊和安吉拉·格兰奇的警令。虽然我们知道她也一直在用其他化名。我们找到一段一个女人的监控录像，符合她的外貌特征。21日晚到达伊斯特本火车站，一位的士司机认为当晚应该是把她载到了希望旅馆，但不确定。”

“希望旅馆的人怎么说?”

“你觉得他们能说什么?”

“滚蛋?”希望旅馆的职员极其注意保护住客。受害者住在那里是件好事；但嫌疑犯混入就没什么意义。

“差不多。”詹姆斯摸了摸一侧鼻翼，“德比郡警局提审了你说的什福提，但最后听说他全程一言未发。”

毫不意外，默里心想；特别是根据他和萨拉在“马车和骏马”办离店时老板娘卡茨提供的一些信息来看。

“他吸引人的可不只是公寓，你要知道。”

默里等着接下来的话。

“大麻、可卡因、强效纯可卡因。”她用手指一一列举，仿佛在检查杂货店，“还有枪。小心点，宝贝儿，我能说的只有这些。”

“头儿批准在所有离开伊斯特本的路线上进行道路检查。”詹姆斯说，“但没什么发现。马克·海明斯跟随他女友去了伦敦——一直不接电话，可能还在驾驶中。一旦找到他们的地址，我就会派出一支警察小组进行盘问。查出卡罗琳是否与他们联系，弄到一份卡罗琳可能联系的人的名单。”

默里没有听。至少没有听詹姆斯在说什么。相反，默里在听脑海中回放的他和安娜·约翰逊的对话，和马克·海明斯的对话，和戴安·布伦特一泰勒的对话……他在思索心中的疑虑，觉得如芒在背。

根据他们目前掌握的信息，卡罗琳·约翰逊于12月21日，也就是她假死的忌日那天到达伊斯特本，安娜·约翰逊也在同一天报警声称其母亲是遭谋杀身亡。默里重新开始调查的时候安娜还坚定不移，但不到一周后她就尖声让他停止调查。默里一直把这样的态度转变归因于一个悲痛女儿的情绪波荡，但他现在惊恐地感觉到，他明显想错了。终于，他弄清去安娜家询问手机的事时，他一直觉得奇怪的地方。她一个人在家，她说。但厨房桌子上有两杯茶。

“我在车里。我的……一个朋友在开车。”安娜之前这样说。

犹豫——他怎么没早点儿注意到？他只一心想着要告诉安娜她父亲的尸体找到了，太急切地想证明他还是一名当之无愧的警探。

“我们需要普特尼的具体地址。”默里说，“要快。”

58

安　娜

我回想所有看过的动作电影，有人被强制关在车里的情节。

我没有被绑住，塞住嘴巴；没有流血或半昏迷。电影里，他们爬到后座，打开后备箱，踢碎后备箱的灯，挥喊救命。他们发信号引人注意，用手机电筒发摩斯密码。

我不是在电影里。

我们开出高速公路，一路穿过伦敦西南部的街区，我一直懦弱地坐在妈后面。我们在一个红绿灯路口慢下来，我考虑要拍打车窗，尖叫。我们右边驶离主路的车道上有一辆菲亚特 500，车里是一个女人，中年，看起来明智。如果她报警，并一路跟着我们直到警察赶来……

可她没这么做怎么办？如果她没有注意到我，或者把我的叫喊当笑话，或者压根不想惹事上身怎么办？如果不成功，我就白白惹怒了妈。

此刻，她紧张不安。我想起还是孩子的时候，我就学会察言观色，知道什么时候可以开口问能不能出去玩，或者嘴甜地多要一些零花钱，趁最后时机去布莱顿的演唱会。我会慢慢地靠近观察她太阳穴跳动的脉搏，明白要再等等，等一天的压力退去，她就着一杯红酒放松下来。

虽然知道儿童锁已经开启，我还是慢慢地把手移动到车门内侧，按下开窗键。一声闷响，系统检测到开窗动作并锁住了窗户。后视镜里，妈抬起头。

“让我们出去。”我又试了一次，“你可以把车开走，艾拉和我要回家……”

“太晚了。”她音调很高，带着惊慌。“他们已经找到了汤姆的尸体。”

想到爸躺在化粪池里，我全身一震。“为什么？”我调整语气，“你为什么这么做？”

“那是一个意外！”

艾拉惊醒，在座椅里眼睛一眨不眨地盯着我。

“我……我很生气。我一时失控。他摔倒了。我……”她说不下去，面部狰狞，像是在赶走脑海中的画面。“那是意外。”

“你叫救护车了吗？报警？”

沉默。

“为什么回来？你已经逃脱。每个人都以为爸自杀了。你也一样。”

她咬着唇。检查后视镜，驶入右车道，准备转弯。“罗伯特的扩建计划。他已经计划了好几个月，但我不知道他要挖开污水管，否则我们永远也不会……”她戛然而止。

“我们？”心中的恐惧蔓延开来。

“我试过阻止他的计划。他没有获得许可，然后他开始申诉。我提出反对意见，但我需要确定……我需要确定……”

“你要确定什么？”

回答声音很小。“尸体还剩多少。”

愤怒涌上喉咙。“你说我们。”我想到那辆三菱。我妈的恐惧是真的。“谁在跟踪我们？谁让你这么害怕？”

她没有回答。

车载导航显示左转。我们快到了。

我开始慌了。一旦我们进了公寓，就不可能跑掉。

我偷偷地解开艾拉的安全带，方便妈打开车门的时候抱起她。我想象着马克位于普特尼的公寓的地下停车场。电动门开启需要密码，然后自动关闭，门慢慢滚下时吱吱作响，我以前来找马克的时候总让我觉得很不舒服。他公寓楼的停车区在停车场另一边。门关闭的速度有多快？我回想着，回想从车子走到电梯的过程中，自然光线不断地减少，门触地时便完全消失。有足够的时间。我必须要很快，但时间足够。

我觉得自己能听到大脑血液飞速窜动的声音。我把手臂滑到艾拉身下。我不敢太早把她抱起来，不敢露出一丝迹象让我妈认为我可能会逃跑。她一定会来追我们，但即使身材走形还抱着孩子，我也能跑赢她。我能做到。我必须做到。

我妈犹豫不前，不知道导航要把她带去哪里。我能看见地下停车场的入口，但我没有说话。我不想让她知道我之前来过这里，我熟悉这里的布局。我需要把握每一点优势。

她趴到前面打量每一个入口，直到看见对的那一个。她试了三次才把马克写在纸条上的密码输进去，她的手指抖得厉害，总是按不对密码。

慢慢地，金属门向上滚动。比我记忆中的要慢一些，我很高兴，因为它会以同样的速度下降。我想象着停车区和出口的距离，心里做好冲刺的准备，想象艾拉在臂弯里。

停车场很暗，没有日光的地方只有零星日光灯照明。卷帘门开启，发出刺耳的声响。

我们通过入口和斜道，然后听见门到达顶部的一声闷响。停顿一下后，刺耳的声音又出现了。门要关了。

我坐不住了。“我觉得停车区在那里。”

妈开到下一行，一直到停车区。我开始把艾拉从座位上抱起。妈有些僵硬，不停抱怨，我默默地祈求她相信我的话。妈踟蹰，思索要不要倒车，又改变主意把车规整地停进了空车位里。

艾拉在我怀里。妈已经下车。快，快！我往后扫一眼，看到门下降时长方形的露天空间逐渐缩小。

她的手搭上车门把手。

快！

车和出口至少有 20 米。还有十秒门就将触地。可以做到。必须做到。

她打开我的车门。

我没有犹豫。用力一踢。门撞上妈，她向后飞出去。我迅速爬出车，把艾拉紧紧抱在怀里，开始奔跑。

59

我本想让她们走的。安娜和艾拉。

当我停下车，叫安娜下车时，我是真心的。不仅因为我可以消失——在一个太远而不会被找到的地方藏起来——也因为我从未想过伤害她们。

现在太晚了。我必须留住她们。作为人质，筹码。

要是我能独自处理你的尸体，这一切就不会发生。但我做不到。

我跪在地板上，你的血浸入我的牛仔裤。我摸你的脉搏——观察你胸腔的起伏——虽然你唇间的血沫子已经告诉我所有的答案。已经无法回头。你我都是。

我说不清是在为你哭泣还是为我自己。也许都有。我知道的就是我很快清醒过来。我双手去扶你的两侧，想让你坐起来，但我的手因为有血很滑，你从我手中滑落，又一次撞上瓷砖。

我大叫。把你翻过来，看到你颅骨裂缝间的脑组织。我立马吐了，又吐一次。

后来我就坐在那里，浑身沾满你的血，因为不知道他们要拿我怎么办而害怕地大哭起来，门突然在这个时候开了。

60

安　娜

抱着艾拉让我无法保持平衡。跑的时候左右偏移，像是一个醉鬼在追逐最后一辆巴士。身后妈爬起来发出呻吟。她受伤了。

我听见她开始奔跑时鞋子——舒适的平底鞋符合她化身安吉拉的邋遢形象——撞上地板的声音。

停车场分布着灰色的混凝土柱子。日光灯在脏兮兮的塑料外壳下闪烁，为每根柱子在柱子间的地板上投射出两个柱影，让我难辨方向。我专注地望着前方那块方形的自由出口，那个方形在我的眼皮底下越变越小，仿佛有人在一旁拉扯出口的长方形。

停车区每行之间用半高的墙隔开，我以为我能够跨过去。它们比我记忆中要高，也更宽，所以我勉强翻过第一个的时候，牛仔裤破洞处的皮肤被擦破，还差点把艾拉掉在地上。我把她紧紧抱在胸前，她张开嘴，发出空袭警报般的哭叫，叫声在停车场回荡，再放大十倍传进我的耳朵。

我往后扫了一眼，没有看见妈。这激励我再次加速。她放弃追我了？但我听见声响，向左望去。她往旁边跑。我不明白，突然意识到那条路没有墙，没有需要避让的柱子。她的路程比我长，但更通畅。

我来不及跑到门那里就会被她抓住。除非……

我更快速地冲刺。我和门之间还有两道墙，没有时间停下来爬过它们。我一只手臂夹住艾拉，让她哭声更大，但我能腾出手全力奔跑。第一道墙越来越近。我上一次翻越障碍是什么时候？十年前？

三步。

两步。

我蹬开左腿的同时抬起右腿向前伸，随后收起左腿以避开墙壁。我的脚擦到墙头，但我越了过去，继续冲刺、冲刺。

门发出刺耳的声音，金属摩擦的声音。门离地面只有一米高了，长方形的夜色正从车库的黑暗中一点点消失，仿佛和我一样害怕。

最后一面墙。

三。

二。

一。

我起跳太早。

墙推着我向前一冲，倒向左边，撞上一辆奔驰车的引擎盖，我唯一能做的就是把艾拉换到另一侧。

伴随一声急促的呼吸，空气迅速抽离身体。

“不要让场面变得难堪，安娜。”

因为缺氧我头昏眼花，肚子和胸口也有一阵痛楚。我抬起头——身体仍然趴在引擎盖上——看见妈站在那里。我和出口之间。

我放弃了。

车库门还在往下关。底部厚重的金属杆已经到了我的腰部以下，但在膝盖之上。光亮提醒我，还有时间呢。

但妈就站在那儿。

尽管她的手在抖，尽管她发誓她不知道怎么用枪，我仍然无法忽视那锃亮的黑色枪管。

61

我希望你人在这儿。这很讽刺，是吗?

你会知道该怎么办。

你会把手放在我手上，拉下我的手臂让枪口对准地板。你会把它从我手上拿走，即使我朝你大喊大叫让你别管我，就像你想把伏特加拿走的时候，就像你告诉我我喝多了的时候，但我不会抗拒。我会让你把枪拿走。

我不想它在我手上。我从来都不想。

他带着枪来找我。什福提。收完那周的房租，然后把枪放在桌上，说他觉得我可能需要这个。两千英镑。

他知道我手头紧。知道扫厕所——即使是在一所时髦女孩的学校——也不会挣到那么多钱，知道我身上所有的钱都当房租交给了他。

但他也知道我很害怕。他主动提出分期，利率让我心中一紧，但我有选择的余地吗?我需要保护自己。

我接受分期。买下了枪。

知道有枪我觉得心安一些，虽然我从没想过我会用它。我过去常常想象如果被找到会发生什么；想象自己扑向放枪的抽屉。瞄准。开火。

我的手正在发抖。

她是你女儿。那是你孙女！

我在做什么？

我听到微弱的警报声，有些希望它越来越大，但声音越来越远。我需要有人来阻止我。

我希望你在我身边。

但我猜，即使你在这里，我现在也不需要你了。

62

安　娜

我想要直视她——看看她颤抖的双手是不是意味着她和我一样害怕——但我的视线移不开那把枪。我用手臂环抱着艾拉，仿佛它们能拦住一颗子弹。我不知道这是不是生命的终点；这是不是我和我女儿共度的最后几秒的生命。

我此刻希望自己当时猛拍车窗，对着菲亚特 500 里的女人大声呼叫。试图踢碎玻璃，采取点行动。任何行动。哪个母亲不想试图拯救自己的孩子?

很多年前，我从朋友家步行回家，有人企图把我拽进一辆车里。我像困兽一样反抗。我反抗得如此激烈，让歹徒都无奈地骂起来。

“你个死婊子。”他骂了一句，然后开走了。

我甚至想都没想。我只是反抗。

为什么我现在没有反抗?

她猛地用枪管指向停车场角落。一次。两次。

不仅仅是因为枪。是因为她，因为我注定要和她在一起。就像一个突然背叛你的好朋友，或者突然向你砸来拳头的恋人，我自以为了解的那个人现在做的事，我无法接受。和陌生人打架要容易得多。恨一个素不相识的人要比恨自己的血肉至亲容易。

我听到外面有什么声音像机关枪从远处扫射，连续不断地在空中炸响。是烟花。还有一小时到午夜——有人开始提早庆祝。停车场空无一人；所有的住户要么出去过夜，要么待在家里。

电梯打开，是一个铺上地毯的平台。马克的公寓在走廊尽头，我们路过他隔壁住户，里面传来刺耳的尖叫声。公寓里大声播放着流行的上榜音乐。如果门关着没锁——方便人们进出派对——我可以立即开门钻进去。在人群中比较安全。

我没有意识到自己已经放慢脚步，全身都准备好为拯救自己——拯救艾拉——做最后一次尝试，但我明显是露馅了，因为有东西戳上我的脊梁骨，我不需要别人提醒也知道她正用枪抵着我的背。

我继续向前走。

马克的公寓与我记忆中的相去甚远。皮质沙发被刮花撕裂——一边扶手上填充物从裂口爆开——木质地板上满是烟头的烫痕。厨房里前任租户留下的垃圾已经被清理，但余味还未散去。味道蹿入我的喉咙。

沙发对面有两把扶手椅，都很脏。一张被涂满了可能是油漆的东西。马克过去常常折放在每张椅背上的柔软羊毛套现在乱成一堆，搭在一起。

我们站在房间中间。我等着妈下指令，说点什么——什么都行——但她只是站着。

她不知道该怎么办。

现在把我们关在这里，该拿我们怎么办，她没有头绪。不知怎么，比起知道这是一个大计划的一部分，我觉得这更让人害怕。任何事都可能发生。

她什么事都可能做出来。

“把孩子给我。”她现在用双手举着枪，两只手握在一起像是祷告。

我摇头。“不。”我把艾拉抱得太紧，她发出哭声，“我不会给你的。”

“把她给我！”她变得歇斯底里。我希望有人能听到，来敲门询问有什么问题，但隔壁的派对透过墙隆隆作响。我想就算我尖叫也没人会来。

“把她放在椅子上，然后走到房间另一边。”

如果她朝我开枪，就没有人能把艾拉救出去。我必须要活着。

慢慢地，我朝一张扶手椅走去，把艾拉放到柔软的沙发套上。她朝我眨眨眼睛，虽然放下她让我心如刀绞，但我还是挤出笑容。

“现在让开。”又挥了挥枪。

我顺从地让开，但视线一直没有离开艾拉，眼睁睁地望着我的母亲把艾拉抱起来，揽在怀里。妈发出“嘘嘘”的安抚声，脚后跟上下颠着。如果不是手里有枪，她可以像任何外祖母一般慈爱。

“你杀了爸。”我仍然无法相信。

她看着我，仿佛忘了我还在这里。她从房间一边走到另一边——前前后后，来来回回——不知道是在安抚艾拉还是她自己。“那是一个意外。他……他摔倒了，撞到厨房料理台上。”

想到爸倒在厨房地板上，我用手掩住嘴巴，忍住哭声。“他是不是……他是不是喝醉了？”

这改变不了什么，但我在找原因，试着理解为什么我的孩子和我被囚禁在这间公寓。

“喝醉？”妈一时有些困惑，然后转过身，我看不见她的脸。等她再开口时，她带着哭腔。“不，他没喝醉。我喝醉了。”她转过身来，“我已经变了，安娜。我不是以前的那个我了。那个人已经死了——就像你一直认为的那样。我有了一个重新开始的机会；不再重蹈覆辙；不再伤害任何人。”

“这样就是你不再伤害任何人的方式?”

“这是一个错误。”

一场意外。一个错误。她的种种谎言让我头晕脑涨，如果这是事实，那我不确定我还想听下去。

“放我们走。”

“我没法放你们走。”

“你可以的，妈。你自己说的：这一直以来都是个天大的错误。把艾拉给我，放下枪，让我们走。你之后做什么我不管——只要放我们走。”

“他们会把我关进监狱。”

我没有回答。

“那是一场意外！我一时冲动，大发脾气。我没想打他。他滑倒了，然后……”眼泪顺着脸颊流下，落在她的套头衫上。她看上去很可怜，抛开我自己的情感——抛开她做的那些事——我觉得自己有些动摇。我相信她说的无心之失。谁希望这样的事情发生呢?

“所以，把这些都告诉警察。说实话。这就是唯一能做的。”我保持语气镇定，但提到警察她就眼睛大睁满是警觉，她又开始踱步，比之前更快速、更慌乱。她拉开阳台的滑动门，一股冷风蹿入。街上有欢呼声——七层楼下面——音乐声从四面八方传来。我的心怦怦直跳，虽然开了门，手却瞬间变得又热又湿。“妈，进来。”

她走出阳台。

“妈——把艾拉给我。”试着保持平静的语气。

外面空间很小——为吸烟而非烧烤设计的——只有一圈钢化玻璃做防护。

我妈跨过阳台。她朝下看，我情不自禁地喊了出来，也不知道喊了什么，只知道喊了也没有用，因为妈正满脸惊恐地凝视着下面的街道。艾拉被紧紧地抱在臂弯里，但离边缘太近，太近……

“把艾拉给我，妈。”我慢慢移动，每次一步，像祖母的步伐。“你不想伤害艾拉。她只是个孩子。”

她转过身。声音很小，要很费劲才能从脚下城市的喧嚣中听清她的话。“我不知道该怎么办。”

轻轻地，我把艾拉抱过来，压抑着一把夺过艾拉跑开，将自己锁在另一间房间的冲动。我妈没有反抗，我伸出一只手，屏住呼吸。她一定也知道必须停下来。

“现在把枪给我。”

我的话仿佛打破了魔咒。她猛地盯着我，仿佛才想起我在这里。她抓得更紧并抽走了枪，但我的手已经环上她的腰，虽然我也满是恐惧，但我不能放手。我把她的手臂从身上掀开——从我们身上掀开——甩向夜空。但她试图走回公寓里，我们都拼上了每一口气。我们像为了玩具扭打在一起的孩子，互不相让；都没有足够的勇气采取进一步动作以防……

听起来不像是枪声。

像是炸弹。像是一栋建筑轰然倒塌。像是一场爆炸。

玻璃被震碎。枪声的回响，呼应着头顶烟火的噼啪声。

我先放手。从阳台边缘退回来，在安全地带和夜空之间现在毫无屏障。我的耳朵轰鸣，仿佛置身于一座钟楼，轰鸣声外还有艾拉的哭声，我知道一定伤到她了，因为我自己也有些疼。

我和妈盯着对方，眼睛大睁，对刚刚发生的事都很后怕。刚刚可能发生什么事？她看着她手里的枪，平摊在手掌，好像不想碰它。

“我不知道该怎么办。”她喃喃道。

“放下枪。”

她走进屋里。把枪放在咖啡桌上，开始在公寓踱步。她喃喃自语，面部扭曲，手放在头上，手指绞着头发。

我从阳台往下眺望，把艾拉抱在离边缘较远的地方。人都在哪里？警车，救护车，奔来看枪声来自何处的人群，都在哪里？什么都没有。没人抬头张望。没人奔走。狂欢的人群正在从一家酒吧赶往下一家。一个穿着大衣的男人正在打电话。他绕过碎玻璃。醉鬼，垃圾，碎玻璃——不过是跨年夜又一件讨厌的坠落物罢了。

我大喊，“救命！”

我们在七楼。空中飘扬着门开开合合时传出的零碎音乐声，几个街区外持续不断的低音，聚会的人不到午夜就迫不及待放烟花的声音。

“在这上面！”

下面的人行道有一对夫妇。我回头扫了一眼妈，然后大胆地往前倾身又喊了一声。女人抬头，男人也抬起头。他举起一只胳膊——手里像是拿着一品脱规格的玻璃杯。远远飘来的欢呼声说明我的呼喊毫无意义。

我正要转身，就看到它了。

路边停着的，两辆黄车旁，被忽视的地方，是一辆黑色三菱将军。

63
默　里

默里和警长肯尼迪走进奥克维尤的厨房，里面设置了一个临时案件室。

“检查一下马克·海明斯的投票记录。”詹姆斯站着，向年轻的探长发号施令，后者正在飞速地做笔记，准备转送到控制室。手机铃响，年轻探长接起电话，专心地听着，然后掩住话筒向詹姆斯汇报。

“安娜·约翰逊的车离开伊斯特本途中两次经过车牌自动识别监控。A27 高速公路上也装有一些摄像头，但并无记录。”默里的心沉下去——卡罗琳难道把安娜和孩子都带到了另一个地方？探长继续说道，“伦敦的摄像头又捕捉到那辆车——最后一次是十点半刚过在南环路。”

詹姆斯看着默里。“海明斯的电话通了吗？”

“还是没人接。我会一直打。”

“我已经向蜂窝基站询问安娜的通信记录。”

默里按下重播。没人接。他留了一条语音消息，但如果马克驾驶途中手机设置静音，一个小时后他才会回电话。同时，谁知道卡罗琳计划了什么？

“探长，投票的人里有无数个马克·海明斯。有中间名吗？”

詹姆斯翻着厨房桌上废弃的信件，希望至少找到个突破口，默里提出用谷歌。

默里觉得，谷歌就像完美的老式警务制度的网络版，一种独立于警方情报系统或数据库，或者数据保护弃权声明的东西。相当于去敲门，询问现实中的人他们知道什么。

他搜索“马克·海明斯，普特尼。”得到了很多有用的结果。他闭上眼睛，回想掌握的关于安娜男友的信息。然后他慢慢地笑起来。马克·海明斯不仅住在普特尼，还在那里工作过。

“SW15 2JX，普特尼塔桥，702 公寓。”默里将手机一转，手机滑到桌对面的詹姆斯面前，官方认证心理咨询师名单的第一位就是：马克·海明斯，Dip. ST，DipSTTS，MA（Psych），UKCP（Accredited），MBACP.

“干得好。”

默里听着詹姆斯把地址念给控制室。通话一结束，苏塞克斯就会把消息传达给伦敦警察局，警局会立即鸣笛采取行动。CAD 会在左路右路和中路分别布置警员。悄悄靠近……所有人员到达预定接头点。武警等待威胁评估，授权。救护车已经在路上。谈判专家严阵以待。许许多多的人，都在为同一个目标努力。

大家都希望能及时赶到。

“找到了。”詹姆斯说。他放下他的手机，“我讨厌这种跨部门行动。我们干跑腿活儿，伦敦警察局的人实施抓捕。”他懊悔地耸耸肩。“让人泄气，你明白吗？”

默里明白。只是此时他意识到自己并不沮丧。他不想去现场抓人，去统计死亡人数，去喝茶领奖章。

他想回家。

他担心安娜和艾拉的遭遇——他当然会——但他最终明白一件很早就该明白的事。罪案不是靠一个警探解决的，而是一支队伍。默里曾经是一位优秀的警探，但他并非不可取代。任何人都不是。

“默里。”詹姆斯有些犹豫，“最开始处理约翰逊自杀案的是我的团队。签署验尸官文件的人是我。”

“我们都会有疏忽，詹姆斯。卡罗琳做得天衣无缝——可以说是滴水不漏。”卡罗琳，默里止不住地想。卡罗琳是怎么一个人把汤姆的尸体抛进化粪池的?

“我才提任不久。一心想扑在严重人体伤害罪、性侵案上，你明白吗？真正的罪案。处理案件太追求速度。”

默里还记得自己刚来刑事调查局的日子。他记得遇到一件“好”案子时的兴奋；紧张的资源被占用，案情却毫无头绪时的集体抱怨。如果他也处在詹姆斯的位置，谁能保证他不会犯同样的错?

默里拍拍这个比自己年轻些的人的肩，让他放松一些，心里仍然思索着卡罗琳的事。“这才是最真实的。”

帮卡罗琳处理尸体的人是谁?

“我要带队回办公室。欢迎你加入我们——等案情更新?”

“谢谢，但我打算回家。和萨拉一起迎新年。”默里望向花园，花园里的帐篷已经拉上锁链，一位穿制服的警员在站岗，脖子上围着一条厚厚的黑色围巾。

“没关系。警局一有消息我就告诉你。”

他们站起来。默里旁边的墙上有一个公告板，趁詹姆斯整理文件的时候，他随意扫了几眼。正中央赫然是一张孕检单，一条不知什么节庆时的腕带悬挂在板框上的一枚大头针上，那是安娜怀孕前的生活痕迹。还有一张婚礼邀请函——只是晚宴——和一张布莱妮写的感谢便条：花很漂亮——装了两个花瓶。

底部，右手边，是一张宣传单。

找到了。

最后一块拼图。

默里没有感觉狂喜，而是轻松——自己从前的好记性没有丢失。他终于记起在戴安·布伦特－泰勒家的公告板上看到的东西。而且，更重要的是，他清楚地知道它的含义。

“最后一件事。”俩人走向各自的车时，他对詹姆斯说。等开口的时候，他怀疑自己潜意识里想要隐瞒消息——自己去查证，等一切真相大白后领取荣誉——但他发现自己并不想。事实上，他很高兴能说出来。

“嗯?”

“我知道帮卡罗琳·约翰逊处理尸体的人是谁。”

64

安　娜

过道上有声响。电梯到达楼层时轻轻的“叮”。我看着妈，但她目不转睛地盯着地板。

“是谁?”我小声问道，她没有回应。

会是警察吗?

我们刚离开伊斯特本，马克可能就报警了，警察知道我们在这里。既然已经找到爸的尸体，他们一定知道妈的所作所为——他们一定意识到我和谁在一起……我把希望寄托在马克和默里身上，希望他们联合更多的人。

“开门。我知道你们在里面。”

这股如释重负的感觉让我兴奋得差点失声笑出来。不是警察，但也是一件好事。

妈没有动，但我行动起来。我真傻。黑色的三菱不是在追我们，而是在想让妈停车。我跑向门口猛地拉开门，因为我们现在突然变成了二对一，我觉得胜券在握。

“感谢上帝你来了。”

可惜我只警惕着后面的攻击，没有顾着前面。我被一下砸中胸口，一个踉跄向后倒地，倒地之前我只能尽力高举起艾拉。我“哎哟”一声。我的大脑正竭力消化眼前所发生的一切。

来的不是救援。

劳拉关上前门，闩上插销。她穿着黑色紧身牛仔裤，搭配高跟鞋和亮晶晶的上衣，派对打扮，只是注定缺席。我们的跨年夜派对。她蓬松的鬈发垂肩，眼睛画着灰绿色烟熏妆。她掠过我，满腔愤怒径直撒向妈。妈一步步退向阳台。

“你个两面三刀的贱人。”

65

我仍然记得劳拉的表情。

她站在走廊，吓得表情呆滞。

“我按了门铃。门开着，我就……”她盯着你的尸体。血液已经凝固。地板上黏稠的液体反射着天花板洒下的灯光——在你的头周围形成一道银色光圈。“发生了什么？”

那一刻我思绪万千。要怎么回答。如果告诉她这是一场意外，告诉她我一时失控，大发脾气，酒精让我做了从未想做的事情，事情会有所不同吗？

“我杀了他。”

她的脸上血色全无。

我感觉自己的肌肉抽搐，然后意识到自从我把……你倒下后我就一直站在同一个地方。我挺直身体。想起手还握着瓶颈。我松开手，瓶子砰地落到地上。翻滚，没有碎。劳拉吓了一跳。

这声响也让我猛然醒悟。我拿起电话但没有拨号。我的手抖得厉害。

“你在做什么？”

“报警。”不知道醉酒到底是好还是坏。醉酒会加重罪名，还是会因为我意识不清醒而减轻罪名?

“你不能报警!”劳拉穿过厨房把我手中的电话夺走。她又扫了你一眼，我看到她望见你耳后渗出的东西而皱起眉头。“卡罗琳，你会被捕！他们会把你关进监狱。”

我跌坐在椅子上，我的腿忽地站不稳。厨房里有一股奇怪的味道，混杂了金属味和酸味，是血和汗水和死亡的气息。

“你可能被终身监禁。”

我想象在监牢里过一生会是什么样。我想到那些看过的纪录片。想起《越狱》和《女子监狱》，好奇它们的真实程度。

我也想到了我能获得的帮助。

因为你说得没错，汤姆，这样的日子没法过。我骗自己我没有问题，因为我没有瑟瑟缩缩地醒来，或是握着一罐年度特酿[1]坐在公园里。但我朝你大吼大叫。我奚落你，打你。现在还杀了你。

我有酗酒的问题。大问题。

“我要报警。”

“卡罗琳，你想想，好好想想。一旦你打了这通电话，就没有转圜的余地。已经发生的事就……”她浑身颤抖，“天，这很可怕，但是你已经无法改变。进监狱也不能让汤姆活过来。”

我看着印在帆布上和挂在阿格炉上方的一张张照片。你，我和安娜，穿着蓝色牛仔裤和白 T 恤趴在地上，笑着。劳拉顺着我的目光，小声地说:“如果你进监狱，安娜就同时失去了你们俩。”

我沉默了一会儿。“所以……怎么办?”我感觉自己一点点偏离正

---

① Carlsberg Special Brew，嘉士伯特别酿造，是一款浓郁、水果味道的烈性拉格。

轨，正确的事。这重要吗？我已经犯罪了。“我们不能把他放在这里。”

我们。

就是那一刻。那一刻我们成了同伙。

“不行，”劳拉说。她下巴紧绷，“我们不能把他放在这儿。”

我们两人合力才将陶瓷花盆从井盖上移开。我们搬进来的时候你把它放在那里，我把我们收到的乔迁礼物——一棵月桂树种在里面。井盖很不好看。当时小镇界限在西向半英里，这一排的房屋就像是乡村弃儿，这座化粪池就是那时的遗留物，不必打开。

钥匙是一根粗的铁棒，大概三英寸长。我们在奥克维尤住了多久，它就在梳妆台抽屉躺了多久，但它插进钥匙孔的时候，如刚被制造出来时一样平滑。

内部是一条狭窄的通道，像是通向一方斜井的入口。里面的空气有些霉味，但没有恶臭，池子里的秽物早就蒸发殆尽。我看着劳拉。我们浑身冒汗，因为要费力把你拖出厨房，因为对下一步行动有不可遏止的恐惧。还有我们已经做的事。我们此刻停手，已经太迟。很明显我们试图隐藏你的尸体。木已成舟。

我们把你倒放进去。你滑进一半时被紧紧卡住，因为皮带被通道的金属边框勾住，我放声大哭。劳拉使劲拉你的牛仔裤，你发出声音——肺部空气被挤压出后不由自主的呻吟。

我无法直视。我转过身子听到你滑进通道沉闷的声音；你掉到底部那巨大而沉闷的撞击声。

寂静。

我停止哭泣，但心因为失落和懊悔隐隐作痛。如果警察那时赶来，我觉得我会向他们坦白一切。

而不是向劳拉。

“我们现在需要清理现场。”

是劳拉想出假死的主意。

“如果我们报警说他失踪，警察会把你当作嫌疑人。他们总是这样。”

她让我一遍一遍复述计划，然后离开。我睡不着。坐在厨房，望着窗外，那个被我变成坟墓的花园。我为你哭泣——是的——我也为自己哭泣。

劳拉天一亮就开车前往布莱顿，等待商店开门买一部移动电话。一张无法追踪的 SIM 卡。她报警，说看见你跳下悬崖。

每天我都以为警察会来，门一开我都吓一跳。我睡不着，吃不下。安娜用炒鸡蛋、熏培根片、小碗的水果沙拉想哄我吃点，她满眼的悲伤，却还在试图宽慰我。

但警察终究没有来。

几周以后，你被认定死亡，没有人指责或提出质疑。虽然我经常见到劳拉，我们从未事先约定，但我们缄口不言那些发生的事，那些我们做的事。

直到拿到你的保险金。

66

安　娜

我挣扎着坐起，再笨拙地站起来。耳里的嗡嗡声还未消除，艾拉的哭喊变成了号啕大哭。今晚会对她造成什么影响？她的意识中不会记得今晚，可是否会在她的潜意识里埋下什么？她的外祖母把她挟为人质的这个晚上。

劳拉。

“我不知道他要挖污水池，”妈在车里说，“否则我们绝不会……”

劳拉知道。劳拉当时帮了妈。

这两个女人面对面站着，劳拉双手叉腰。妈扫视桌子，她放在上面的枪安静地躺着。她太慢了。劳拉顺着她的目光，动作迅速。

恐惧击打着我的胸膛。

劳拉扯出袖口包住手，握枪时用布料包裹住手指。有条不紊，小心谨慎。

令人毛骨悚然。

“我没有骗你。”妈在辩解。我想告诉她冷静，可发不出声。

“你欠我的，卡罗琳。”劳拉走向沙发，坐在扶手上，手稳稳地举着枪。“本来事情很简单。要不是我在那儿，你早就被控告谋杀汤姆。

我救了你。”

“你勒索我。”

真相大白。

不是爸在威胁妈，而是劳拉。不是爸在追踪她。是劳拉。

“你?”我无法理解,“你送的那张周年卡片?”

劳拉第一次看向我。她看到艾拉，看到我凌乱的头发，还有我脸上必定展露无遗的震惊。“你应该把它当作一封骚扰信。和汤姆死之后收到的那些恶劣信件如出一辙。”她摇摇头,“那是给卡罗琳的教训，让她知道她在和谁作对。我送了一份复印件给她。”

“我猜那只兔子也是一个教训吧，对吗？还有砸破窗子的砖头？你可能会杀了艾拉!”

劳拉看上去一时困惑，然后笑起来,“啊——我觉得你会发现砖头来自和你家更亲近些的人。”

我顺着她的目光，看到妈双手掩面。

“不……”

“我只是想让你停止调查我们的事。我知道要是你发现了真相，她也不会放过你，还有……”

“你扔砖头砸破了婴儿室的窗户？扔到你外孙女的床上?”这些话仿佛是别人说的，歇斯底里让声音尖锐刺耳，高低起伏。

“我知道艾拉在楼下——我从花园里看到了。”她朝我上前一步，伸出一条手臂，但劳拉动作更快。她站起，把枪举在身前。枪头朝左指。一次，两次。妈犹豫了一下，然后退了回去。

这两个女人是谁？我的母亲，却伤害她的外孙女？她的亲外孙女？还有劳拉——怎么会和人相识一辈子，却根本不了解她?

我转向劳拉。"你怎么知道妈去了哪里?"

"我不知道。一开始不知道。我只是知道她没有自杀。"她看着我正在大声抽泣的母亲,"她很好猜。"语气带着傲慢、挖苦。

想到她在爸死后如何安慰我,想到她帮我组织追思会,我心中忽地泛起一阵恶心。爸也许是死在妈的手上,但是劳拉藏匿了他的尸体,策划了自杀,隐瞒了罪行。我想起她坚持要我整理爸妈的书房——她还主动大方地替我整理了——才意识到她当时是想寻找妈的去向的线索。

"你知道吗,我也有那张照片。你和妈,在那个穷乡僻壤的破B&B酒吧。"只是一瞬,劳拉的声音有些哽咽。微小的暗示——钢铁般的控制下隐藏着更多的东西。"她一直提起你们有过多少笑声。那是一个多么远离真实生活的世界,远离她的世界。她喜欢那里。"她的肩膀耷拉下来。"她爱你。"

慢慢地,她垂下手臂。枪也自然地退回到她的身旁。就这样了,我心想。一切都结束了。每个人都说了自己想说的话,都结束了。没有任何人受到伤害。

妈朝她走了一步。"我也爱她。"

"是你杀了她!"突然,枪又被举起。劳拉的手臂笔直,手肘一动不动。我刚才看到的脆弱表情已经消失。她的眼睛狭长而幽黑,每一线肌肉都因愤怒而僵硬。"你和钱结了婚,你把她丢在那个潮湿的破屋子里,然后她就死了!"

"艾丽西亚有哮喘,"我说,"她是哮喘病发作过世的。"

不是吗?

我感到一阵恐慌,这又是一个谎言。我看向妈寻求肯定。

"你甚至没有去看过她！"

"我去了。"妈又要开始流泪，"也许比起应该去的次数少了一些。"她紧眯双眼，"我们渐行渐远。她在伦敦，我在伊斯特本。我当时有安娜和……"

"所以你没有时间和一个穷酸朋友在一起。一个不像你的新朋友们那样能说会道，不喝香槟，不开豪华轿车的朋友。"

"不是那样。"但妈脑袋低垂，我瞬间为艾丽西亚感到悲哀，因为我觉得就是那样。我觉得劳拉说得没错。就像她对待爸的方式一样，她明白得太晚。我发出声音——不是哭声，也不是什么话。妈看着我，我的一切想法一定都写在了脸上，因为她的脸抽搐，她在默默地祈求原谅。"安娜和艾拉应该离开。她们和这没有关系。"

劳拉冷笑一声。"她们有关系！"她双手交叠放在胸前，"她们拿了钱。"

"你想要多少？"我直截了当。不管她想要什么，都可以拿走。

"不。"

我看着妈。

"那笔钱是为了你的将来，艾拉的将来。你觉得我为什么要逃？"劳拉可能要全部拿走。也许我活该，但你不是。

"我不在乎那笔钱。她可以拿走。她想把钱转到哪个账户，我都转。"

"事情比这简单多了。"劳拉微笑着。

背上寒毛竖起，一阵刺痛顺着脊椎蔓延。

"如果你把所有钱都给我，有人会质疑：比尔，马克，该死的税务局。我必须确保你能一直保守秘密，若是我从这件事里学到了什么，"

她瞥了妈一眼，“那就是不要相信任何人。”

“劳拉，不要。”

我看着妈。她站在我前面一步，摇着头。

“在任何人看来，我过来都是为了救你和艾拉。”劳拉说，“马克取消派对的时候告诉了我你的去向，帮了大忙，而我的第六感告诉我你们处境危险。”她表演着默剧，眼睛大睁，双手高举，五指张开，“但等我赶来，已经太晚了。卡罗琳已经射杀了你们两个然后自杀。”她假装沮丧地瘪瘪嘴，然后转向我，“你已经看过卡罗琳的遗嘱。遗嘱宣读的时候你也在场。我留给我的女儿安娜·约翰逊（Anna Johnson）所有的金融和物质资产，包括我去世时名下的所有财产。”她吐出这些话，一字不差地引用了母亲的遗嘱。

“妈也给你留了钱。”不是一笔巨款，但是为了纪念妈与艾丽西亚长久友谊的一笔善意的遗产，是她作为劳拉教母的责任。

劳拉对我的话置若罔闻，继续道：“若遗嘱执行前安娜逝世，我把所有的金融和物质资产赠予我的教女，劳拉·巴恩斯。”

“太迟了，”妈说，“遗嘱已经宣读——安娜已经继承遗产。”

“啊，但是你没死，不是吗?”劳拉带着笑意，“现在还没死。钱还在你名下。”她举起枪，对着我。

我的血液停滞。

“如果安娜和艾拉死在你之前，我就继承那笔钱。”

67

默　里

强如甲。

萨拉应该能更早一点反应过来。她应该能以不同于默里的方式注意到它；会停下来去念这个名字，谈论它。

多么糟糕的沙龙名字。

他想象警察宣布卡罗琳的丈夫自杀时，她用手指戳着袖珍笔记本的条目，仔细地记下每个在场人员。

劳拉·巴恩斯，强如甲的接待员。

那些商家刻意搞笑真讨厌……默里耳畔清晰地响起萨拉的声音，仿佛她正和他一起坐在车里。你最好把它叫作“不要指甲”，因为很惹眼，还有“甲”在里面，这也是个很搞笑的名字……默里大笑。

默里回回神。要是自言自语是发疯的第一个标志，那假想对话该排第几？

不过，萨拉会记住那个名字。要是她告诉默里，默里也会记住。然后，默里就会离开戴安·布莱特一泰勒家，思索谁冒用了她的名字，他会猛然想起公告板上的宣传单，立即联想到劳拉·巴恩斯和她以前工作的地方。

以默里的经验，捏造化名出奇地难。他过去常常笑话那些房地产的环保小天使，他们费劲想出可信的化名的时候就像聚光灯下的兔子。他们一成不变地用一些中间名，同校孩子的名字，住的街区的名字。

劳拉当时一定惊慌失措。可能从未想过要报上姓名，以为只需打999报警，说有人自杀就行了。

“你叫什么名字?”

默里能够想象那个接线员戴着耳机，手指在键盘上跳动。他也能想象劳拉：站在悬崖边，话语飘散在呼啸的风中。她大脑一片空白。不是劳拉——她不是劳拉。她是……

一个顾客。随机挑选。

戴安·布莱特-泰勒。

近乎完美。

默里在街边停好车，已经十一点半。刚好有足够的时间找出拖鞋，开香槟，和萨拉窝在沙发里，看吉尔斯·霍兰德和他的三个乡间音乐来宾。到午夜，跨年的时候，他会告诉萨拉他不会再继续工作；他又退休了，这一次彻底地退下来。他记得有一位年迈的探长，工作满三十年后又工作了十年。虽然家里有一位妻子，人们常常说他是和工作结婚了。默里去过他的退休派对——在他终于举办这样一个派对的时候——听到那位探长的计划，环游世界，学一门语言，学打高尔夫。跟着他就去世了，什么都没做，就在他辞职一周后。

生命太短暂。默里想趁自己还有精力享受生活的时候利用好每一刻。两个星期前，默里觉得自己完全有必要使用他的免费公交卡；今天——甚至就在这么晚的时候，刚刚度过了繁忙的一天——他觉得自己和刚工作时一样精神抖擞。

隔壁街区有人在放烟花，有那么一瞬间，天空被绿色、紫色和粉色的火光点亮。默里看着车外烟花绽放，继而消失在夜色中。小巷在尽头分岔，默里减速，向左驶入他要走的那条岔道。他的邻居大都上了年纪，不太可能在街上跳舞庆祝跨年夜，但事情总是说不准。

他转角后烟花变得更多，天空流动着蓝色和——

不。不是烟花。

默里觉得胃里冰凉。

没有烟花。

是一束光，安静地旋转；房子，树，站在自家门外的人们都笼罩在柔和的蓝光里。

“不，不，不，不……”默里听到有人在说话，没有意识到那是他自己。他太过专注于眼前的景象，救护车，医护人员，敞开的前门。

他家的前门。

68

安　娜

“你不会的。”

劳拉挑起一侧的眉毛。“对一个站在枪口的人来说真是一个大胆的挑战。”她拧巴着脸，“你能让她别哭了吗?”

我的手臂不断向两边摆动，但艾拉太吵闹，我也很紧张，动作很不流畅，让她哭得更厉害。我把她水平放在我腿上，掀起上衣开始哺乳。房间终于安静下来。

“她只是个孩子。”我想唤起劳拉的母性，虽然我知道她一直都不想要孩子。“不管你对我做什么，请不要伤害艾拉。”

“你还不明白吗？这是唯一的办法。你和艾拉必须先死。卡罗琳必须先杀了你们。”

我听到来自楼深处的某个地方一声沉闷的重击声。

“不!”妈一直没有说话，这声突然的喊叫让艾拉又哭了起来。“我不会的。”她看着我，“我不会的。她强迫不了我。”

“不用你来。枪在我手里。”劳拉高高地举起枪，她亮晶晶的上衣袖口仍然裹着手指，“上面有你的指纹。”慢慢地，她朝妈走去，枪口正对着妈。我看着门，不知道自己能不能做到。“永远不会有人知道枪不是一直都在你手上。”

“你逃不掉的。”

她挑起一侧精心修剪的眉毛。“只有一种办法能查出来，不是吗？”

我的耳朵里有一声低吼。艾拉急切地吮吸着。

“碰巧，我自己也有保险单。”她微笑，“万一警察怀疑，我只要把他们引向对的方向。我只记得我碰巧听到你们俩讨论汤姆的人寿保险，看到我来了就都不说话了。你们俩从一开始就是一伙的。”

“他们不会相信。”楼道里的声响更多了。我注意去听电梯的“叮”，但有些不同。更有节奏。

“他们调查越深入，就会发现报警说汤姆自杀的电话是在布莱顿买的……”她有意顿了顿，“购买人正是安娜·约翰逊。”

有节奏的声响越来越大，越加急促。我要争取一些时间。“我一直把我们当作一家人。”我慢慢地穿过公寓，走到我妈的身边。面对劳拉。

“关系糟糕，我猜。”

我知道那是什么声音了。

劳拉满腔愤怒，发泄着三十三年来的怨恨。“对你来说习以为常，不是吗？大房子，专门的衣服津贴，冬天滑雪，每年夏天法国游。”

那声响是脚步声，在楼道奔跑。警靴。停在楼下两层，然后安静地前行，比电梯到达时的声响更小。

劳拉的眼睛猛地望向门口。

我开始战栗。买枪的人，带我们来这里的人都是妈。妈杀了爸爸，藏匿尸体。警察不知道劳拉也牵涉其中。他们怎么不会相信她的话？她会逍遥法外……

“不是我的错，劳拉。也不是艾拉的错。”

“就像和生病的妈妈住在那所破房子里也不是我的错一样。”

门外，有细微的声响。

劳拉的手动了动。只是一下。她的手指，逐渐收紧扳机。她的脸色苍白，脖子一边的血管突突跳动。她也害怕。我们都很害怕。

不要，劳拉。

我竖起耳朵，听见门外有非常轻缓的脚步滑动声。他们会像电影里那样突然破门而入吗？先射击，再问话？肾上腺素在我体内窜动。艾拉移开嘴巴的时候，我全身一紧。

我妈呼吸艰难。她被逼进死角，无处可逃，说不了谎。她慢慢往后远离劳拉，远离我。

“你要去哪儿？站住！”

妈瞥了一眼身后，看了看七层楼高没有护栏的阳台。她看着我，用祈求原谅的眼神。像房间一角静音的电视，我的脑海里满是童年的场景：妈给我念故事；爸教我骑自行车；妈一边吃晚饭，一边大笑不止；往楼下大喊；爸大声回应。

警察在等什么？

门阶上的兔子；破窗的砖头。妈抱着艾拉。抱着我。

我突然明白她在想什么，打算做什么。

“妈，不要！”

她继续往前。慢慢地，慢慢地。旁边公寓爆发出一阵喊声，派对的人在午夜倒数。劳拉的眼神拼命地在前门和妈之间转换，她被隔壁的喊声搅得心神不宁，不知道该做什么，朝哪看。

“10！9！8！”

我跟着妈走到阳台。她知道要完了。她知道她要为她的所作所为进监狱。我再一次思考失去我妈会是什么样。

“7！6！”

楼梯口传来一声沉闷的撞击声。

劳拉举起枪，正对着我。她的手指移向扳机。身后，妈在哭泣。风从阳台呼啸而过。

“5！4！3！”隔壁的欢呼声更响亮了。我们的周围是更热闹的烟花，更高亢的欢呼声和音乐声。

“不要开枪！”我全力一吼。

非比寻常的声响。一千分贝。不止。门从铰链脱落，撞向地板，上百名武警越过门板。嘈杂声——各种嘈杂声——他们的，我们的，还有——

“放下武器！”

劳拉退到房间一角，枪还在她手上。我妈的脚停在阳台边缘的玻璃碎渣上。裙裾飞舞。她看着我的眼睛。

随后她纵身一跃。

我尖叫——不停地尖叫，不知道这声音只是在我脑海里还是其他人也能听到。她的裙子像坠落的降落伞一样鼓起，她不停地转，急速向下。头顶烟花绽放，漫天都是金色和银色的烟花雨。

我的身旁一位警官，嘴巴开合，我听不到他的话，他的表情中满是关切。给我，给艾拉裹上一张毯子。他一只手拍着我的背，把我拉进屋里，我们穿过公寓，走到楼梯口，不让我停下步伐，虽然我还是看见劳拉躺在地上；一位警官跪在她旁边。我不知道她是死是活，我也不知道我在不在乎。

救护车里，我止不住地颤抖。救护员开朗快活，动作利落，一头金发，肩上搭着两个粗辫子。她朝我手臂打了一针，几秒种后，我感觉像是喝下了一瓶红酒。

“我在哺乳期。”我说得太晚了。

“你要是处于恐慌之中对她没有任何好处。让她昏昏欲睡，总比体内肾上腺素过高强。”

救护车后门咔的一声打开。我想我认出了那位拿毯子的警官，但药物让我头昏眼花，每个穿着制服的人看上去都一样。

“有人来看你。”他说了一句，随后站到一旁。

“他们不让我穿过警戒线。”马克爬进救护车，靠着我旁边的床，“没人能告诉我发生了什么事。我好害怕你们……”他停住，不让心情随着语气低落起来，转而用手臂环住我和艾拉。艾拉睡着了，我又好奇孩子会梦到什么，担心她会不会因为今晚的事做噩梦。

“打了一场仗吗，安娜?”比利试图挤出笑容，但失败了。他的脸上满是担忧。

“劳拉……”我开口，但我的头好沉；舌头大得要伸出嘴外。

“我给她打了点缓解惊恐的药物，”我听到医护人员说，“她可能暂时有些昏沉。”

“我们知道，”比利对我说，“马克取消派对的时候，他告诉了我发生的事。关于卡罗琳的表妹和他的暴力前夫。我感觉不对。卡罗琳从没提过一个叫安吉拉的表妹，还有劳拉借了三菱车……”

就在几小时前，我还横躺在艾拉的座椅上。躲避视线，害怕被发现。一切仿佛像是在回忆一场电影，或者一个发生在别人身上的故事。我感受不到当时的害怕，不知道是不是药物让这一切变得虚幻。我也希望这不是真的。

“我接到比利之后就尽快赶过来。”

他们俩之间发生了微妙的变化——不再关系紧张，没有言语摩擦——但我太累，无力深究。此刻医护人员正温柔地将他们请出去，把我放在床上，把艾拉固定好。我闭上眼睛，不再挣扎，睡去。

都结束了。

69

默 里

萨拉闭着眼睛，脸色平和，仿佛在沉睡。她的手摸起来沉重，冰冷。默里轻轻地用他的大拇指拂过她如纸般纤薄的皮肤。他的眼泪毫不顾忌地落在白色的医用床单上，每一滴都变成了一个深色斑点，像是刚落下的夏日暴雨。

病房的这一段有四张床，除了萨拉的，都没人。一位护士小心翼翼地在走廊徘徊，在这个最私人的时刻给默里留出一点空间。看到默里好了一些，她走到他旁边。

“你想待多久就待多久。”

默里轻抚萨拉的头发。时间，最宝贵的东西。他和萨拉一起度过了多少？多少天？多少小时，多少分钟？

不够。永远都不够。

“你可以和她说说话。你想的话。”

“她能听见我的声音吗？”他看着萨拉胸口微弱的起伏。

“还说不准。”那位护士四十多岁，有一双温柔黑色的眼睛，语气里满是同情。

默里的眼神顺着那些蜿蜒穿过他妻子身体的管子和导线，停在那些维持她生命的机器上，再到含有安神吗啡的静脉滴注管。

会诊医生解释过，他们会加大剂量。在合适的时间。

救护车只用了几分钟，但这几分钟却那么久。接下来的几天里——无数的护士，会诊医生，机器和文书——默里不停强迫自己回忆那几分钟，仿佛他在场，仿佛这一些发生在他身上。

厨房里有一把翻倒的椅子；萨拉倒下的水池边有一个打碎的杯子。电话就在她旁边的地砖上。默里回想着那些画面，一幅又一幅，像匕首般刺破皮肤。

尼什求他不要再想。她来的时候手里拿着一个锡箔纸包裹的东西，还带着烤炉的余热，在探病时段的间隙找到了默里。她听着默里告诉她那些没有人能确定发生过的事情，然后她覆上默里的手和他一起落泪。"为什么要这么折磨自己？"

"因为我没有在她身边。"默里简短地回答。

尼什的眼泪顺着脸颊流下。"就算你在，也没法阻止这一切。"

脑动脉瘤，医生说。

昏迷。

抱最好的希望，做最坏的准备。

然后是：我很抱歉。我们已经尽力了。

她不会有任何感觉，他们解释说。这是正确的办法。这是唯一的办法。

默里张开嘴，却说不出话。他的胸口很痛，他知道他的心正在分崩离析。他看着护士。"我不知道该说什么。"

"什么都可以。聊聊天气。告诉她你早餐吃了什么。抱怨一下工作。”她把一只手放在默里肩上，轻轻地捏了一下，然后移开。“你脑子里想什么，就说什么。”

她走到离默里和萨拉最远的角落，开始叠毯子，整理空床位旁边金属柜里的东西。

默里看着他的妻子。用一根手指拂过她的额头——焦虑的皱纹现在都已舒展——再到鼻梁。绕过固定萨拉嘴里管子的塑料面罩，摩挲她的脸颊，脖子。指尖滑过她耳朵的轮廓。

你脑子里想什么，就说什么。

他的旁边，机器的声音还在响，这有节奏的声音成了ICU病房的标志。

“对不起，我没有在你身边……”他终于开口，但话语变成了啜泣，泪水恣意，眼睛看不见任何东西。他们共度了多少时光？如果没有生病，他们还有多少时间？默里回忆起萨拉在婚礼上的样子，身穿她挑选来的取代白色婚纱的黄裙子。他还记得他们买下房子后，她是多么的高兴。他握住萨拉柔软无力的手指，结果却发现指甲缝里填满泥土；在医院枕头的映衬下，她的脸并未显得苍白，而是带着清晨打理花园后的红润。

尽管这些都还不够，但他们共度的时光就是他的所有。

一直都是他的全世界。

他们的全世界。

默里清了清嗓子。他望向护士。“我准备好了。”

短暂沉默后，默里有些希望她会说还不到时候——可能还要一个小时，但同时他明白她要是那么说他会无法忍受。多些时间并不会让他舒服一点儿。

她点点头。“我去叫克里斯蒂医生。”

再也没人说话。他们拔出萨拉喉咙的管子，轻柔得仿佛萨拉是玻璃做的一般；推走带滚轮的机器，那台机器让一颗太过脆弱而不能自主搏动的心脏能一直跳动。他们保证会待在门外，待在走廊里，能随时帮忙。劝慰他不要害怕，不要感觉孤独。

然后他们让他单独留下。

默里把头放在枕头上，那个他爱了半辈子的女人旁边。他看着她的胸膛上下起伏，微弱到几乎难以察觉。

直到完全消失。

70
安　娜

“安娜！看这里！”

“对你妈妈的死你作何感受?”

马克把手放在我背上，把我带到街对面，一直低声告诉我，“不要眼神交流……往前看……快到了……”我们走到人行道，他收回手，提起婴儿车车轮，抬上路缘。

“海明斯先生——百万富翁安娜·约翰逊最先吸引你的是哪一点?”

一阵笑声荡开。

马克从口袋里拿出一把钥匙打开前门。有人在栅栏上绑了一束玻璃纸包的花。给爸?给妈?给我?马克把门滑开的时候——刚好够让我推进婴儿车——一个来自《太阳报》的人站到我们前面。我知道他来自《太阳报》，因为过去七天的每一天里他都会告诉我一遍，还因为他的北面[①]羊毛衫的拉链上挂着一张狗耳形状的身份卡，仿佛职业性的标识能抵销他日常的骚扰。

“你站到了私人领地上。”马克说。

---

① The North Face® 北面，美国著名户外品牌。

那个记者低头。一只磨损的棕色靴子一半在人行道上，一半在我们铺车道的沙砾石上。他动了动。不到一英寸，但不再构成侵犯。他把一部 iPhone 怼到我脸上。

“只需简短地说一句，安娜，这些人都会消失。”他身后站着他的助手。两台摄像机像是两架机关枪一样扛在那个年长一些的人身上，风雪大衣垂坠的口袋里塞满了镜头、闪光灯和电池。

“走开。”

这是个错误。立刻就满是笔记本的沙沙声，另一台电话。那一撮人群冲上来，把我打破沉默的举动当作是一种邀请。

“现在有机会说出你那部分故事。”

“安娜！看这里！”

“你成长的过程中你妈妈是什么样的，安娜？她打你吗?”最后这句话以升调结尾，现在他们全都开始嚷嚷。所有人想让我听到他们的声音，所有人都渴望获得独家报道。

罗伯特的前门打开，他穿着一双皮拖鞋走下门阶。他快速地对我点点头，但眼睛一直停在那些记者身上。“你们还不滚蛋?”

“你怎么不滚?”

“他是谁?”

“不重要。”

这足够转移他们的注意力。我感激地看了罗伯特一眼，感觉马克的手又抚上我的背，把我往前推。婴儿车的轮子在沙砾石上咯吱作响，然后马克拉上门，上锁。闪光灯有两个，三个，四个。

照片越来越多。

越来越多我苍白焦虑的照片；越来越多的照片里，艾拉的婴儿车车罩上夹着隐私毯；越来越多马克的照片，严肃地护送我们上下车，在我们不得不离开房子的安全区域时。

只有本地的报纸还把我们放在头版(全国性的报纸已经把我们挪到第五版)，那是一张隔着栅栏拍的照片，仿佛我们被关起来了。

屋子里，马克在煮咖啡。

警察希望我们到别的地方回避。

“就几天。”肯尼迪警长说。

我当时刚录完口供，和一位女警探在一间没有窗户的屋子里待了将近八个小时，她看上去很不愿待在这里。不止她这样想。

回到家，厨房——我爸被谋杀的地方——已经被封锁，身着白衣的法医把每个地方都擦拭得很干净。

“这是我的房子。”我说，“我不会去别的地方。”

虽然妈和劳拉在地板上倒了漂白剂，警察还是在大理石之间的水泥里发现了血迹。一直在我脚下的血，过去无数个月里。我觉得自己应该看看，应该知情。

我们三天后才能使用厨房；他们还要 24 小时才能清理完花园。马克拉上厨房玻璃门的帘子，让我看不到草坪上的土堆，关上房子前部的百叶窗，阻隔马路上头条追逐者的望远镜镜头。

“今天没有那么多人了，”他说，“这周末他们就会全散了。”

“等审判开始他们还会回来。”

“船到桥头自然直。”他递给我一杯热气腾腾的咖啡，我们坐在桌旁。我已经撤走上面的东西；把桌子换了个位置，还换了两张扶椅。我希望这样小小的改变——迟早有一天——能不再激起我的回忆，不再让我想象发生在这里的事情。

马克在浏览信件，剩下大部分都没打开，他把这些信件放到准备回收的一堆废品之中，连同记者们扔到车道上又让他捡起来的便签。

重金交换你们的独家新闻。

还有出版社和文学经纪人的约稿。电影公司和电视真人秀也有意接触。慰问卡、葬礼宣传单，以及伊斯特本当地居民送来的卡片，他们震惊地发现卡罗琳这个活动家、筹款人、社区委员会成员竟然谋杀了她的丈夫。

这些都要进垃圾桶。

“事情很快就会平息下来的。”

“我知道。”这些写手很快会找到另一个有趣的故事，有一天我走在伊斯特本，人们不会再和朋友交头接耳。就是她——约翰逊家的女儿。

总有一天。

马克清清嗓子。“我有话对你说。”

我看着他的脸，胃开始抽搐，像电梯坠向底层，没有暂停键。我无法再接受什么通知，什么意外了。我希望余下的生命力都清楚地知道每一天每一小时里发生的事情。

“警察询问卡罗琳在我儿那的心理咨询预约……”他盯着他的咖啡，沉默了一会儿。

我没有说话，我的心跳如鼓擂般回荡在耳边。

“我撒了谎。”

我再次感觉眩晕，脚下的地板开裂，分离，移动。生活因一个字而改变。

一个谎言。

“我从未见过你妈。”他抬起头，想要对上我的眼神，“但我和她说过话。”

我重重地咽了一口气。

“我没有想到，直到你第一次告诉我。我看了我的预约记录，确实有你妈的名字。我想起她的电话；记得她告诉我她丈夫过世，她需要帮助来渡过这个难关。只是她一直没有出现，你说的时候我才想起来。”

“为什么没有告诉我？”

马克像刚跑完马拉松那样长呼了一口气。“病人隐私？”他的声音带着疑问，仿佛他明白这有些可笑。“还因为我不想你离开我。”

“为什么不想？”我问，虽然我已经知道答案。

他牵起我的手，用大拇指摩挲我的手腕内侧。他轻柔的按压让皮肤发白，蓝绿色的血管清晰可见，像是一条河的支流。“因为那时候我已经爱上了你。”

他倾身向前，我也往前。我们停在桌子中央，在餐桌一角的上方怪异地弯着腰。我闭上眼睛，感受他柔软的唇瓣，他温暖的呼吸。

“对不起。”他低语。

“没关系。”

我明白他这么做的原因。他说得对：我当时会选择去另外的机构。对着一个曾倾听我妈袒露心声的男人倒我自己的苦水确实太过奇怪。可如果我换个地方，艾拉就不会出生。

“不过，不要再有秘密了。”

“没有秘密。”马克回答，“一个新的开始。”他犹豫了一下，我想有那么一瞬间他还想说点儿什么，但他伸进他的口袋，拿出一个天鹅绒的小盒子。

他滑下座椅，单膝跪地，紧盯着我。

71

默　里

“请再来一张。”

真是一个尴尬的拍照姿势，他们并排站着，握着手，共同捧起默里裱框的奖状。

“好了。”

摄影师拍完了，警察局局长又握了握默里的手，笑容里带着真诚的温暖。“今晚要庆祝？”

“就和一些朋友，女士。”

“应该的。干得好，默里。”

局长站到一侧，留默里独自在聚光灯下。不用发言，但默里往后收了收肩膀将奖状举在身前，局长开始鼓掌，引来满屋的掌声。隔着几张桌子的距离，尼什笑容满面地朝他竖起两个大拇指，然后用力鼓掌。靠近门的地方，有人在欢呼。连来自下米兹前台阴沉的约翰都在鼓掌。

恍惚间，默里看到萨拉坐在观众席。她一定穿着她鲜艳、蓬松的亚麻裙，脖子系着或头上裹着一条围巾。她一定咧嘴大笑，环顾四周，想对上别人的眼神，和他们分享她的骄傲。

他的眼睛刺痛。他赶紧把奖状反过来让自己能瞧见，使劲眨眼，直到眼睛不再有流泪的冲动。他一直在想象病情稳定时的萨拉，他提醒自己。萨拉绝对不会来这间屋子；她会待在海菲尔德，或是埋在羽绒被下，无法陪伴默里，陪他接受最后一次的嘉奖。

C6821 默里·麦肯齐以无私奉献、坚忍不拔的精神和高超的侦查技能促使汤姆·约翰逊谋杀案顺利侦破并锁定两位嫌疑人，特此表彰。他的贡献是后援力量的典范。

锁定两位嫌疑人。措辞谨慎。没能把卡罗琳·约翰逊带上法庭，默里感到一阵懊悔。她从马克·海明斯七层楼高的公寓阳台跳下，落在一群围观者面前，她身体坠地的画面将在围观者的脑中挥之不去。没有告诉她女儿的秘密也随之而去。

劳拉·巴恩斯已被押候审判。审讯时她一言不发，但她盛怒之时的言辞被逮捕警官的随身摄像全部记录。这些录像，再加上詹姆斯·肯尼迪警长和他团队的指控，让默里坚信她会认罪。劳拉把行踪掩盖得很好。但车牌自动识别系统（ANPR）显示 Fones4All 卖出手机的时候她的车就在布莱顿。一位语音识别专家确认打进控制室所谓“戴安·布伦特一泰勒”的声音和劳拉相符，他将作为专家证人出庭做证。

只是默里不会出庭旁听。

掌声退去。默里向观众席点头致谢，然后走下小舞台。当他走回观众席，准备聆听警长致结束语时，他看到肖恩·道林和他们的前探长——现在是肖恩在高科技犯罪中心的同事——坐在一起。两人相继站起来。他们又开始鼓掌，这次慢一些。他们同桌剩下的人也跟着站起来。等默里走到屋子中央，椅子发出吱吱呀呀的刮蹭声，人群开始涌动，他这么多年一起工作的朋友和同事都不约而同地为他起立喝彩。

鼓掌的节奏加快，比他的脚步快，但不如他的心跳快，他的心因为对在场众人的感激而狂跳不已。

他的警队大家庭。

默里一脸绯红地回到座位。现场爆发出最后一次欢呼声，然后是警长致辞快结束时椅子拖动的声音。大家眼睛都从他身上转移到别处让他如释重负，他趁机再看了一遍自己的奖状。这是他警察生涯的第三次，但却是担任文职的第一次。第一次也是最后一次。

“干得好，伙计。”

“真不错。”

“找时间喝啤酒?”

晚会仪式结束，默里的前同事们走向屋子后方的自助餐台，还不忘在经过时拍拍默里的后背。很少在警局的内部仪式上能看到食物；警察的天性就是充分利用发生的事。尼什挤过人群，张开双臂拥抱默里，她小声地用只有默里能听到的音量说道：

“她一定很骄傲。”

默里重重地点头，不敢开口说话。尼什的眼睛闪烁着光芒。

“恕我打扰一下……”穿制服的利奥·格里菲斯拿着一瓶健怡可乐说道。他领带上的香肠卷残渍说明他已经优先排队取过自助餐了。

默里握上利奥伸出的手。

“祝贺祝贺。”

“谢谢。”

“这嘉奖仪式太棒了。”利奥环顾四周，“我上次参加的表彰仪式供应的是热橙汁，一人一块限量饼干。”

“一举两得。既是嘉奖仪式，也是退休仪式。有规模效益[①]。”默里严肃地补充道，用了警长最喜欢的一个流行语。尼什憋着笑。

“不错。其实这就是我想跟你说的。”

“规模经济？”

“退休。不知道你看到悬案审查组招聘文职调查员的广告没有？”

默里看到了。其实，已经不下七个人专门告诉他，包括局长本人。

“就在你住的那条街上，我想过，”局长之前说，“这是个机会，让你的调查才能得到施展，也让组里缺少经验的年轻成员成长。这次是正式聘用。”她十分明确地补充一句。约翰逊案件的成功让默里违反规定的行为能功过相抵，但他清楚地知道——如果他想留在那个位置——那些违反规定的事不能再发生。

默里不想留在那个位置。他根本不想留在警队。

“谢谢，利奥，但我已经递交了辞职信。我要去享受我的退休生活。去旅游。”默里想象那台锃亮的新房车，他已经付了定金，下星期就可以提车。花了他一大笔养老金，但物超所值。里面有一间小厨房，小卫生间，双人床，舒适的生活区有一张折叠桌，还有一个大方向盘，让默里觉得他在驾驶一辆卡车。

他不能再拖。警局同事一直都对他很好，但该是时候离开了。

“好。我们想留你也别怪我们，好吗？你打算去哪里？”

默里公开退休计划后的几周，好几个人都问过他这个问题。默里始终给出同一个答案。这么多年来，默里一直按照别人的节奏生活。萨拉在海菲尔德住院。她病情稳定；她病情恶化。早班、晚班、夜班。

---

① Economies of scale，也作规模经济，由于业务规模的扩大而降低生产和销售成本。

平时加班、周末加班。做汇报；听取汇报。默里的退休计划里，没有时间限定；没有日程表；没有计划。

“想去哪里就去哪里。”

72

安　娜

空气中弥漫着修剪后的青草味。天气还有些冷，但天气即将好转。我把艾拉的婴儿车换成了折叠幼儿车，我给她系安全带的时候她高兴地嘟囔着。我喊来丽塔，给它套上狗绳。

“我就不打扰你们了。需要我的时候打电话给我。”

“别担心，亲爱的。厨房的东西有需要留下的吗？”

奥克维尤是个繁忙之地。有五个搬运工人，都在不同的房间里，打包好的盒子堆成了小山。

“只有水壶，谢谢。”我的车上装了一箱子的必需品——茶叶、卷纸、几只盘子和杯子——等搬到新房子的时候方便拿出来。

我一边走着，一边跟艾拉聊天，手指着猫啦，狗啦，还有困在树上的气球。经过约翰逊车行的前院时，我们停了一下，好让比利注意到我们。他朝我们挥手，我弯腰拉起艾拉的手回敬。他忙着和一个新来的销售代表说话，我不想打扰到他。

前院看上去不错。那辆保时捷博客斯特跑车伴随着春的第一缕气息成功出售了。取而代之的是两辆跑车，顶篷都被收起，引擎盖闪闪发亮。比利叔叔终于同意我援助车行，所以我投入了一笔资金，至少能让车行挺上一阵。马克觉得我疯了。

“这是做生意，不是做慈善。”他说。

但它不仅仅是生意。还是我的过去。我们的现在。艾拉的未来。约翰逊祖父从他父亲那里继承，比利和爸再从祖父手里接管过来。现在轮到我和比利来支撑车行，等待生意好转。谁知道艾拉以后会不会继续传承下去——那是她自己决定的事——但我不能眼看着约翰逊车行倒闭。

我们沿着海岸散步。我看着码头，想到以前和爸妈在这里散步的情景，不再像过去三个月那样满心的愤怒，而只是感觉无比的忧伤。我不确定这是否是一种改进，于是默默地记下，以便下次心理咨询的时候提出来。我又“约会”了。不是和马克那边的同事——那太别扭了——而是和贝克斯希尔一位体贴、温柔的女士，她倾听多过交谈，每次见面都让我感觉自己又强大了一点。

离海滨远些的地方，一条街的尽头，是一排带露台的房子。幼儿车在不平坦的人行道上下颠簸，艾拉的嘟囔声越来越大。她现在发出的声音像在讲话，我提醒自己记下每一个重大进步，以免忘记。

我们停在五号门牌，我按下门铃。我有一把备用钥匙，但我从没用过。马克开门的时候我正弯下腰把艾拉从车里抱出来。

“怎么样?”

“有序的混乱。我知道我们来早了，但我们妨碍到他们了。所以……”我吻了一下艾拉，尽量久地抱着她，然后把她交给马克。我还是有些不习惯，但每一次都感觉要轻松一些。这不是一种正式的约定，没有每隔一周的周末以及一周一天的固定安排。只是我们两个，虽然分居，但共同抚养孩子。

“没事，你想在我这待会儿吗？”

“我还是回去比较好。”

“我明天把她送到你的新家。”

“给你这个荣幸。”

我们对视了一下，对过去发生的一切和现在这种新奇的感觉心照不宣。然后我又吻了吻艾拉，把她留给她父亲。

事到最后，其实不难。

“你愿意嫁给我吗？”

我没有说话。他等待着，热切地期盼着。

我想象自己和他站在圣坛，艾拉已经是个蹒跚学步的女花童。我想象自己转身望向众人，而父亲不在，我再次感到失落。比利会把我的手交出去，我猜。不是我爸，但是我最亲近的人。很幸运有他。

台下坐满了朋友，邻居。

没有劳拉。

我并不觉得悲痛。她的审判日期已经定下，尽管我因为要出庭指证她而做起了噩梦，但受害者支援会已经跟我讲解了流程。我要一个人站在做证席，但我知道我的背后有一群人。她会被判刑，我坚信。

她已经写了好几次信，祈求原谅。候审囚犯是禁止与审判证人接触的，那些信是通过一个我们共同的熟人传递的，那个人被友情蒙蔽，不相信她真的犯下那些被指控的罪名。

那些信很长，饱含深情。信中大谈我们过去的交情，我们相依为命，我们都失去了母亲。我把信留着是为了以防万一，不是出于情感。虽然我知道我永远不会把它们交给警察。劳拉写信给我是在冒险，但并不会有严重后果。她太了解我了。

我妈也将缺席我的婚礼，我也并不悲伤。她在我的心目中打下仇恨的烙印，无论多少的心理咨询都无法磨灭。但我恨她不是因为她杀了爸——虽然这是导火索。甚至不是因为她撒谎假死，陷我于悲痛中。而是她之后的那些谎言，编造的关于他们婚姻的半真半假的谎言。是她让我相信爸是酒鬼，是爸打她，而事实恰恰相反。是因为她让我再次信任她。

“嗯?”马克追问,“你愿意吗?”

我意识到将要出口的“不”和谁会出席谁会缺席我们婚礼没有关系。

“如果我们没有艾拉,”我问,“你觉得我们还会在一起吗?”

他停顿了一下——这一下已经够长。“当然会。”我注视着他，就这样僵持了一会儿。他败下阵来，露出一个并未触及眼底的浅笑。“也许。”

我拉起他的手,“我觉得也许还不够。”

奥克维尤很快售出，卖给一个有三个孩子的家庭。他们接受房子的历史，作为售价远低于市价的交换。我希望他们能让这栋房子充满欢笑。马克在普特尼的公寓正在出售，他现在待在伊斯特本，以方便我们共同养育艾拉。

“出售”标志挂出的时候，我双眼蒙眬，但只是一会儿。我不想站在克利夫兰大道上：邻居用病态的痴迷眼神盯着我，游客又专程赶来看这房子，直瞪瞪地瞅着他们几乎看不见的花园。

劳拉和妈把碎玻璃和爸的尸体扔进了化粪池。酒瓶口有妈的指纹；

那些劳拉小心捡起扔进池子的碎玻璃上有她的指纹。

池子早就没了。罗伯特的扩建规划正在进行中，他用三万英镑的巨款补偿给新主人带来的不便，但他们不打算换掉妈的玫瑰花床，反而准备购置一个足球门框和攀爬架。

我朝着奥克维尤往回走，不推幼儿车，我的手感觉空荡荡的。一只黑白相间的猫从我面前穿过，丽塔拉扯着狗绳往前冲，我抑制住自己想指着它让艾拉看的动作。不知道我会不会习惯她有时不在我身边。

我买了一栋和我家尽可能不同的房子。简洁现代的方正设计，有三间卧室和开放式底楼。艾拉开始爬行的时候，我可以从厨房看到她。

回到奥克维尤，他们已经装车。他们会把我的床、艾拉的小床留下。今晚我们要在一栋空空如也的房子入睡，准备明天彻底搬走。新房子在这条路一英里处，但感觉却如此遥远。

"差不多了，亲爱的。"搬运工因为搬重型家具大汗淋漓。我把笨重的衣柜、长餐桌和大厅梳妆台都留给了新来的家庭。他们很高兴能省下一笔钱。这些家具对我的新房子来说太大了，也包含了太多回忆。我不想留着。搬运工人用手背擦拭眉毛，"刚才有信件送过来，我帮你收到边上了。"

在梳妆台上。又是劳拉的朋友亲自送来的。不知道审判过后，一旦所有证据都公诸于世，她是否还会如此支持劳拉。指控累积有多项：隐瞒罪行；藏匿父亲的尸体；威胁要杀人。

信封激活了那些不堪回首的画面。劳拉手握着枪。我的母亲，不断向阳台边缘靠近。我摇摇头。都结束了，都结束了。

我拿出信，只有一张纸。没有之前来信中满溢的歉意。我的拒绝答复——拒绝撤销诉讼支持——看来是奏效了。

我打开纸，耳朵一阵轰鸣。血液簌簌窜动，脉搏加速。

只有一行字，在纸的中央。

自杀?

信纸在我的手中抖动。我全身发热，感觉自己快要晕过去。我穿过厨房——穿过那些搬运工前前后后忙碌地往卡车上搬的箱子——打开后门。

自杀?

我走进花园。强迫自己缓慢地深呼吸，直到不再眩晕为止，只是耳中的轰鸣声仍无法止息，我的胸膛因为恐惧而紧绷。

因为这次我不再需要到别处寻找答案。

这次也不是自杀。

我妈并没有跳下去。

作者的话

和世界上许多人一样，我为约翰·达尔文(John Darwin) 在 2007 年奇迹般的“复活” 感到震惊，因为他在五年以前被认定在英格兰东北部的一场划艇事故中丧生。他的妻子后来承认，在他们搬去巴拿马开始新生活前，约翰一直和她生活在他们的家里。

我被这个故事深深吸引，被约翰·达尔文的胆大妄为吸引。他为了在故乡四处走动不被认出而乔装打扮；两个儿子来看望本该心烦意乱的母亲，他也经常躲在一旁偷听。我不知道，如果你发现自己的父母故意让你承受这种丧亲之痛，你会是什么感觉，你又将如何重建与他们的关系。我很难理解会有父母用如此冷酷无情的方式对待他们的孩子。

在创作《说谎者》（*Let Me Lie*）期间，我发现以下出版物非常有助于挖掘达尔文奇遇背后的细节：塔米·科恩的《无桨溯流》（*Up the Creek Without a Paddle*，Tammy Cohen)；安妮·达尔文的《力所不及》(*Out of My Depth*，Anne Darwin)。但这本书中的情节和人物均是我虚构的，没有任何我读过或听过的故事作为基础。

在搜索比奇角自杀事件时，基思·莱恩所著《悬崖边的守护者》(*Life on the Edge*，Keith Lane）一书——讲述妻子从苏塞克斯悬崖跳下身亡的男人自传——深深打动了我。基思·莱恩接下来在的四年时间里，成功阻止了二十九人自杀。

比奇角牧师队每周在比奇角的巡逻时间超过一百小时，他们擅长阻止自杀和危机干预，为警察和海岸警卫队的搜救任务提供支持，自2004年成立以来已拯救大约二千人。这支队伍完全依靠公众支持，所以请关注他们的脸书账号@BeachyHeadChaplaincyTeam，并尽可能地支持他们的工作。

根据慈善机构MIND的数据，今年每四个人中就有一人将经历心理健康问题，超过百分之二十的成人承认在生活中有过自杀的念头。英国每天有十六人死于自杀。如果你已经被本书中提及的任何问题困扰，或是想向他人倾诉你的感受，我建议你致电撒马利亚会[1]，他们随时接受任何来电，他们的电话为116 123。

---

① Samaritans，英国慈善团体，为严重抑郁和想自杀的人提供热线电话谈心服务。

致　谢

我以前的警局同事一直给予我鼓励和支持，我很感激他们一直为我的书加油鼓劲，即使我在程序上的准确性有失偏颇。写作《说谎者》（*Let Me Lie*）期间，我要特别感谢：莎拉·瑟克尔（Sarah Thirkell），为我提供法医方面的建议；柯丝蒂·哈里斯（Kirsty Harris），回答有关罪案调查的问题；迪·琼斯（Di Jones），解释 999 报警电话的处理程序；安迪·罗宾逊（Andy Robinson）——再次——在手机方面提供更多的建议。总有一天，我要不再依靠你们帮助写一本书。

我要感谢海事与海岸警卫署（Maritime and Coastguard Agency）的希瑟·思卡尔（Heather Skull）和凯姆斯·比斯利（Kaimes Beasley），他们在潮汐活动和尸体追踪方面提供了慷慨和创造性的建议；感谢贝姬·费根（Becky Fagan）就边缘性人格障碍和心理健康系统提出建议。假如这些细节我有任何处理欠妥的地方，我向上述所有人致歉；所有的错误都由我一人承担。

玛丽·戴维斯（Marie Davies）是动物慈善机构“挚爱塞浦路斯犬只救援会”（Love Cyprus Dog Rescue）举办的一项竞赛的获胜者，她在收养流浪狗方面做出了极大贡献。我很高兴把玛丽个人的搜救犬丽塔写进本书，希望我没有什么偏误。

十年前，社交媒体几乎不会出现在作家的生活中；现在，我无法想象没有我在 Facebook、Twitter 和 Instagram 上的粉丝，我该怎么办。你们在我写作困难的时候理解我，为我的好消息欢呼，帮助我做研究，把我的书推上畅销书排行榜。真心地感谢你们！

我很幸运能和一群最优秀的人共事。希拉·克劳利（Sheila Crowley）和柯蒂斯·布朗（Curtis Brown）团队始终陪伴我写作的每一阶段——我简直不能奢求有更好的文学代理人；我还拥有世界上最好的出版商。特别感谢露西·马拉戈尼（Lucy Malagoni）、卡斯·伯克（Cath Burke）和 Sphere① 团队，克莱尔·蔡恩（Claire Zion）和她在伯克利的团队，以及利特尔 & 布朗法律团队。谢谢你们——我很喜欢与你们共事。

此外还有许许多多的图书博主、零售商和图书管理员，我无法向你们单独致谢，但请你们相信，我珍视你们所做的一切，非常感激你们的评论、推荐和书架空间，无论是在线上的还是其他地方。

非常感谢所有工作在犯罪现场的人；感谢金·艾伦（Kim Allen）让我保持条理性；还有我的朋友和家人。罗伯、乔什、埃维和乔治，你们是我的全世界。对不起，我脾气太不好了。

最后，但同样重要的是，谢谢你拿起这本书。希望你喜欢。

① Sphere：英国一家出版大众类小说和非小说读物，特别是犯罪和惊悚读物的出版公司。

仅限于此版本

以下为《说谎者》所附加的默里与萨拉相识的场景

“队形散开——向右——看齐!”

一声令下，新一届的警校毕业生——包括六十四名男毕业生和十七名女毕业生——将眼睛齐刷刷地转向右方。他们单臂侧平举，小步挪动以形成间距恰好为一臂的整齐列队，然后恢复立正姿态，戴白色手套的双手紧贴在制服的两侧。

默里始终注视着亨德森参谋。和许多警校教官一样，亨德森参谋是一名退役军人，而此刻他的花白小胡子抽动了一下，预示着下一个即将喊出的口令。

“向左注目礼——”亨德森缓口气。默里感觉自己紧绷绷的，尽管他们已经操练过这些动作无数次，他甚至有时候睡醒以后发现自己的双脚在毯子（那种新学员领到的盖起来让人发痒的毯子）底下踏步。“齐步——走!”

于是，1982 年 6 月的警校毕业班高抬着腿，高昂着头，在铜管乐队的伴奏下从操场上正步走过。那乐队伴奏的响声之大，让头天晚上就有些兴奋过头的人听起来难受。再也不要了，默里回想起他往从食堂偷来的塑料杯子里倒了双份威士忌的那股得意劲儿。那个时候觉得提前庆祝是件好事。可到了今天早上，等他发现还有一双靴子要强行套到脚上，一件衬衫要熨烫平整的时候，默里真是后悔自己没有听从巡佐的意见早点上床睡觉。

“全体，立——定!”

默里和他的大多数同学都在操场正中央站定，阳光直射进他们的眼睛，默里尽量不眯眼睛。少数几个代表，千挑万选出来的精英中的精英，迈步到场地前方，向当天下午的贵宾献旗。参加毕业典礼的贵宾肯定是皇室成员，大家已经热烈讨论过会是哪一位，史蒂夫·布里奇斯那里还记了一笔账，账上显示戴安娜王妃的赔率是10∶1。默里也押了一英镑在王太后身上。而他现在好奇的是，有谁在约克公爵身上下了重注，如果没有的话，那些钱最终会到谁的手里。

安德鲁王子发表了一通鼓舞人心的讲话，讲到“人民警察”罗伯特·皮尔[1]，讲到现在这些年轻警官们身上的责任有多么重大。默里心中涌起一阵自豪感。等到了周一早上，他就在布莱顿巡逻、追捕凶犯，实战演练警校学到的那一套了。

每一位合格的新警员都有四张入场券给自己的家人。默里送了两张给父母，另外两张给了女警克莱尔·伍兹——伍兹有个大家庭，且她的做派让人难以拒绝。现在默里往操场前方的观众台上扫视，他发现了自己的父母。他的父亲僵直地穿着一套借来的西装，戴着结婚时的领带，冲着默里骄傲地微笑，默里与他目光相触，努力克制住自己不要咧开嘴来回应他。默里的父亲当了一辈子的“27号警员麦肯齐”，三年前刚退休，尽管他有意让默里自己选择人生的道路，但默里认为

① Sir Robert Peel，罗伯特·皮尔爵士（1788—1850），两度任英国首相，被视为英国保守党的创建人。

紧随他的脚步才是最为骄傲的事。他看向自己的母亲，但那妇人正盯着安德鲁王子，眼神就像在看初生的婴儿或者狗仔。

“全体——稍息!”

八十一名警员整齐划一地将左腿抬到九十度，然后重重地踏在地上，刚好向左迈开六英寸。此时默里的注意力突然被看台上一道亮粉色的闪光和一捧菠萝头似的黄发吸引过去了。看台上本是一片沉寂的西装和礼帽，那闪光和黄发便在里面若隐若现的。

“全体都有——原地——解散!”

队伍散开了，毕业生们可以去找他们的家人，然后排队让警队的摄影师为他们拍上一张合影，让今天的毕业典礼成为一枚永恒的相框里的纪念，摆放在那些骄傲的父母和伴侣们的壁炉台上。

又过了一个小时，默里才再次看见那件亮粉色的套头衫。当时他的父亲正在和一位他老早认识的总督察说话，而他的母亲正在向亨德森参谋询问默里周日即将搬进去的单身宿舍的设施情况。

这次默里看清楚了那件亮粉色的套头衫里镶嵌了亮闪闪的丝线，袖子也是没有经过腋下直接通到了袖口，而穿套头衫的人正站在自助餐台边上。她年龄与默里相仿，十九或二十一岁的样子，看起来像是一阵风就会把她吹倒。鲜艳的青绿色眼影涂满了整个眼窝，她伸手去拿千层塔的时候，前臂上十几个手镯叮当作响。她拿了两只千层塔放在盘子里，抬头看看没人注意她，接着又把另外三只千层塔上的对虾挑出来扔进嘴里。默里咧嘴笑了，等女孩再次抬起头时，他们的目光相遇了。她一点儿也不觉得难为情，反倒冲默里笑笑，又捏起一只明虾放进嘴里。

“麦肯!”吉姆·赖德拍默里的后背。“昨晚爽翻了，伙计。”

“我这会儿还没回过神呢，”默里笑笑。

“来个以酒解酒?”吉姆变魔术似的从制服里掏出一个小扁酒瓶子，然后往默里的橙汁里倒了一大份伏尔加，跟着又往自己的杯子里倒上。

“知道那个穿粉色套衫的金发美女是谁吗?”默里朝自助餐台点点头，那姑娘正在从一个慕斯圈上刮烟熏三文鱼。她刮的时候还调皮地往默里看了一眼，默里清楚地意识到她在为了他搞怪，至少部分原因是为了他。

“上次我看到她和拉尔夫还有他家里的人在一起。”

没错，那姑娘端着盘子到卡尔·拉尔夫那边去了，他正在向他们的一名巡佐介绍自己的父母。姑娘走近的时候，拉尔夫伸出一条胳膊搂住她。默里别过脸去。

“再给我俩加一份伏特加，行不?”

“一等这些家长离开之后，我就马上去城里，来一个真正的聚会。你要参加吗?”

“不去才怪，”默里驱散了心中的沮丧。当他看见卡尔·拉尔夫和那个穿亮粉色套衫的姑娘在一起时，他霎时间是有点儿失望的。祝福他们吧。虽然他不是很了解拉尔夫，但那小伙子不错，他们很般配。默里在整个受训期间都保持单身，只是跟一个女警员有过一阵子激情，但他们二人都假装什么都没发生过。也许等他到警局里安顿下来后，他会遇到更多的女孩。

开口馅饼和肉酱都从自助餐台上撤走了，新上来的是雪糕蛋糕卷和黑森林蛋糕。默里正要把一块黑森林蛋糕放进盘子里，一条叮叮当当的胳膊就伸过来抢走了蛋糕上亮晶晶的樱桃。默里撇撇嘴。他等蛋糕踏踏实实放在盘子里以后再转过身去，脸上也做好了他自以为很平和的表情。

“我是萨拉。”对方把樱桃放进嘴里。有一点奶油从指尖沾到了她的上嘴唇。

“默里·麦肯齐。你沾了点东西……在那里。”他指自己的脸。萨拉伸出舌头把奶油舔进嘴里。

“没了?”

“没了。”

“检阅仪式太棒了。”她当场走起了正步，硕大的银耳环在肩膀上晃来晃去。“上次我看到卡尔表现得如此精神还是在奶奶的葬礼上。”她灿烂的笑容转瞬即逝，你眨个眼就错过了。默里从近处可以看到她眼睛下面的黑眼圈。她的套衫袖子也是拉到手背上的，而且他们一边说话，她一边又把袖子往下拉了拉。套衫的领口移动时，默里瞥见了女孩的锁骨，白皙的皮肤，还有一个银十字架。

奶奶的葬礼……

“拉尔夫是你的……”他没有把话问完，女孩也故意拖了好久才回答，让他明显感觉到她在捉弄他。

“我的兄弟，是的。”

默里装出一副无所谓的样子。“噢。”

“噢，”萨拉重复了一句，嘴型做得像是在吐烟圈。他们都笑了，都默默地期待对方能主动采取下一步。

“你有——”

“男朋友?”萨拉摇头。

“我也没有。”默里脸红了。“我是说女朋友。唔，没有。也没有。”天，他太不擅长这个了。他绞尽脑汁地想一些搭讪的套话，可他只能想到从天堂堕入人间之类的，但萨拉显然不是那种随随便便就能上钩的姑娘。事实上，萨拉跟默里以前碰到的姑娘完全不一样。

她凝视着他的眼睛，眼神中预示了她将要说的话。“你知道我精神不正常，对吧?”她大方地笑了，但她的眼睛却是另一副神态，她的下巴也挑衅地朝前伸出去。“卡尔跟你说过?”

默里耸耸肩——这动作可能意味着“当然了，我知道”，也可能意味着“我一点儿都不在乎”，或者任何在这两者之间的答案。尽管萨拉仍然在近乎嘲讽地微笑，默里并没有笑。不像是什么可笑的事情。他不记得拉尔夫说过有个姐妹之类的话，更别提什么精神状况方面的细节了。

“边缘性人格障碍。”她笑得更大方了，这回还翻了一个白眼。“听起来比实际的要糟糕，我保证。”

“是什么意思?”默里问。不知道这个，默里觉得自己有点傻。

“你可以去找其他人聊天，你要想的话。”她耸耸肩。“去吃你的蛋糕吧。找个正常人说话。”她无所谓的语气，毫无戒心，却触动了默里的内心。他莫名地想要保护这个刚认识的姑娘，尽管这姑娘完全能照顾好自己。

“我不想找——”默里戛然而止。他差点把“正常人”说出口了。萨拉眨眨眼。“我连蛋糕都不想吃。”

“那介意我吃点吗?”她从默里的手里拿过叉子，在蛋糕四周戳了戳，找到一颗樱桃。她用叉子去叉樱桃，盘子就在默里的手里下沉。“我时好时坏的，”她把樱桃放进嘴里，然后又开始找第二颗。“起伏不定。”

“我们不都这样吗?”

萨拉边嚼边点头，表示认同。“我会变得害怕。多疑。”她抬头看他，从他们开始聊天到现在，她的眼睛里第一次闪现出火花。

“这个嘛，”默里严肃地说，“你知道他们怎么说的：正因为你多疑，那并不意味着他们没有出来抓你。”

萨拉哈哈大笑起来。“你准备到哪里任职，麦肯齐警员？”

“布莱顿。”

“我住霍夫。”

“噢。”

“噢。”又是眼睛一亮的神情。她拖长音调说那个词的时候，又是圆圆的口形。默里深吸一口气。

“下次你愿意跟我一起吃个饭吗？”

萨拉挑起一条眉毛，好像这问题完全不在意料之中。她打量着默里，用叉子敲另一只手的手指。“就算是我有点疯吗？”

默里望着她。他眼里所看到的是她亮粉色的套衫，她圆环形的耳环和青绿色的眼影。他看到她站立不安，随时都要逃掉的样子。他回想自己在操场上注意到她时的感受，回想她捏起明虾时那调皮的眼神。

他咧开嘴笑了。“就是因为你有点疯。”他说道。

▶《逃逸者》 四川人民出版社 2017年3月第1版

圣诞节前一月，雨中的黄昏，一场交通肇事逃逸事故令一名活蹦乱跳的5岁小男孩瞬间失去生命。警察探员雷伊和他的团队接手此案，没有任何目击证人和线索的案件侦破过程困难重重。

亲历事故的一名女子，放弃热爱的雕塑艺术事业，搬去遥远的威尔士海岸村庄，希望能在没有人认识的地方开始全新的生活。但恐惧、悲伤一直萦绕着她，她是畏罪逃逸的罪犯还是小男孩的母亲？不断闪回的那个如噩梦般的黄昏、尽职尽责的雷伊和团队侦破逐步取得进展与她曾经的大学校园罗曼史和新婚之夜就开始的意想不到的遭遇，令案件更显扑朔迷离……

当侦破取得重大进展时，这名女子也开始在村庄里望见希望和爱的曙光，但她想竭力摆脱的过去依然执意要找上她。她的命运令人揪心，最后的真相令人震惊……

▶《电眼追踪》 四川人民出版社 2018 年 7 月第 1 版

柔伊·沃克是一名普通的公司职员，她每天都选择同样的地铁通勤线路。这种平静而略为乏味的生活偶然被一则报纸分类广告打破。她从广告中惊讶地瞥到自己的照片，甚至更多不同职业的通勤女性。这些女性陆续遭遇被跟踪，甚至被杀害的厄运，她害怕厄运随时会降临到自己头上……

一成不变的通勤线路，一成不变的生活，让心怀不轨者有了可乘之机。残酷游戏的背后究竟隐藏着怎样的推手？是心存嫉妒的闺蜜，是事业受阻的男友，抑或是心灵受创的儿子？平静的生活表面下实则暗流涌动，看似亲密的人际关系中包藏畸形的欲望。

一场复仇者的游戏引发对亲情、友情和爱情的反思。

图书在版编目（CIP）数据

说谎者/（英）克莱尔·麦金托什著；马丹，吉欢，李小丽译. —成都：四川人民出版社，2020.5

ISBN 978—7—220—11806—7

Ⅰ.①说… Ⅱ.①克… ②马… ③吉… ④李… Ⅲ.①长篇小说—英国—现代 Ⅳ.①I561.45

中国版本图书馆 CIP 数据核字（2020）第 037338 号

First published in Great Britain in 2018 by Sphere，an imprint of Little，Brown Book Group.

This Chinese language edition is published by arrangement with Little，Brown Book Group，London.

四川省版权局著作权合同登记号：图［进］21—2020—96

SHUOHUANGZHE

说谎者

（英）克莱尔·麦金托什 著 马 丹 吉 欢 李小丽 译

责任编辑	张 丹
封面设计	张 科
内文设计	张迪茗
责任校对	舒晓利
责任印制	祝 健
出版发行	四川人民出版社（成都槐树街 2 号）
网 址	http://www.scpph.com
E-mail	scrmcbs@sina.com
新浪微博	@四川人民出版社
微信公众号	四川人民出版社
发行部业务电话	（028）86259624 86259453
防盗版举报电话	（028）86259624
照 排	四川胜翔数码印务设计有限公司
印 刷	四川华龙印务有限公司
成品尺寸	146mm×208mm
印 张	13
字 数	300 千
版 次	2020 年 5 月第 1 版
印 次	2020 年 5 月第 1 次印刷
书 号	ISBN 978—7—220—11806—7
定 价	48.00 元